公元787年，唐封疆大吏马总集诸子精华，编著成《意林》一书6卷，流传至今

意林：始于公元787年，距今1200余年

U0838750

意林®

一则故事　改变一生

《意林·少年版》编辑部

白蛇传说之天姬 2

月上无风 著

吉林摄影出版社
·长春·

图书在版编目（CIP）数据

天乩之白蛇传说. 2 / 月上无风著. -- 长春 : 吉林摄影出版社, 2018.1

ISBN 978-7-5498-3392-4

Ⅰ. ①天… Ⅱ. ①月… Ⅲ. ①长篇小说—中国—当代 Ⅳ. ①I247.5

中国版本图书馆CIP数据核字(2017)第279276号

天乩之白蛇传说2

TIANJI ZHI BAISHE CHUANSHUO 2

著　　者	月上无风
出 版 人	孙洪军
出 品 人	杜普洲
总 策 划	顾　平　宋春华
主　　编	宋春华
责任编辑	施　岚
图书策划	宋春华
特约策划	韩佩贞　王雁雁
图书统筹	罗　艳
执行编辑	于丽丽
封面绘图	SUMMER
封面设计	资　源　徐　丹
美术编辑	刘海燕
发行总监	王俊杰
开　　本	700mm×1000mm 1/16
字　　数	300千字
印　　张	17
版　　次	2018年1月第1版
印　　次	2018年1月第1次印刷

出　　版	吉林摄影出版社
发　　行	吉林摄影出版社
地　　址	长春市泰来街1825号 邮编：130062
电　　话	总编办：0431-86012616 发行科：0431-86012602
网　　址	www.jlsycbs.net
经　　销	全国各地新华书店
印　　刷	天津泰宇印务有限公司

书　　号　ISBN 978-7-5498-3392-4　　　　定　　价：32.00元

目录

CONTENTS

天乩之白蛇传说2

目录
CONTENTS

天乱之白蛇传说2

第一章

雨中定情

1

这两日，许宣全身心地投入婚礼的筹备中，他将大厅里的花全换成了大红色的花，开席前招待宾客用的糕点，也再三叮嘱务必要用云乐居的桂花糕，他还从冷凝那里暂时要去了嫁衣，说是要稍作改动。许姣容接连感慨，可能真是老天爷开了眼。

冷凝见许宣如此用心筹备婚礼，心中十分感动，妖性也因为清音铃而再未发作，她满心以为自己就此可以和他过上平静的生活，是以也没有再去过问白夭夭依旧居住在药师宫中没有离去的事情。

而白夭夭看着许宣人前人后地忙碌婚事，心中更是凄怆，却无法对人言。

小青见她收拾东西，不解地问她："小白，明明是你先认识许宣，你等了他一千年，现在说走就走，岂不是前功尽弃？"

白夭夭停下手上的动作，微微一笑道："若是真能和他此生长相厮守是好，若他能恢复记忆当然也是好，可他今生爱上了冷凝，我怎么能忍心苛责和打扰？毕竟连我也不知道，前世的他究竟是不是紫宣。我又该用什么身份告诉他，我喜欢他……"

"你怎么这么纠结？"小青听得眉毛眼睛都快皱成了一团。

"若他自己不愿和我在一起，我就不能贸然去打扰他的生活，这样对失去记忆的他是不负责任。"白夭夭笑意加深，她俏皮地歪了歪头，继续说道，"何况，他活着，对我来说已经是很好的结果了，我不想太贪心。"

小青跺脚："小白，你未免也太傻了吧。换成是我，就一把火烧了药师宫，说什么也不会让他们成亲！"

白夭夭听得"扑哧"一笑，揉了揉小青的头发："我与你完全不同，我本打算默默守在他身边，看着他悬壶济世，看着他儿孙满堂，看着他白发苍苍，度过幸福平凡的一生。只要看着他，我就心满意足了。"

"你喜欢他，又不和他在一起，心满意足什么呀！"小青性格直来直去，对她来说，喜欢就是喜欢，喜欢就要说出来，喜欢就要在一起，她如何理解得了白夭夭的百转千回。

白夭夭站起身来，望着窗外四处贴着"囍"字的药师宫，徐徐说："我等了他一千年，你知道那是怎样的一千年？第一个百年，我日夜难寐，站在九奚山头，看遍漫山白雪，生怕一眨眼，就错过了他的身影；第二个百年，我潜心修炼，总想着修成正果上天入地，可以用法力将他救回来；第三个百年，我游历大江南北，想着若有他做伴，会是怎样的光景；直到第十个百年，在见到他的那一刻，我已别无他求，不敢有任何奢望。"

小青听得呆了，白夭夭回过神，笑着拉起她的手，柔声道："你还小，等你长大了，自然就会明白。"

小青却摇了摇头："若是喜欢一个人这么辛苦，那我永远也不要明白。"

她这直截了当的话却戳中了白夭夭的心窝。

若是可以选择，她会不会还要喜欢上紫宣？

小青走后，白夭夭静静思索了许久，最终明白了，面对紫宣，她根本无从选择。

只有沉入他漫无边际的温柔，自此永远无法自拔。

眼下，纵是她被遗忘，被放弃，只要能还他当初的倾心相待少许，哪怕付出生命，她亦无悔。

入夜。

许宣约了冷凝在药师宫祠堂相见。

他当先对着冷回春的牌位跪下，满是敬意与愧悔地徐徐说道："师父，你曾说师妹自小没吃过半点儿苦，如今，我却一再让她陷入险境，徒儿辜负师父的托付。"

冷凝随他跪下，反驳道："不是的，师兄！师兄一再维护我，若不是师兄出面，这回小王爷之事，我怕是只有自毁容貌方能保全自身，而在饕餮面前，也是师兄智勇双全才将我救下。明日，我便要和师兄成亲，这就是我最想要的生活，爹爹在天上看到，也是会开心的。”说到这里，她心怀柔情地看向许宣，许宣则是轻叹一声，将她扶起，在她面前比了那个他俩自小用来欺骗的手势暗号。

许宣问道：“你还记得这个手势吗？”

冷凝娴熟地比出一模一样的手势，思绪陷入回忆，轻声道：“小时候我不爱读书，又怕爹抽查，你我定下了这个手势，用作暗号，师兄便会替我掩护。”

许宣点头，又不解地问：“既然如此，你便该知道婚约之说，只是为了应付小王爷的谎言，为何偏要假戏真做？”

冷凝转过身子，已是呼吸不稳，却依旧冷而决绝地道：“婚约之事，岂可信口开河？”

许宣有些心痛，不认可地缓缓摇头：“你方才说这是你最想要的生活，可知由谎言开始的婚约，终究不会长久。”

冷凝复又回身望向许宣，笑意凄苦：“我爱着师兄，这份情意不是假的，你说这场戏是假的，可对我来说，再真不过。我此生从未想过嫁他人，若我终究不是嫁与师兄，又何来幸福可言？”

许宣无奈地轻叹道：“我对你的感情从小到大，从未改变。”

冷凝以为许宣终究是疼她的，不由得喜悦道：“师兄对这场婚礼尽心尽力，我明白是心疼我。”她娇羞地低下头，嗫嚅道，“等我们成了亲，这就不仅仅是一场戏。”

许宣见她如此，只得冷声打断：“过去你是我的师妹，未来我仍待你如此。”

冷凝一震，凄惶摇头：“我们成亲后，我的身份将不仅仅是你的师妹。”

“我对你的感情，仅止于师兄妹之情，不是你盼望的爱情，”许宣深深看入冷凝眼中，一字一句郑重说道，“这是一场没有爱情的婚姻，继续下去只会伤害你。”

冷凝唇边蔓延开苦涩的笑意，眼中已是泪水盈然：“师兄真的担心我？你心中担心伤害的不过是白姑娘，”眼见许宣沉默不语，竟是默认了，冷凝唇边的笑意更苦，颤抖的声音中隐藏着冷冽恨意，“若是没有白姑娘，师兄是否会对我回心转意？”

许宣听出了她话语中的偏激，便严肃劝道：“爱情是两个人的事情，只不过我的爱情不是我与你之间的纠葛。”

“呵，”冷凝眼泪终于再无阻拦地落下，她摇摇晃晃后退两步，回手指向院中，厉声质问许宣道，“明日就是婚宴了，你大张旗鼓地筹办婚礼，就是想在众人面前悔婚吗？师兄，我倒想看看，你会如何残忍地对待我！”

见许宣一时无言，她抿了抿唇，赌上全部的气力与尊严，冷笑道：“这场婚礼，我绝不会取消，即使我得不到你的爱，也要将你留在我身边！”

许宣听罢，不免神色越发复杂，这些日子以来，他觉得自己的师妹不知何处出了差错，但无论她身上有任何变故，他这个做师兄的都是难辞其咎。一时，他不免深感痛心，苦劝道：“师妹，你从来不会勉强他人，如今却像变了个人似的，婚礼会如你所愿如期举行。只不过……”

冷凝急急追问：“只不过什么？”

许宣缓缓摇头：“结局不会如你所愿。”

冷凝满是疑惑地望着许宣，不明白他话中的深意，只见他转身走出祠堂，她便赶快追出去：“婚事不会改变的，师兄，对不对？事到如今，咱们的婚事已经没有回旋的余地了啊，师兄！”

许宣刚一出门，清风便捧着一个包裹迎了上来。清风将包裹恭敬地递到许宣手中，似是忍不住想看冷凝一眼，却最终没有，弯腰退开了。

许宣停住步子，转身，将那包裹递向冷凝：“这是那件嫁衣，我自作主张做了些修改。”

冷凝不知他是何意，忐忑不安地接了过来：“师兄，你这是……”

“烦请师妹将这件嫁衣交给我姐姐！”许宣看向她的眼神十分复杂，有疼惜，有冷漠，有愧疚，而最多的却是无从抗拒的坚决。

冷凝在这样的眼神中，如跌入冰窖，浑身不由自主地战栗起来，她仓皇退后两步，缓缓摇头，否认心中猜想：“我不明白，为何要交给姐姐……”

许宣半垂凤眸，轻声道：“我曾经答应过她，将来有机会，要为她和姐夫办一场盛大的婚礼，以弥补当年他二人仓促成婚的遗憾。”

冷凝手上一松，那包裹便直直坠落地面，下唇几乎被她咬出了血，她必须全力控制自己才能不痛哭出声，可眼泪早就席卷脸颊：“师兄……你在说什么？明日分明是你我二人的婚礼，这嫁衣怎能转交他人呢？师兄，你一定要如此羞辱我吗？”

见她哭得如此伤心，许宣亦是心痛难当，若不是最初几日晕倒，他或许该早些对冷凝重申他心中所想，以免她自欺欺人这么些日子，现如今才如此难过。可是从那夜他比出手势告诉冷凝婚事是假，到他晕倒之前，他也几番想要告诉冷凝不会和她成婚，但她不仅故意打断，还趁他昏睡将婚事一点点筹备完毕。冷凝这几日所露出的自私与骄纵，让他一度确认自己这样给她个不大不小的教训是没错的，可此时看来，他终究轻估了冷凝爱他之心，这教训给得太重，她怕是会伤得极深。

长长地叹息，许宣弯腰拾起那件嫁衣，对冷凝沉声道：“这场婚事从来就不是为你我准备。师妹你应该明白，从一开始，我就说过，婚约不过是为了应付小王爷的权宜之计。终身大事，岂有一错再错的道理。”

冷凝拉住他的袖子，摇头道：“可你我明日若不成亲，万一被小王爷知道了真相，再来纠缠，恐怕不是那么容易善了。”

许宣长叹一声：“也是幸好，前日我救了王府的老夫人，她已经亲口允诺我管束小王爷，阻止这件事。”这两日他也是在等老夫人神智清楚后与她说定此事，否则他怕只有联合小青去使计吓唬小王爷了。

冷凝一点点松开他的袖子，唇边弯出一抹凄凉的笑意，她眨了眨眼，望向今晚无星又无月的夜空：“我早该清楚，师兄做事向来滴水不漏，绝由不得别人轻易做主。”

许宣有些想像小时候那样毫无男女之情地拉住她的手安抚她，如以往她每次背书没背上来被师父责骂时那样，或者去为她采摘些花，哄她绽开笑颜，可现在毕竟是不能了。如果早知她有天会对自己生出师兄妹之外的情感，他也许会从一开始就对她冷漠相待，好过如今让她如此悲痛。

许宣退后了一步，望着冷凝的眼神依旧恳切：“我不愿意做的事，从没有人可以逼我。明日的婚礼是为了弥补姐姐多年来的遗憾，可更重要的是为了替你解围，免得招人猜忌。”毕竟，大家都看到冷凝如此兴奋地筹备婚事，若直接取消，对冷凝而言，便是毫无退路了。

冷凝自然明白他的意思，可是，这哪里是她想要的。

冷凝嗤笑两声，声音逐渐凄厉：“明明让我陷入如此难堪的境地，我却不得不念着师兄的恩情，你就是这么对我的吗？”

“冷凝，我是真心为你着想，与你执手白头的应该是一个真心爱你的人，而不是我。”

“真心相爱？”冷凝又哭又笑，婆娑泪眼直直望着许宣，“将师兄的心拿去的人是谁？或许我只是多此一问，你对白姑娘的心谁看不出来，只有白姑娘自己不清楚！”

许宣垂眸，低叹一声：“冷凝，你始终不明白，我跟她之间的事情，与其他人都无关。即使没有她，我亦不会勉强自己跟你成亲。”

“勉强……”冷凝不禁笑出声来，接连后退几步，横手将脸上泪水一抹，冰凉的声音仿佛从齿缝中强硬挤出，“师兄，终有一日，你会后悔的！”说完，她便转过身跑了。许宣提着那嫁衣，亦是神情哀伤地望着她远去。

冷凝跑回房间，将妆台上所有东西扫往地上，漆黑瞳孔逐渐变为鬼火一般幽绿，清音铃随风而响，她狠厉的目光随之扫了过去，再狠狠扯下清音铃，往地上一摔，清音铃应声而碎。

如今是人是妖，再无任何不同，既然嫁不得许宣，她何须再压制心中的妖性！

“白夭夭……”凄艳的唇中缓缓吐出这三个字，冷凝笑得妖媚异常，“若你得知真相留下也罢，我就算成妖，也不会轻易与你善罢甘休！”

2

夜里虽是黑云压城，次日却偏偏是晴空万里的好天气。

药师宫被喜庆的红色包裹，祝贺之人络绎不绝地到来。

白夭夭站在远处，见到新娘在众人簇拥下从房中走出，朝着大殿走去，心中如钝刀剐肉，又闷又疼。

她心中暗道：“冷凝，既然你自己不愿放弃邪念，眼下我只能用我的办法来除去你体内的妖性了。无论你是否领情，为了许宣，我都会这样做。”

许宣。

想到许宣，白夭夭竟是有些控制不住自己的眼泪，眼眶酸涨莫名，她抬眼，望向碧色长空中忽然侵袭而来的厚重乌云，低喃道：“许宣……再见。”

“姐姐！”小青突然出现，看她一脸泫然欲泣的表情，便拉着她的手，“红芯约我们去西湖，说是有要事相商。”

“哦？”白夭夭逼回自己的眼泪，“那我们去吧。”

再回首瞥一眼那满目刺眼的红，白夭夭携小青去往西湖。

可左等右等，始终不见红芯身影。

小青急得跺脚，对白夭夭说：“姐姐，你先等着，我去寻寻，看这红芯在搞什么鬼！”说罢，小青便径直消失了。

西湖上忽然起了风，吹动白夭夭宽大的衣袖，搅得河堤上翠绿的柳叶盘旋。

没有小青作陪的白夭夭，终于放纵自己沉浸在了伤感之中。

许宣……从今天起，你就要做别人的夫君了。

你可以和她讨论医理，举案齐眉；你可以在深夜挑灯夜读，她在旁边红袖添香；你们会成为妙手回春的一对眷侣，天下闻名；你还可以为她抚琴，用我教你的曲子。

白夭夭走上断桥，举目四顾。将要变天的西湖上空无一人。

她努力想要控制，可眼泪终究是无法阻挡地直直落下。

西湖上下起漫天大雨，西湖之景霎时间变得迷蒙。

白夭夭想起了千年前，也是在这里，紫宣环抱着她，为她取名白夭夭，再化作齑粉，从她指尖消散。

千年后，她却要在这里独自怀念，再孤身离开吗？

突然间，一把伞倾来，挡去了她头上的雨，白夭夭怔住，缓缓回眸，只见撑着伞站在她面前的，不是许宣是谁？

白夭夭愣住，声音无法控制地颤抖：“你……你为什么会在这里？今天不是……”

许宣唇边微微上扬，抬手，为她轻柔地拭去面上的眼泪：“我成亲，你分明是难过的。可为何不说？”

“我……”白夭夭张口结舌，委屈的情绪却无止境地蔓延，致使她的眼泪如断线的珠子一般，再也落不完。

许宣侧眸望着四周的滂沱雨势，轻叹道：“今天本是个好天气，却因为你哭，偏偏又是暴雨倾盆。夭夭，你喜欢我，为什么不说？”

白夭夭听到他唤那声“夭夭”便是再控制不住情绪，哽咽开来。

千年了，她终于等到他再唤一声她的名字。

为了等这样一声，她经历的实在太多。

多少次，她在生死边缘，以为自己再也撑不下去，告诉自己不如就此放弃……可在仙鹤那里治得方能落地，便又开始新一轮的追寻和期盼。

可这么多的过往，她要如何开口？一时只知仓皇地摇头，满腹的情绪到了唇边，却化作无声。

“不许摇头，不许否认，”许宣见她哭得动容，心如被蜜蜂蜇了般，酸痛难忍，他一手将她按向自己怀里，再紧紧收紧怀抱，“你可知我一直在等，等你主动告诉我，你喜欢我，可你却……你宁愿此时躲在这里哭，也不愿意承认，你心里爱的人，是我。”

白夭夭听到这里，终于从惊喜中醒悟，转而心生怨念，想要推开他：“承认有用吗？你都要成亲了！我就算真的喜欢你又能做什么？”

许宣长长叹了一口气，手上用力，不让她摆脱自己：“你到底是倔强，还是单纯的愚钝？我辛辛苦苦演了这么大一场戏，难道你看不出，我是在逼你开口承认吗？”

“演戏？”白夭夭本在推拒的手僵在许宣腰上，不敢相信地呆呆问道，“这些天难道全是一场戏？”

“不给你点儿苦头吃，你永远不会长记性，而且，关于爱情这件事，我不喜欢先认输！”许宣稍稍后仰一点儿身子，眯着眼睛缓缓说道。

狂风暴雨渐息，转而变成了柔和的绵绵细雨，而断桥之上，油纸伞下，相依相偎的两人，却成了这烟雨迷蒙的画卷中，最抢眼的点睛之笔。

3

雨后初霁，白夭夭和许宣依偎在湖心亭中，看夕阳西下，将金橘色的光辉洒在碧色湖面，如同金镶玉一般华美夺目。

许宣望着如此美景，兼有身边美人轻柔的呼吸浅浅地拂在颈窝，仿佛喝下了陈年佳酿，真如醉了一般，不由得慨叹道：“人的一生短短数十载，并不似妖或修仙之人，能用千年修炼。时间对我们太过残忍，这样的日子，我必须要只争朝夕地紧紧抓住，而不似你们，几十年于你们或许只是一瞬，容得浪费和重来……”

白夭夭缓缓摇头：“其实对我们来说，时间是一样的，特别是在等待的时候，都会觉得特别漫长。”

许宣不禁一笑：“等什么？等我吗？”

白夭夭也是忍俊不禁，伸手环了环他，闭眸轻叹道："是啊，等你。"

许宣从这句话中听出了别样的感慨，其中蕴藏着的情深意重令他也不禁为之一颤，他握住白夭夭的手，稍扬唇角道："其实，我也不知道小青能不能顺利把你带来，更没把握你是不是喜欢我。若你不来，或者我发现你真的对我成亲一事毫无所感，有一句话将成我终生遗憾。"

"什么话？"白夭夭不禁疑惑地望向他。

许宣望入她点漆般的眸子，直截了当地道："我喜欢你。"

白夭夭匆匆低下头，脸蓦然一红，嗫嚅道："从刚刚到现在……我……我猜到了。"

许宣轻咳两声，没忍住伸手揉乱了白夭夭的额发，别扭道："我做事一向喜欢清楚坦白，所以你以后千万别再把话藏着掖着，我不在意你主动坦承心意，女追男，隔层纱，这回算是便宜你了。"

"我之前不知道你喜欢我，看你与冷凝有了婚约，就怕打扰你的生活。"白夭夭先是傻傻地辩解了两句，忽然就愣住了，呆呆地问道，"我……追你？"

"毕竟你先袒露的心迹，当然是你追我，就这样定了，我吃点儿亏算了。"许宣丹凤眼中满满的戏谑笑意，脸上却是十分正经。

"哦。"而白夭夭就被他的严肃样子给骗了，觉得他仿佛真的吃了亏一样，呆萌地点了点头。

许宣觉得白夭夭真的是太可爱了，她身上便是有这样独特的气质，既有积累了千年的稳重，又有依旧纯净无瑕的内心，既是倔强又坚强，却偏偏天真又好骗。

唉……他许宣果然是人中龙凤，连喜欢的女子都这般独一无二，天下无双。

夕阳渐落，湖面上却突然亮起一盏又一盏的小灯，如天上繁星倒映，再举目一看，断桥上也有水晶小灯排列其上，因而被照得通亮，白夭夭惊喜莫名，拍着手，指给许宣看："这些灯……"

"是我托小青布置的。"许宣低声道，忽然想到昨天去帮小青换药时告诉她自己计划的那一刻，小青那惊掉下巴的表情，不由得笑道，"我想着，若是你真的不喜欢我，便用这些灯光为你送行。"

白夭夭一时感动不已，牵起他衣角道："你花了很多心思。"

"我希望不管以后，你走到哪里，每一步都会有人替你照亮，就像现在一样。”许宣望向她，伸手抚上她的面颊，笑言，“夭夭，你曾经问我，为何会入断阳宗。幼时出生时，便有人说我命带孤星，三岁丧父，五岁丧母。我与姐姐孤苦无依，险些就要离世。幸得老宫上相救，才得遮风避雨之所。我注定是个孤苦之人。我曾经无比怕黑，因为父母皆在黑夜撒手离去，可如今有了你，我便有了牵挂，纵使是站在黑暗中，也会护你周全，不让你受任何黑暗与痛苦的侵蚀。我会亲自为你照亮未来的每一步路。”

白夭夭埋首在他怀中，紧紧环住他，眼看又是要哭，西湖上风雨又起，许宣失笑说道：“原来，西湖的雨都是你的眼泪，这也是法术吗？”

白夭夭缓缓摇头，深深吸了几口气，才低声道：“许宣，你给我听好了，未来不管是光明还是黑暗，我都要与你携手共度，我不要你去为我挡任何灾难，为我做任何牺牲，我喜欢你，所以我要与你并肩，你明白吗？”她实在再经受不住他再一次豁出性命的付出了。那样她真的会疯。

许宣沉寂良久，眼中也似隐有泪光闪动，半晌，他终是伸手抚上她后脑勺儿，轻轻揉了揉：“好，我答应你。”

“我们拉钩！”白夭夭迷蒙着泪眼，伸出小手指。

许宣失笑，但终究将自己的小手指与她的钩在一处，再然后便顺手牵起她的手，道：“走吧，我们该回药师宫去祝贺姐姐了。”

“姐姐？”白夭夭还回不过神来。

“对啊，我为他们补办了场婚礼……”许宣想到姐姐，面上的神情是温柔又愧疚，“那会儿条件不好，姐姐和姐夫办不了婚宴，夫妻二人在家中煮了一碗牛肉面便凑合在一起过了，姐夫曾噙着泪跟我说姐姐将最大的一块肉藏在他的碗底，这些年跟着他更是丝毫没有半点儿怨言，可我心里知道，姐姐后来为人做媒当红娘，操持了那么多场婚礼，自己却没有场像样的婚宴，这是她此生的遗憾。”

“姐姐、姐夫很幸福，能这样同甘共苦，还互为对方着想。”白夭夭听得触动，方知道许宣看来薄情寡恩，实则将一切都放在了心底。

“是啊，世间平凡夫妻的相濡以沫大抵便是如此了。”许宣也是轻叹一声，随后薄唇微弯，又戏谑笑道，“你以后可愿与我做这世间的一对平凡夫妻？”

白夭夭羞红着脸低下了头，唇间几次磕碰，却一个字都说不出。

许宣轻笑出声，拉着她便往亭外走。

他悦耳低沉的轻笑更是灼得她面上发烫，白夭夭跟着他走了几步，才终于找回了些自己的意识：“许宣，你为什么牵我的手？”

“有何不可？”许宣更紧了紧手上的力量。

白夭夭摇了摇头，不解道：“上次，你明明说过，男女授受不亲。”

许宣一本正经地解释：“此一时彼一时也，现在你我两情相悦，我牵你的手，天经地义。”

“哦，你说得好像很有道理。”白夭夭呆呆地思考片刻，才露出纯真的笑颜，“什么事情，被你一解释就都有道理了。”

她这样崇拜的眼神，真的是令他自信心膨胀啊，许宣得意一笑，牵着她的手步上断桥。

“那冷凝怎么办呢？”白夭夭忽然又念及一事。

“师妹知书达理，我早已解释清楚，你不必放在心上。”

对于冷凝，白夭夭有所迟疑，但毕竟不能对许宣直言冷凝身上存有妖性。眼下虽然冷凝没有嫁与许宣，她仍是准备继续自己的计划，毕竟现在看来，也算是两全其美。

而许宣想到冷凝昨晚放下的狠话，也是心情沉重，即使今早她帮忙迎客时，又是满面的笑颜。

第二章
封印灵珠

1

次日清早，小青就冲上了金山寺去寻齐霄。

齐霄正在闭目打坐没有搭理她，小青也不管不顾，蹲在旁边自己就开始唠叨起来：“哎呀，齐霄，你简直不知道啊，原来许宣这个人比看起来还要‘坏’上一万倍！”

齐霄睁开眼，想起过往几次被许宣压榨和索要诊金之事，顿时咬牙切齿，点头道：“的确是挺坏的，你还算有点儿见识。”

小青赶紧点头附和：“他还真的不是一般坏，你知不知道，他说让我带小白去西湖，我以为他是要拐小白私奔，结果他又跟我说是怕她见了婚礼伤心，还拿我手上的伤来威胁我！结果前天又跟我说要我去给他布置什么灯，你不知道，我在水里从下午蹲到天黑，还好我们蛇族的水性好。”

说到此处，见齐霄又闭了眼睛不搭理自己，小青不满地拍了他一巴掌：“喂，你配合一点儿嘛！”

齐霄睁开眼睛，做出无比夸张的表情：“哦！原来是这样！然后呢？”

“你装什么神，弄什么鬼！”小青被他鼓起眼睛的样子和中气十足的声音吓了一跳，差点儿跌坐在地，待回过神来，她拍着胸口，白了他一眼，才继续道，“小白昨天哭得可伤心了，本来我是准备去砍那许宣一顿的，结果他竟然是吓小白的，你不知道昨天他们俩有多甜。眼下一切都是峰回路转，所有问题都被他解决了，小白终于能和自己喜欢的人在一起了！我昨晚点灯点得特别开心！宫上神机妙算，真是我见过的最最聪明的人！”

齐霄闻言一惊，抓住小青，问道：“白姑娘当真与许宣在一起了？”

小青特别自得，骄傲地说道：“西湖夜游，断桥定情，都是我亲眼看见的，怕了吧？”

齐霄愕然，双目失神，久久不敢相信：“白姑娘，她是不是因为在骊山修仙太久，眼神不好？如若不然，怎会瞧上许宣？”

小青不满地噘嘴：“宫上他有什么不好？我看小白与他情投意合，般配得很。”

齐霄干笑两声：“他为人睚眦必报，说话尖酸刻薄，样貌也着实一般。总之就是一无是处，他根本配不上白姑娘！真不明白他哪里好了！哎哟……你打我干什么？”

小青对着齐霄脑门就是一巴掌：“他马上就是小白的相公了，不许你说他的坏话，再说了，你寄住在金山寺，还死赖着不走，哪里能懂得人间的情爱！”

齐霄瞪大眼睛，反手指着自己：“我不懂？难道你这条小小的青蛇就懂吗？”

“我……怎么不懂？”小青气得跺脚，“难道你忘了，这天下间的男人，个个垂涎我的美貌。”

齐霄不屑地瞟她一眼：“哈，你说的男人，一定是眼神有问题吧？”

小青气得呼哧呼哧地喘了半晌气，才指着齐霄道：“你给我等着！我偏要找个如意郎君让你瞧瞧！”

齐霄冷眼看着小青愤愤离去的背影，并没有喊她。

2

骊山虽比不得蓬莱仙山那般四季如春，却也是风景如画。

云雾缠绕间，骊山老母的居所便掩映其中，虽是隽永秀美，却也自成一派不容人侵犯的巍峨之意。

白夭夭在大殿之中没有寻到她，就又去了山巅，果然见骊山老母玉立其上，俯首望着茫茫云海，知自己来了，也没有回首。白夭夭隐隐从这个背影中看出了怒意与痛心。

之前，白夭夭就用传音符告诉了骊山老母自己的决定，骊山老母却没有给她回话。

白夭夭朝着骊山老母直直跪下，面上有羞愧之色，恭恭敬敬地说道：“弟子拜见师父！”

骊山老母始终背对着白夭夭，声音十分清冷地在大殿之中回绕：“你还是回来了。”

白夭夭磕首下去，沉沉道：“弟子不肖。”

骊山老母隐有轻叹，问道：“你都想清楚了？”

白夭夭贝齿缓缓刮过下唇，停了一瞬，方毅然决然地道：“弟子心意已决。”

“为了一个凡人，你当真心甘情愿舍去千年的修行？”

“徒儿有负师父的期望，愧对师父多年来的教诲。”

“世间万千大道，你为何执迷不悟，偏要渡一条无尽无边的苦海？”骊山老母转过身，秀美慈祥的面容上有着痛惜之色。

白夭夭磕首在地，不敢抬起：“冷凝妖化之事，全都因我而起。唯有舍去一身修行，退去灵珠，方能救她回头。纵苦海无边，徒儿亦不悔不怨。”

骊山老母终是轻叹出声，点破道：“你自愿舍身成仁，化作凡胎。只怕不光是为了冷凝吧？”

白夭夭抬起头，慌张道：“师父！”

骊山老母缓缓摇头：“你终于还是找到他了。”

白夭夭眼中泛出泪光，她颤抖着，再度磕头下去：“终究还是瞒不了师父。”

骊山老母眉头微蹙，感慨万千：“我只问你，真以为舍了修行，做了凡人，便能与他做一对平凡夫妻吗？”

白夭夭咬着唇内嫩肉，凄凄道：“弟子修行千年，只为再看他一眼；如今为了他，愿舍千年修行，恳求师父成全。”说着，便又是盈盈拜倒。

骊山老母轻叹一声，没有再劝，只是掐指计算一番，面容几变，终是了然于心：“白夭夭，你命中注定，当有此劫。为师只能望你好自为之。”说罢，她手指一弹，白夭夭周身便被金光覆盖，金光化入她体内，再从她胸口飘出，凝结成了一颗金丸，被收入净瓶中。

骊山老母将净瓶放入袖中，缓缓道：“我将你通身法力收走，灵珠封印，如今除了本体灵珠能助你变化成蛇之外，与凡人毫无差异。这也算遂了你的心愿了。”

“多谢师父成全！”白夭夭再度磕下头去。内心却是复杂无比，她既喜悦于如今能和许宣得一世平凡相守，又开心能化掉冷凝身上的妖气，却觉得自己辜负了师父的教养与苦心，因而不能真心开怀。

骊山老母何尝不懂她心中的纠结，停了瞬许后，手一挥，幻化出一把桃木短剑，悬浮在白夭夭面前。

白夭夭不解地抬首看向骊山老母：“师父，这是？”

骊山老母神色严肃又威严：“如若日后反悔，便将此剑插入许宣胸口，你即可拿回法力。”

白夭夭吃惊不已，连连摆手道：“万万使不得，请师父收回法器。不管发生何事，我决不会伤害他。”

骊山老母摇头叹息：“此剑不伤性命，只斩情愫。待他忘了你们之间的种种，便是你回归正途的日子。”

白夭夭怔愣片刻，才鼓足勇气，颤声问道：“师父的意思是说，我与紫宣今生注定无法相守？”

骊山老母沉吟道：“天机不可泄露，去吧。”

言毕，骊山老母便施法将她送回了临安府外，白夭夭双手捧着剑，跌坐在地，久久不能起身。

过后不多时，便是女儿节。

女儿节是为尚未婚嫁的女子祈福求平安而设，有未嫁女儿的人家，往往会提前几日将祈福的陶偶放置在金山寺中，由金山寺住持带领僧人为陶偶开光念经，待到女儿节当晚王公贵族放飞天灯后，再从金山寺取回家中安放。

而今年的女儿节，主持筹办者正好轮到了赵王府。

小王爷本欲和李公甫计较一下婚礼的事，但听得李公甫提及女儿节筹办之事，便大笑道：“对对对，女儿节上定是会聚集全城的未嫁女儿，自然多的是绝色佳人。最近娘亲经常催促本王成亲，却又坚决不许我娶冷凝。既是如此，天涯何处无芳草啊，不如就在这女儿节上挑选本王的王妃吧！李公甫，本王也不计较你前日跟你那小舅子戏耍本王之事了，你务必带领衙门的人将此次女儿节办好，本王要亲自出面主持！”

李公甫面上恭敬应下，背地里却是摇头叹息——老夫人成日里吃斋念佛、与人为善，怎么会有这么好色纨绔不争气的儿子。

而这一头，金山寺中，住持不在，成器、静心和几个小沙弥手拿袈裟、钵盂，追着齐霄满寺跑。

齐霄边跑边慌乱地摆手说：“你们别跟着我！走开，走开！”

师弟们跑得气喘吁吁，终于将齐霄包围起来，苦口相劝道：“师兄，请以大局为重！”

齐霄有些怒了：“我再说一遍，降妖除魔呢，我行；主持法会，就另请高明吧！”

成器忙出声道：“师兄此言差矣，住持坐化，永安师叔不在，咱们金山寺内数你辈分最高，这女儿节的法会你不出面，我们几个更是难当大任呀。师兄，你就别推辞了。”

齐霄忙不迭地摇头：“师父离世后，我只是暂住在金山寺，并非是佛门弟子，这住持的袈裟怎能说披就披，师父他老人家远在西天极乐，你们几个就别再气他了。”

静心忙从怀里掏出锃亮的剃刀，颔首道：“师兄你放心，我们已经准备好了。暂住早晚也是要常住的！”

成器则拿出了戒香，应和道：“师兄，我们动作很快的，你忍着点儿。剃度吧！”

齐霄亮出了拳头，瞪着众人威胁道：“让开！都给我让开！别逼我翻脸打人啦。”

几个师兄弟看看彼此，都不敢阻拦，乖乖地让出了一条路，齐霄轻轻一咳，背着手得意地往前走。

静心嘴一扁，忍不住呜咽道：“可怜我金山寺百年基业，今起就要毁于一旦啊。”

齐霄停住脚步，回头瞪眼道：“你说什么？”

成器也随着抽泣道：“师兄，实不相瞒。自从您来借住之后，咱们的伙食费涨了三成，香油钱早就入不敷出了。”

静心同他一唱一和，似在比谁哭得更大声一般：“呜呜呜，若没有这场法会的收入，只怕大家就只能下山去另谋生路了。”

齐霄额上青筋直跳：“……我吃的，有那么多？”

众师兄弟猛点头。

齐霄脸颊一抽，片刻之后，伸出手来比在胸前，似模似样地道："咳咳，阿弥陀佛，女儿节法会也算功德一件，既是为山下的百姓祈福，那我便勉为其难吧。"

静心、成器顿时把眼泪一抹，与众小沙弥一道欢呼起来。

惹得齐霄头痛不已。

3

入夜，小青站在山头，望着眼前一片伸手不见五指的黑暗，若有所思地苦想着。

突然间，山林间亮起一盏盏灯火，将山林映得灯影憧憧，神秘又妩媚。

小妖们忙拍手欢呼，小鹿指着灯火对小青道："山君您快看，您要的灯全都点亮了。"

锦鼠也是兴奋不已："小灰按您的吩咐，精心安排了满山的灯笼，与您要求的不差分毫。"

小青望着满山的灯，不仅不觉欣喜，反而是掩藏不住的落寞袭面而来。

齐霄说她不懂人世间的情爱，她便念起许宣为白夭夭在桃林间点满花灯，又在西湖上点燃盏盏灯火，白夭夭笑得是那样幸福又开心。

她想，这或许便是人世间的爱情了吧。

可如今，她看了相同的场景，为何却毫无感觉……

小灰跑过来，大声问她："山君对这漫山遍野的灯笼可还满意？"

小青回过头，捂着空落落的心口摇头："我一点儿都不开心，一定是因为你点灯的姿势不对！"

小灰有些无措地搓了搓手："冤枉啊，山君，是您亲口说的，有了灯就有了爱情，小的可是全凭您的吩咐办事。"

小青不耐烦地跺了跺脚，郁闷道："不管不管，你们几个快点儿想法子，我输谁都不能输给那个齐霄！"

小灰思忖片刻，忽地眼前一亮："山君，听闻城里过几日要办女儿节，尚未嫁娶的女子都会将亲手制作的陶偶供奉起来，祈求好姻缘。"

小青有些狐疑不解："求姻缘？"

小鹿也是点头，补充道："对呀！山君，据说今年是由赵王府操办，是有史以来最大的一次女儿节。依小的愚见，山君不妨依样画葫芦，也去山下凑个热闹。"

小青侧头仔细一想，便露出笑容，点头道："好！管他是求来的还是抢来的，我都要试试这人间情爱究竟有什么好。总不能被那个臭齐霄嘲笑。"

突然间，锦鼠指着山下大喊："山君，不好了，那边失火了！"

小青心中一紧，往山下一看，果然一大片山林烧起，忙狠狠给了旁边的小灰头上一下，斥道："你这个蠢货！"

一行人迅速赶往失火的地方，呛得涕泪直流，终是七手八脚地将火给灭了。而浓浓的烟雾中，竟慢慢走出一人。

小灰吓了一跳，指着那人影说："谁？谁在那里？"

小青掩住他，冲人影怯怯地喊道："你是哪个山头的，为何这么晚还在本山君的地界游荡？"

"咳咳咳……"

来人的咳嗽声让小青觉得异常熟悉，待她走得更近了些，小青擦了擦眼睛，才确认是白夭夭。只见她脸蛋漆黑，身上几处也划破了，小青不由得大惊失色："小白？怎会是你？"

白夭夭略狼狈地擦去脸颊的灰，苦笑道："我本想上山来寻你……咳咳，小青啊，为何要放火烧山？可曾想过会殃及山下的百姓？"

小青哭丧着脸，上前帮白夭夭整理："冤枉啊，我本想学许宣给自己寻个乐子，没想到，山风一吹，差点儿把自己的洞府给烧没了。"

白夭夭无奈地看看四周："好在大火已被止住，否则后果不堪设想，你以后切不可如此鲁莽。"

小青见她没有过多责怪，便是嘿嘿一笑："小青不敢了，不过小白，你平日里来去自如，今天怎会亲自步行上山，还被烧得如此狼狈？"

白夭夭闻言，尴尬地笑笑："此事说来话长，我以后再慢慢跟你解释。今晚先借你洞府一住，明日你可否帮我去寻处空宅？"

小青不解，歪了歪头："你寻空宅干什么？"

白夭夭微微一笑："你帮我找到再说。"

小青噘了噘嘴："果然夫唱妇随，你这卖关子的样子，和那许宣倒是越来越像了。罢了罢了，今天一番折腾，大家都累了，我们就先回去休息吧！"

旁边锦鼠、小鹿都是欢欣雀跃，小灰更是喜滋滋地同白夭夭有一句没一句地搭话，倒是惹得小青有些吃醋，敲着他的头问："到底谁是你的山君？"

白夭夭失笑，此时算是越发明白为何小青喜欢这些小妖，他们内心质朴、纯真，待人更是十足热情真诚。

小青第二日傍晚便已将事情办妥，为白夭夭在郊区寻了处荒宅。

白夭夭同小青一起逛了一圈，十分满意："僻静安逸，稍作修整倒是一处好地方。"

小青却是嫌弃它太过荒凉："你要找宅子，小青自然不敢怠慢，但时间仓促，寻的这处实在太过破旧了些。你不会真打算住下吧？"

白夭夭点头："对呀，有何不妥？"

小青抿着嘴唇摇头："我只是奇怪，好端端的，干吗突然想起要寻一间自己的宅子来住？"

白夭夭环顾荒宅，唇边弯出浅浅的笑意："我既已决定长居此地，自然需要另寻一处居所，总不能一直住在药师宫中叨扰。"

小青"嘁"了一声，不屑地摊了摊手："我当什么要紧的事，不就是住的地方嘛。你若不嫌弃，来我的洞府便是，山上那么大，何必委屈自己住在这种地方。"

白夭夭轻笑出声，拍了她肩膀一下，认真望着她说："你我既得上天垂怜有缘化作人形，便该好好珍惜做人的机会，山野广阔非久居之地，做人要学会修身养性才是。"

小青听得一脸迷茫："小白，你说了半天，怎么我一句都听不懂？"

白夭夭叹息摇头："听不懂啊？那就说明你的修行不够，还未悟出做人的道理。"

小青一叉腰，不服气道："谁说我不会做人？我今年就要学那些山下的女子，做个陶偶去参加女儿节。难道这还不够？"

"女儿节的陶偶是用来求姻缘的信物，听说须供奉在金山寺内，由住持开光祈福，"白夭夭似是有些明白了，无奈地笑道，"你这个鬼丫头，不会又准备去金山寺捣乱吧？"

"我发誓绝对没有。"

"当真？"

小青放下立誓的三根手指，挽住白夭夭的手臂，撒娇道："小白，我在你心目中难道真的一点儿信用都没有？”

看到小青，就仿佛看到千年前才幻化成人的自己。白夭夭拿她全无办法，伸出手指宠爱地点了点她的鼻尖：“你呀。”

小青娇俏一笑，捂住鼻子，又打趣道：“依我看，不如你也去做一只陶偶，让老天爷保佑你和许宣，嘿嘿嘿……”

“小青！”白夭夭佯作微怒，伸手就去挠她痒。

小青笑着跑开。

白夭夭追了一阵后似是想到了什么，嘴角不禁带上了甜蜜的笑意。

第三章
祈求姻缘

1

次日清晨，小青便悄悄潜入金山寺后山，准备伺机捏个陶偶。

明明想象起来是很简单的事情，但她捏了许久，无论如何看着都不似个人形。

正专注地忙活，忽感觉到有人拍自己的肩膀，小青匆匆回头，只见兜头一张黄符罩来，吓得她不由得惊叫着跳了起来，这才看清是齐霄，原来他在戏弄自己。

齐霄收回那张没写咒法的黄符，背着手哼了一声："你一个妖怪，几次三番地跑来金山寺，真不怕被收啊。"

小青气道："关你什么事？"

"我既住在这里，难道不该看好自家的后院？别说一只妖，就是一株花、一棵草、一块土，我都是要管的。"齐霄眼尖，见到小青在他说话间匆匆把手藏在背后，他不动声色，眼神落至她裙摆处，只见上面几处泥点，便一个闪身，绕开小青，看到了她身后的几个不成形的泥娃娃，不由得"噗"一下，嘲笑出声："这么丑的妖怪，还学人家求姻缘？我知道东边十里外有只蛤蟆精，想来也是你的良配。"

小青又羞又恼，忙将泥娃娃拢在身后，不让他再细看，嘴硬道："我做我的泥娃娃，关你什么事？我这是……好学，好不好？小白说的，多学做人，才能修行得更快！"

齐霄笑意不羁，望着小青的眼神更满是戏弄：“这娃娃倒也像你，一个个七扭八歪的。你这样笨，哪里学得来做人？”

小青顿了一下，正要发火，手上的泥娃娃就被齐霄夺走一个，她怔愣之间，齐霄竟已开始认真捏了起来。平时觉得他是个什么都不懂还自以为是的莽撞硬汉子，这下才知他手巧，不过几下，泥娃娃顿时竟有了神态，栩栩如生的样子甚是可爱。

小青看着看着，唇角便不由得绽出一朵惊喜的笑来：“看不出来，你还有这等手艺。居然，有那么一点点本山君的神韵在。”

齐霄倒也不谦虚：“我早说了，什么人捏什么样的娃娃。我这般人物，捏出来的，自然不同寻常。”

小青笑眼弯弯地端详着娃娃：“我就当你在夸我漂亮好了。”

齐霄也难得地没有反驳，停下手里的活，转头盯着她看。

小青露出妖媚一面，一仰瓜子小脸，道：“怎么，终于看出我的美貌了？”

齐霄抽了抽唇角，十足严肃地说：“我只是想把丑话说在前头，妖怪的陶偶我们不收，决不会帮你摆在庙里的。”

小青见齐霄一脸鄙夷，怒从心来，劈手夺过娃娃：“谁稀罕！你们搞的庙会，我才不会去呢！”

说罢，她拿着陶偶就气呼呼地跑开了。

齐霄无所谓地耸了耸肩，小青这样一生气就跑的样子，他也真的是见惯不惊了。

可当天下午，他带领众师兄弟巡视大殿时，却在各家各户送来的姻缘陶偶中发现了小青的陶偶，额上瞬时暴出了几根青筋。

上午是谁说我们搞的庙会不稀罕的。

妖女口中果然没一句实话。

那陶偶似乎在他面前变成了小青的模样，不仅妖媚笑着，还冲他挑衅般眨了眨眼。

齐霄别开脸，轻哼道：“区区一条青蛇，胆敢在我金山寺内放肆！”不光后山、厢房，现在竟是连大殿也敢来了，就不怕谁念段经让她经脉俱裂、七窍流血！

“这个偶捏成这样，实在有碍观瞻，不如就盖住吧。”静心从袖中取出一块方巾，准备盖在陶偶身上，似是不忍直视。

齐霄瞪起眼睛，张嘴就想劈头盖脸给静心骂过去，嘴已经张开，最后却化作一声咳嗽："盖住就盖住吧。"

齐霄抢过方巾，本准备盖下去，却又忍不住问道："我觉得还可以吧？真有那么丑吗？"

众师弟不明所以，非常坦诚地齐齐点头。

"但是……从工艺上来说，还是有可取之处的吧？"

众师弟依旧非常坦诚，齐齐摇头。

齐霄愤懑，那是你们没有见到小青捏的好吗？对比之下，他这个明明很好看的！想到今天上午还对小青说什么人捏什么样的娃娃……齐霄就想摔死"自己"。

好在有人垫底。

不对，有蛇妖垫底。

齐霄心中满满都是血泪，刚将陶偶盖上，背后就传来一声嗤笑。

"齐霄，短短几日不见，你这恩将仇报的本事倒也见长。小青姑娘好歹帮你杀了饕餮，不过一只人偶，她既已放在大殿上，你却还要给人家盖上，实在可笑。"

齐霄一回头，就看到了携冷凝前来的许宣。

对于许宣的质疑，齐霄不屑地回道："自古正邪不两立，我盖上她的陶偶与宫上何干？"

许宣摇头，啧啧两声："谁是正，谁是邪，又岂由你一人评定。小青不过想求一段姻缘，你却无故阻拦。依我看来，你才是罪无可恕的那个人。"

齐霄兀自顽固："佛祖面前，你少跟我扯这些歪理邪说！"

许宣微微扬起唇角："不听也罢，只是不知少侠欠我的诊金要等到何时给呢？"

又来这套……

齐霄咬牙切齿，恨不得把眼前的许宣嚼来吃了，嘴硬道："女儿节的法会结束之后，自当全数奉还。"

许宣闻言，转身冲身边的冷凝微笑道："师妹，你去挑一个位置，将自己的陶偶摆好。齐少侠与咱们药师宫'交情颇深'，你不必拘束，选一个最好的便是了。"

齐霄见冷凝上前，便凑近许宣，悄悄说："你师妹没事吧？好好的婚事，说没就没了。"

许宣毫不介怀地摆了摆手："不过是为了应付赵瑜罢了。冷凝知书达理，这件事早就过去了，她不会放在心上。"

齐霄"哼"了一声："我要是她，肯定恨你一辈子。"

许宣鄙夷地看着他："不敢当不敢当，谁要有你这么个师妹，可真是无福消受。"

冷凝摆完陶偶回身，望着许宣，内心却是百感交集，

齐霄此时却发现许宣手中还捧着一个陶偶，便冷声讽刺道："哼哼，宫上来金山寺难道也是为了求姻缘？你自己的陶偶我可不敢收，女儿节是专为姑娘家准备的。"

许宣"呵呵"一笑："谁说这陶偶是我自己的？"

齐霄挠了挠头："不是你的，那你干吗捧着？"

许宣高傲地瞥了他一眼："我劝少侠早些剃度为妙，说不定佛光普照之下，你的智慧尚有一线生机。"

齐霄怒了："我在金山寺修行是为了磨炼自己，你懂什么？"

许宣懒得再搭理他，转过身，对着门口的光影温柔一笑："白姑娘，今年既然是齐霄暂代住持之位，那这陶偶不摆也罢。咱们另寻一处灵验的地方去吧。"

白夭夭缓缓走至许宣身边，抬头甜甜一笑，点了点头。

许宣亲昵地替白夭夭理好方才一路走来有些乱了的鬓发。

"大殿之上，你们还是注意点儿吧。"齐霄在旁边发出重重的几声咳嗽，白夭夭略觉羞涩，稍稍避开了些，却正好撞上冷凝愤恨压抑的眼神。

白夭夭微微皱眉，对冷凝低声道："冷姑娘，有些话，我想跟你单独聊一聊。"

冷凝状似天真地一笑："真是巧了，冷凝也有一些话，迫不及待想与白姑娘聊一聊。"说罢，便亲切地挽起白夭夭的手走出大殿。

"哎哟，新欢旧爱处得挺好的呀！"齐霄没忍住讽道。

许宣望着二人的背影，清风朗月般的面容上浮现丝丝担忧，任齐霄如何戏谑打趣，都是没有理他。

2

金山寺观音殿前的上香处，冷凝望着白夭夭冷哼道：“白姑娘果真不似凡人，离了药师宫不过几日，已有了一处自己的大宅。手段果然了得。”

白夭夭稍稍蹙眉，坦然说：“既然冷姑娘不欢迎我，我继续待在宫中也不恰当，这样咱俩至少心里都能舒坦。”

“师兄他亲手为你做了陶偶，又特意陪你来金山寺祈福。倒是步步都在你的算计中，那处宅子是否将来另有用途？”冷凝一边冷声说着，一边敏锐地发现白夭夭与往日不尽相同，这几步走来，她竟是有些微微喘气。

白夭夭却不知冷凝生疑，还在想着要与冷凝好好相处，和声细语地劝道：“我知道你还在为昔日的事耿耿于怀。你是许宣的师妹，我不想处处与你针锋相对，让他为难。过去的事一笔勾销，未来我们和平相处，可好？”

冷凝噙着一抹阴森笑意，转过身去拿起线香，缓声说道：“白姑娘既然有心，那冷凝也绝非是不通情理的人，不如咱们一同请香，在观音大士面前化干戈为玉帛。”

白夭夭见她如此说，露出释然的笑容，上前接过线香，点燃后，插入香炉，并肩而立的冷凝却故意将手中燃烧的长香插歪，长香瞬时倒在白夭夭手上，烫得白夭夭痛呼一声，赶紧缩手往后一闪，可衣裙更是被冷凝踩住，白夭夭立身不稳，踉跄摔倒。

冷凝俯视着她，唇边是玩味的笑意，假惺惺地道：“白姑娘，你看你怎会如此不小心。不过好在你是修仙之人，有法术在身，这点儿小伤应该也不碍事吧？”

白夭夭捂着手，心内轻叹，原来凡人竟是如此脆弱。同时也明白冷凝是存心试探为难。缓缓站起身来，她低头整理衣裙，轻声说道：“你猜的不错，我现在已无任何法力，与凡人无异。”

冷凝邪魅地笑了几声：“哎哟，这可不妙，莫不是白姑娘遭遇了什么祸事，竟得上天如此惩罚，或许，是老天开了眼？”

白夭夭摇头，望着冷凝的眼中有着心冷：“你错了，我是自愿卸去法力，化作凡胎。”

冷凝收起笑容，目光森寒地看向白夭夭，挑衅般问：“你以为这么做，就能和师兄长相厮守？”

白夭夭冷冷地摇头，心里已深知与冷凝的关系不可修补：“我之所以会这么做是为了救你。如今我体内的灵珠已经封印，便再无须担心你妖化一事，更不用再对你有任何愧疚之心！”

冷凝听了白夭夭的话不禁冷笑连连，配上眼中的讽刺，竟是状似疯癫：“白夭夭，枉你修行千年，竟将事情想得如此简单。我告诉你，你欠我的何止这一桩！现在观音大士面前，我冷凝愿对天起誓，今生无论用什么手段，你从我身边夺去的，我定会不择手段地夺回来！”狠声说完，冷凝便转身，头也不回地冲出了金山寺门。

白夭夭不禁望着她的背影唤道：“冷凝！”方才虽然对冷凝那样说了，可眼见冷凝变得如此偏激，她内心怎能没有惭愧与内疚。

身后线香继续燃烧，升腾起烟雾袅袅，白夭夭空站了片刻，许宣已经忍不住担忧地从大殿过来，见只有她一人，心下明白，也不多问，只上前执起她的手，道：“我们回家。”

白夭夭侧眸，有些感动地点了点头。

许宣却一眼瞥见了她手上的烫伤：“你方才烫伤了？”

白夭夭匆匆掩饰：“哦……刚才进香时不小心烫的，过几天就好了，你放心，一点儿都不疼。”

许宣不免狐疑地看着她：“昔日药师宫中的地火都不曾伤你分毫，怎会轻易被香火所伤，你有事瞒着我？”

白夭夭不敢直视许宣，只将手掩在袖中，匆匆往前走，却被许宣伸手拉住，白夭夭顿时心慌异常，道：“一点儿小事，你这个样子倒显得我多娇贵，我自幼修行，水里来火里去，受过大小不计其数的伤！”

许宣扳过她的肩，逼迫她站在自己面前直直仰视着自己，他冷眼望着她，问道：“心虚了？你没发现吗？只要你一心虚，就会话多，而且句句不着边际。”

白夭夭愕然，半晌才结结巴巴地问：“有……有吗？”

许宣没有再说话，只一路牵着她，行到了西湖边上的雷峰塔，才对尚且忐忑不安的白夭夭道：“我给你另寻了一处好地方放陶偶。”

白夭夭望向旁边的雷峰塔，有些莫名其妙地问：“难道要将陶偶放在雷峰塔下？”

许宣皱眉，轻刮了白夭夭小巧的鼻头一下：“以后别跟齐霄太接近，他成天想着捉妖，老想将妖关在雷峰塔下，你怎么也惦念上了？你又不是妖，为何要放在雷峰塔下？”

白夭夭有些心虚，摸了摸鼻头，应和道：“的确是。”

许宣不再言语，只盯着白夭夭看，望得她更加心慌。他伸手，再度执起她的手，凝着那伤处细细察看：“夭夭，我希望你老老实实回答我，你究竟怎么了？”

白夭夭胆怯地别开目光，低声说：“我不明白你在问什么。”

许宣伸手往白夭夭额头一抹，轻叹道：“刚刚一路走来，你竟是流了不少汗，以前腾云驾雾都难不倒你，就算是步行，上次我尾随你从药师宫一路走到西湖，你也是毫无反应。”许宣抬起白夭夭的脸，直直望入她黑白分明的剪水双瞳，“夭夭，给我个解释！”

白夭夭贝齿缓缓刮过唇内嫩肉，犹自想要掩饰：“在凡间，总不好成天使用法力，我要入境随俗，对吧？”

许宣松开她，微微一笑：“你昨天搬了新家，邀请我去造访，小青留我吃饭，可你还记得你是怎么生火的吗？”

白夭夭回忆起自己昨大差点儿把房子点燃的情景，脸由红变紫。

“你的伤，你的体力，你笨拙地生火和做饭……这种种迹象，若我还没发现，是不是也太过迟钝了？”许宣眉头紧皱，关切地问，“到底发生了何事？你现在跟凡人无异，你修炼了千年的法力呢？”

“我……”白夭夭知道自己再掩饰不过去了，嗫嚅半晌后，方坦然道，“我只是，舍弃了！”

许宣浑身一震，惊到极处：“舍弃？”

白夭夭颔首，笑意清甜：“从此我就是凡人了，这两日我才知道，原来生活中处处不易。不过，我可以学，学着如何做一个凡人，学着如何与你……相伴终身。”说着说着，便又已赧然。

许宣叹了一口气，复又握住她的手，唏嘘道：“我最不愿意看到的就是你委屈自己。你根本无须为我做任何改变，我喜欢的就是原原本本的你。”

白夭夭说出了口也是轻松许多，此时她洒脱地笑道：“此事反正已成定局了，只是少了法术，或许会有不便。”

许宣觑她一眼，没好气地说：“可我看你有法术在身的时候，也不见得让人省心。”

白夭夭低头，不好意思地笑了。

许宣见她笑得毫无芥蒂，也是无奈却又宠溺，他微弯唇角，拉着她，走到旁边一棵小树前，对她道：“将陶偶放在这儿。”

白夭夭弯腰将手中的陶偶放下，又仔细看了看小树苗：“这是桃树？”

许宣颔首：“这是我昨日亲手为你种下的桃树，依我看，将陶偶供奉于此处远比留在金山寺要有意义。”

白夭夭眸中闪过惊喜的光：“你亲手栽种的？”

许宣捏了捏她小巧的耳垂，笑得宠纵：“以后，我年年都会为你种下一棵桃树。待到咱们白发满头、儿孙满堂的时候，这陶偶还守在这里，同漫山的桃花一道，见证你我这一生的相伴。所以这也是你这一生唯一的一个陶偶，你再也不需要陶偶求姻缘，就让它在此替你消灾，年年月月，护你一世平安。”

白夭夭听得眼眶一红，哑声喃喃道：“我舍千年法力，若能换一世相守，夫复何求。”

许宣也是听得感慨，伸手将白夭夭紧紧拥进了怀中。

3

三日之后，金山寺大殿。

小青坐在摆放娃娃的地方，两条纤细小腿在案台下自由地摆来摆去，头上顶着齐霄盖娃娃的那块方巾，嘟着唇轻轻哼着不知从哪儿听来的曲调，竟是十足悠闲自在。眼见怒气冲冲跑进来的齐霄，小青坏笑着说：“住持，别来无恙呀？”

齐霄看到她那两条不住摆动的小腿，再想到刚刚羞红着脸跑去找他的小沙弥，心头怒火更盛，瞪着她道；“金山寺内岂容你放肆，不许胡闹，赶快下来！”

小青不满地噘唇：“胡闹的是你，骗我来送香油钱，可我的娃娃，怎么会被盖上个破布？”

原来三日前，众师弟告知齐霄，寺里米缸里连一粒米都不剩了，齐霄便想着去寻小青要香油钱，哄她说必须要为佛祖添些香油，祈愿才能送达。小青呆呆傻傻地信了，又被齐霄叮嘱不能做伤天害理的事情，便拿了好几件洞中的宝物托小灰去卖掉换了银钱，可这眼巴巴送上来，却发现齐霄竟然把她的陶偶给盖了起来。

齐霄被她拆穿，有些恼羞成怒："休要胡说，再敢造次，我便立刻收了你！"

小青神气一笑："收呀！我人就在这儿，你想收本山君啊，等着你！"小青扯过头上方巾，一吹，那方巾便落在了齐霄的头上。

齐霄慌忙一把扯下，气急败坏地瞪着小青。

小青从案台上一跃而下，嘟着嘴望向齐霄，啧啧几声："没想到你也是那般庸俗的人，竟为了钱财，连我都骗。"

"不就是一个陶偶吗？好，我现在便给你摆上去，摆在佛祖脚底下，日日受供奉可好？"

齐霄抢过那陶偶，说得竟是有些赌气意味，小青便不再与他玩笑，低声说："我本来也不是为这事来寻你的。"

齐霄没听清她的话，浓眉一皱："你还想怎么样？"

"我……"小青欲言又止几番后，忽然没头没脑地问，"齐霄，你说这情和爱，到底是何物？为什么有人为了它，甚至不惜赔上自己千年的法力来守护？"

"哈哈哈，"齐霄听了，仰天大笑，"世人俗不可耐，为红尘所困，我除妖无数，早已看破世情，七情六欲当真害人不浅啊。"

小青听到齐霄这样说，柳眉蹙紧，似懂非懂地说："你的意思是，小白被七情六欲所害？"

齐霄重重点头，却忽觉不对，睁大眼睛问小青道："你说什么？难道白姑娘为了许宣，打算舍弃一身修行？"

小青长长地叹了声："不是'打算'，而是木已成舟。小白现在半点儿法力都没有，彻底成了一个普通的凡人。"

齐霄哀叹连连，痛心不已："好好的干吗偏要当个凡人，白姑娘到底哪里没想通？更何况是为了许宣，太不值得了。"

小青听得神色怔愣，心内纠结，小白为了许宣，枯等千年，如今竟又为了他舍去了最重要的法力，封印了灵珠……若情爱真是如此磨人，害人匪浅，那她还要不要呢？

微微侧眸，看向齐霄手中那只陶偶，而后不知怎的，就顺着齐霄修长的手指一路看上去，到他坚毅阳刚的下颌，到他惯是说出不屑言语的菱形嘴唇，到他的剑眉星目……

小青不知自己是怎么了，忽然像被烫了一样，移开了目光，只觉这殿中再待不下去，嘟哝一句："我去找小白了。"就急急忙忙逃走了。

"整天神经兮兮的，怕不是个脑子有问题的蛇妖吧……"齐霄有些莫名其妙，望着自己手里的陶偶，"那我给不给你摆上啊？"

齐霄虽然嘴上这样不屑地说，却"随手"将陶偶放在了案台上最显眼的位置。

第四章 赵瑜遇害

1

金山寺附近的露天会场，小王爷正摇着扇子，对工人们指手画脚：“今年的女儿节，务必要比以往隆重热闹，我赵王府的面子若是折了，你们一个个，提头来见。”

仆人们忙齐声应道：“小的明白了。”

小王爷指点道：“彩灯不够，再添一百盏！明日便是女儿节，你们都给我打起精神来！”

仆人们又是一阵往来穿梭，不住地忙活。

“王爷，小心啊！”只见一个架子突然倒下，小王爷虽经提醒也来不及躲避，一道身影蓦地从旁蹿出，将小王爷带到了安全地带。

众人皆是惊魂未定，拥上前来：“小王爷！”

小王爷回过神，眨了眨眼睛，发现救自己的人竟是冷凝，不由得惊喜异常：“冷凝，你，怎会在此？”

“瑜郎，你没事便好……”冷凝羞涩低头，又叮嘱道，“你一人在外，该多加小心才是。若不是我一直担心你，一路跟随来到此处，只怕那架子砸下来，你根本来不及闪避。”

“什么，你说一直跟着我？”小王爷上前一步握住冷凝的手，喜不自胜，“难道你对本王……”

不待他说完，冷凝神色便是一变，甩开他的手，冲入林间。

小王爷疾声呼唤："冷凝！冷凝，你怎么了？你别走啊！"

而真的冷凝，因恰好到金山寺来添香油钱，将这一幕完全收入眼中，不由得循着奔逃而去的人影，追了上去。

只见红芯捂着脸跌坐在地，自责道："都怪我法力浅薄，好不容易能见到他，却在关键时刻露出马脚。"

冷凝不由得斥道："阴魂不散，跟着小王爷的果然是你。"说着，便蹲下身，拉开了红芯的手，看着她毁容的脸，露出阴狠的笑容。

红芯无比惊恐地望着她："你……你怎会在金山寺？"

冷凝笑意更深："怎么？你一个小妖能来，我却来不得？"

红芯脸色灰败："你想做什么？"

冷凝站起身，冷嘲道："这句话，该我问你才是。你化作我的模样，在小王爷面前出现。如此一来，岂不是又将我推入悬崖，万劫不复！"

红芯泫然欲泣，接连摇头："我不是故意这样做的，只是见他有危险，一时情急之下……我法力微薄，你方才也见到了，根本无法一直维持外貌……"

林外忽然传来小王爷的声音："冷凝，冷凝你在何处？为何要躲着我？冷凝！"

红芯大惊："啊！他来了！求你放我走吧，我不会再出现了，我发誓这绝对是最后一次！"

"想走？你与我去见小王爷，当着他的面，将事情解释清楚再说。"说着，冷凝就拉起她的手，准备往外走。

红芯拼命摇头："不，不，我求求你，千万别让他看见我这副模样。"

冷凝望着她，心里悄然生出一计来，于是缓下声音："好，你这般痴情，我倒也不是不通情理之人，今日之事，我可以帮你，但日后，若我因今日之举而遇险，你可得帮我告诉我师兄或者白姑娘，让他们来救我。"

听着小王爷的声音越来越近，红芯仓皇点头："我答应你，我什么都答应你！"

冷凝勾起满意的笑容，松开手，眼见红芯忙不迭地钻入林中躲藏，她却做出神色凄苦的模样朝着小王爷走去："瑜郎可是在找民女？"

小王爷握住她的手："凝儿，我终于找到你了，这些日子知道你并未嫁给许宣，我对你的思念便是与日俱增，没来找你并非我始乱终弃，而是我娘亲不知为何阻拦我俩的婚事。你放心，明日女儿节我便当众宣布择你为王妃，再带你去见我娘亲，她之前或许是有什么误会，见了你之后必定会喜欢你，便会同意我俩的亲事了。”

冷凝却是掩面低泣：“瑜郎，我那日在药师宫假意拒绝你，也是想试探你是否真心。可不料，不仅我师兄因着婚约在前，从中作梗，而今老夫人也出面反对我二人的亲事。父母之命，媒妁之言，如今我二人是断断不能在一起了，我方才逃走，也是此故。纵然我再心喜瑜郎，也终究难抗天命，自此之后，只愿默默守护瑜郎，看瑜郎得娶娇妻，儿孙绕膝，才算心安。”抽噎着说罢，冷凝便挣脱小王爷的手，转身跑开了。

赵瑜被她一番情深意重的话说得触动情肠，竟是动了三分真情，喃喃道：“冷凝，你放心，本王今生非你不娶……”在风中枯立许久后，他才神色黯然地转身回去了。

红芯心中凄苦，但以为冷凝此举既保全了自己，也顾惜了她，因而虽然伤了小王爷的心，红芯也没什么好责怪冷凝的。只能怪自己容貌被毁，不能用真面目示人。手抚上面颊，红芯垂眸思索片刻，终是再度远远尾随着赵瑜去了。

2

女儿节的夜晚，由城中到金山寺的路，都被装饰得五光十色，在灯光映照之下，每家的女孩都装扮得十分美丽，面容虔诚地往金山寺行进。

小青虽觉自己美貌傲然于众人，也是对这人间盛景颇有兴致，对白夭夭道：“小白，大家都打扮得花枝招展，难道这就是女为悦己者容？”

白夭夭毕竟与人世间纠葛更深，神色也就更淡定许多：“寻觅到一段美满的姻缘，可不是简单的事。”

小青俏皮地点头：“如此看来，好姻缘真的很重要，有了好夫婿就会开心，对不对？”

白夭夭稍稍蹙眉望向她，又是忍俊不禁：“你呀，是不是又在打什么鬼主意？”

小青嘻嘻笑了，妙目一转，故意转移话题说：“对了，许宣他今天为何不愿陪你？”

白夭夭想起那冷漠自大的人，便不由得微微叹了口气：“唉，他说看不上这些繁文缛节，不如留在药师宫誊写书稿。”

“哼，真无趣！”小青噘了噘嘴，又忽然指着空中道，“姐姐，快看！”

人群也随之一阵欢呼，只见盏盏天灯随风而起，将夜空照得宛如白昼，让人间变得犹如银河，伸手可摘星辰。

所有人都抬头凝望这盛世美景，突然间，有戴着面纱的红衣女子神色匆匆地自人潮涌动中逆行而来，白夭夭敏锐，一眼望见，便不由得紧张唤道：“红芯？”

红芯拉住她的手，手心里全是冷汗，慌张不已地道：“白姐姐，方才……我最近一直尾随小王爷。方才见他于金山寺中遇到了冷凝姑娘，对她纠缠不息，似是决意要当众宣布娶她为王妃。都怪我，都怪我借她的脸。白姐姐，求你阻拦此事！冷凝姑娘不愿嫁给小王爷，我也真的不能没有瑜郎。”

白夭夭一听，忙推开红芯，对小青说：“我去金山寺，你去找许宣，要他赶紧前来。有什么事便用传音符联系！速去！”

小青郑重点头，二人便分头行动。红芯泪盈于睫，跺了跺脚，竟不知道自己该往何处去，最终还是选择去金山寺，纵是再怕被许宣他们责怪，只要远远得知一切安好便可以了。

金山寺大殿外满满全是人，齐霄正在主持仪式，女孩们在殿前广场上，手中皆提着祈福的琉璃灯，一盏盏昏黄的灯光，将金山寺照得犹如仙境。

齐霄大喊：“敲钟！”

古老苍远的钟声回荡于山间，和着女孩们的嬉笑声，倒真是一番别致景象。

白夭夭急切地穿梭在人群中，李公甫一眼望见，便热情地挥手打招呼：“白姑娘！”

白夭夭没有听见，匆匆走过，旁边几个捕快见了便七嘴八舌地议论起来：“这白姑娘怎么如此匆忙？连咱们李捕头的面子都不给。”

李公甫回头一看，疑惑道：“你们几个怎么在这儿，不是让你们跟着小王爷吗？”

一小捕快挠了挠头，为难道：“小王爷不让我们跟着。”

李公甫顿时急了：“那可是咱们的小祖宗，出了事怎么办，还不快去找！”

众捕快赶紧点头，散开。

白夭夭步伐太急，一不小心碰碎了一个女孩的琉璃灯，小姑娘掩面哭泣起来，白夭夭连忙道歉，这倒是引得齐霄走了下来，唤道："白姑娘，你也来了。"

白夭夭抬头看向他，十分心急地敲着手问道："你可曾见到小王爷？"

齐霄以为白夭夭对小王爷有意，露出一个意味深长的笑容："你来得不巧，方才小王爷点了六百盏天灯，比起往年更为壮观。不少女子争先恐后要做他的妃子。"

白夭夭神情一凛："天灯是从殿前广场放飞，可我一路走过来，并未见到他的踪影，你可知他现在人在何处？"

齐霄侧头思考了下："他好像遇到了什么熟人，同那人一道往供奉陶偶的大殿方向去了，我顾着主持法会，就只瞥了一眼，远远地也没看真切是谁。"

白夭夭心道不好："那便是冷凝！"

"什么？"齐霄跺足道，"那我们快去救她呀！"

白夭夭伸手阻住他："我已派小青去找许宣。这样，你尽量拖延时间，不要让任何人靠近大殿。为了冷凝的名节着想，此事务必低调，我先过去探探情况。"

齐霄连忙点头应下，见白夭夭匆匆而去的背影，对着夜空放出了一道传音符。

许宣正在药师宫的丹药房誊写药经，小青一脚将门踹破，风风火火地闯进来，吼道："许宣，火烧屁股了，你还坐在这里干什么？"

许宣神色倒是淡定："我对女儿节法会没有任何兴趣，就算小白亲自来求我，我也不会去的。"

小青伸手就来拉他："十万火急，谁有工夫找你看法会，快，快跟我走！"

许宣想把手挣脱出来，漠然道："你这种小伎俩，骗骗齐霄也就罢了，我不会跟你走的。"

小青气得想扇他两巴掌："骗你个大头鬼！冷凝出事了，小白让我来找你，快跟我去金山寺！"

"冷凝？"许宣急忙起身，正好这时传音符到了，小青接住符纸，两指一夹，符纸燃烧，齐霄的声音传来："白姑娘已赶往大殿寻找冷凝的下落，你找到许宣后，立刻前来会合。"

许宣神色也紧张起来："冷凝到底出了何事？"

"她被小王爷抓走了！我来不及解释，你还是跟我一起飞过去吧！"说罢便抓起许宣，飞身消失。

夜空中传来许宣凄厉的喊叫："啊！又来这一套！"

白夭夭摸索着进入大殿，发现其中漆黑一片，心中更觉不妙——供奉陶偶的大殿怎会如此暗，定是冷凝出了事。

正在此时，她听见角落里传来低低的啜泣声，便不由得关切地问："冷凝，是你吗？你在哪里？受伤了吗？"

冷凝的声音在黑暗中响起，虽是哭腔，却逐渐透出冷厉与嗜杀："白姑娘，你终于来了。我担心你不来，如果不来，我该怎么办……"

话音一落，黑暗中蓦然亮起一双绿色的眼睛。

白夭夭大惊失色："你怎会还有妖性？"

低低的啜泣声渐成沉沉笑声，冷凝笑得妖媚："呵，这么快就被你发现了。"

白夭夭不敢置信："我分明已经封印了灵珠，为何你体内的妖气还没有散去？"

"太晚了……"冷凝冷笑着说道，"就算你成了普通人，也改变不了我。这一切都是拜你所赐！那妖性从我心底蔓延，因为恨你，所以我成了妖，跟你一样的妖！"

白夭夭缓缓摇头："我们当妖的修炼成人形要数百年，而你却在短时间内就成了妖。你明明可以……"

冷凝不屑地轻嗤一声："你是妖，却能得到爱情；我是人，却输给了你。若我成了妖，能不能与你一较高下？"

冷凝一边说着，一边逼近白夭夭，白夭夭不断后退，直到脚跟碰到了什么重物，绊了一跤，沾了一手黏糊糊的液体，不由得微微一抖："血？"

冷凝轻笑一声，弹了弹手指，周边的烛火霎时全部亮起，众多陶偶居高临下地注视着白夭夭。

白夭夭回头，只见身后流淌了一地的血，而倒在血泊中的竟是小王爷！

白夭夭不由得愤怒地瞪向冷凝："你……杀了小王爷！冷凝，你为何要下此毒手？即使你成了妖，也不该杀人！"

冷凝毫不在乎地看着自己染了蔻丹的手指："我曾说过，不管用什么手段，都要让你付出代价。”

白夭夭颤抖着摇头：“冷凝，这个代价是一条人命，你竟然杀了人。”

“他该死！”冷凝一甩手，眼神如飞刀般射向白夭夭，“三番两次为难药师宫，若不是他，师兄不会察觉对你的爱，也不会与你在一起！是他，是他将师兄推向了你！这个死法，倒是便宜他了。”

白夭夭徐徐地闭眸，唇边倒染上了三分苦笑：“红芯来求救，也不过是你引我来的计划吧。”

冷凝掩唇而笑：“当然，我说了要‘你’付出代价……算算时候，师兄他也该到了吧。”

3

到得大殿门前，小青将许宣放下，后者险些没有站稳，晃悠了好几下才气喘吁吁颤着声音道：“你们个个都会飞，看来我也该学点儿法术防身才是。”

这时齐霄匆匆赶来，小青一见到他，柳眉一竖，怒道：“你怎么一个人从外面来了，小白呢？”

“白姑娘应该在大殿内，”齐霄压低声音指了指大殿，又透过窗纸试图向里张望，“奇怪，怎会没有动静？”

小青更是怒火汹涌，跳脚道：“什么，你让她自己进去了！难道你不知道她法力全失，你为什么不陪着她？”

齐霄伸出手指比了个“嘘”：“白姑娘说此事关系到冷大小姐的名节，务必要低调处理。”

“那也得赶紧打开大门！”许宣想起前几日白夭夭和冷凝的争执，神色无比凝重。

就在此时，忽闻殿内什么东西轰然倒塌，众人神色一凛，许宣赶紧大步上前推开了大门：“夭夭！冷凝！”

只见大殿内，白夭夭倒在陶偶之中，白色衣衫上面已是浸满鲜血，而冷凝则缩于一旁，满脸泪痕，望向许宣颤抖道：“师兄，白姑娘杀了小王爷！”

众人看向血泊里的小王爷，只见他圆睁着一双眼，胸前浸染开一圈血渍，神情骇然，早已气绝。

白夭夭正要开口解释，不想许宣抢先一步，上前紧紧抱住了冷凝，低头望着她关切地问："可受伤了？"

白夭夭张开了一半的唇微颤着闭上了，眸底现出浓浓的绝望。

冷凝故意依偎在许宣怀里，摇头道："师兄，幸好你来了，这件事不能怪白姑娘，她都是为了保护我。"

许宣回眸，看向小王爷的尸身，神情逐渐变冷，他眯了眯凤眸，伸手抚上了冷凝的发梢，状似安慰。

白夭夭无声地喃喃："不是我……不是……"

原本法会结束，所有女孩都要进入大殿，拿回自己所供奉的玩偶，是齐霄一直在外借口良辰未到而拖延，此刻，见大殿之门打开，女孩们一拥而上，当先冲进来的几位姑娘的笑颜顿时僵硬在脸上。

"啊！"

尖叫声此起彼伏。

"杀人了！"

"血！血！"

愣在殿门口的齐霄高举起手来喝道："站在原地，谁都不许动！"又望了眼白夭夭，为难道："白姑娘，这……"

本来视线被齐霄背影挡住的小青回过神来，拨开人群往里冲，环住失魂落魄望向许宣的白夭夭，低声安抚："小白……没事的……小白……"

没多久，李公甫带着衙役闯进来，见到这一幕皆是吓傻了，张着嘴说不出话来。

许宣搂着冷凝站起，小青则上前挡在白夭夭面前，一副谁敢伤她就要与谁拼命的姿态。

冷凝抱紧许宣，轻叹道："白姑娘，好生糊涂……"

李公甫终于回过神来，问三人："你们三人同在案发现场，有谁看清了凶徒的模样，这到底是怎么回事？"

白夭夭泪眼蒙眬地看向揽着冷凝的许宣，痴痴地摇头："你不信我吗？为什么不听我说一句话……"

许宣打断她的话，上前一步，对李公甫冷冷地说道："凶手就在你面前。"

李公甫惊问："是谁？"

"是我。"

“许宣！”李公甫惊得下巴掉了一半，“这话可不能乱说！”

冷凝也是愕然，赶紧拉他衣袖：“师兄，明明是……”

许宣再度冷声打断：“赵瑜欲行不轨之事，我为了救师妹，出手误杀了他。劳烦捕头！”

李公甫面现哀痛与纠结，冷凝拳头紧握，在掌心掐出道道白印，大殿中其余众人皆是愣在当场，不知如何是好。

白夭夭正欲开口，却被许宣一个眼神制止，他将冷凝抓住自己的手一寸寸掰开，一手挟住李公甫，便向殿外大步走去。

第五章
以命报恩

1

小王爷之死，自然引起全城骚动。

县老爷得知后连夜升堂提讯，巡抚大人也连夜赶到了府衙，亲自主审此案。

升堂前，李公甫想为许宣向县太爷求情：“他虽认罪，但在案发现场并未找到任何凶器，我觉得此事蹊跷，还须推敲。”

县太爷却是接连摇头：“你糊涂啊，此乃诛九族的大罪，既已有人认罪，那还不速速升堂，快随我去拜见巡抚大人。”

李公甫急了，拉了拉县太爷的袖子：“可是许宣未必见得就是真凶。”

县太爷义正词严地甩开他：“你懂什么？此事要是皇上怪罪下来，别说是乌纱帽，就连咱们的脑袋都难保。快快快，去把人押上来！”

李公甫迟疑着不去：“属下觉得还是不妥。”

县太爷怒视着李公甫，桌子一拍，恐吓道：“你若不去，立马卸下你捕头一职。”

李公甫这才没有办法，唉声叹气地去提人了。

齐霄作为法会的主持，随同许宣被一起提上了堂，等候升堂的时候，齐霄笑着对许宣道：“你到的时候，小王爷分明已经死了，为何要说谎？”

许宣同样压低声音冷冷道：“等会堂上问话，我来回答。你只管点头附和。”

齐霄剑眉一扬："你打算包庇凶手？"

许宣面色淡淡："我说过，人是我杀的。"

"不行！大家心知肚明，人不是你杀的！不管你想要包庇谁，我都不会帮你说谎的！"

"吵什么？公堂之上不得喧哗！"

齐霄与许宣大声争辩，却被旁边站着的衙役训斥了，他顿了一下，又靠近许宣："小王爷被杀的时候，分明只有你师妹和白姑娘在场……你莫非……"

许宣打断他的话："你看错了，我早了你一步，那一瞬间，能发生太多事情了。"

齐霄不耐烦地冷笑道："你当我眼神有问题吗？事关生死，一桩明摆着的顶罪案，还想让我配合你？"

许宣唇边勾起一丝极淡的笑意："你当然眼神没问题，但我能让你当哑巴。"

齐霄不屑地哼了声："你连武功都不会，少在这里危言耸听。"

许宣唇边笑意扩大，猝不及防间便是一根金针插入齐霄哑穴。

齐霄顿时发不出声音，面容狰狞地张着嘴望着许宣，许宣回给了他一个极其完美的微笑。

就在这时，县太爷跟在巡抚身后急急赶来。

衙役们齐敲手中的水火棍，唤道："升堂——威武——"

许宣便不再搭理齐霄了，而齐霄捂住喉咙，使尽浑身解数，也没能发出一点儿声音，反而因为肢体语言太过夸张，没多时就被赶出了公堂。

而此时衙门外，许姣容也是对李公甫怒骂不休，全靠冷凝和白夭夭拦住，才没有冲进衙门内去找李公甫算账。

"哎哟，要命了，我真是遇人不淑啊，他居然亲手把自己的小舅子送进衙门了！我的命好苦啊！这可是杀人的罪名呀……"说着说着，许姣容便抽噎起来。

冷凝忙握住许姣容的手，柔柔弱弱地劝道："姐姐，你别怪姐夫了，他动手总好过其他人，至少没有镣铐相加。何况我相信师兄，他不会做出这样的事的。"

小青听到此，不由得翻了个白眼，啐道："贼喊抓贼，真不要脸！"

"小青！"白夭夭忙喝止住她。

小青毫不介意，反是挺直了腰杆：“我说的是事实，怕什么？”

许姣容望向白夭夭，忽然意识到什么般，满是戒备地问：“白姑娘，我问你，当时你也在场，可曾亲眼看见何人行凶？”

白夭夭看向冷凝，淡淡说：“我并未看见真凶出手，只是当时大殿中非我一人，还有冷凝姑娘！”

许姣容咬着嘴唇摇头：“我弟弟一直行医救人，好端端的怎会成了杀人凶手。除非他是有心替人顶罪。”

白夭夭冷冷地回道：“不错。”

许姣容证实心中猜想，颤抖着指向她：“难道他是为了你？”

“我说过大殿之中，除了我还有冷凝……”白夭夭依旧望着面色镇定的冷凝，心里想看她能演到何时。

“你这是什么意思？”许姣容面带怒气，满是斥责与怀疑。

小青“哼”了一声：“许大姐，你该问问你身边的冷大小姐，小白为了救她才会闯进大殿，谁知道那个倒霉的赵瑜是不是她杀的！”

冷凝镇定地打断：“白姑娘，你何必假惺惺地误导大家。我与你一样，都是事发之后才进了大殿。虽然不知真凶是谁。可若有机会，我甘愿为师兄承担一切罪名，总好过有些人，信口雌黄，颠倒黑白。”

她不屑地瞟了一眼小青，激得小青扬起手来就要朝她冲过去，白夭夭赶紧拦住。

许姣容则将冷凝护在身后，怒问：“你们想干什么？”

白夭夭低声劝着气得脸通红的小青：“眼下找出真凶，还许宣一个清白才是正事。”

“可是，她……”小青依旧愤怒不已，李公甫此时匆匆从衙门中跑出，顺利转移了矛盾的焦点。

“你这个死鬼！我今天跟你拼了！”

许姣容一挽袖子就准备冲上去开打，李公甫却抓住她的手臂，脸色前所未有地严肃和沉重：“别闹了，巡抚大人已下了判决。”

许姣容忙问道：“结果如何？”

李公甫长叹了声气：“三天后……处斩……”

众人皆是一震，许姣容颤抖着瘫在地上，李公甫赶紧将她扶住。

“姐夫，我们先回去，我替姐姐看看！”冷凝面现焦急，围了过去。

李公甫点头，将许姣容打横抱起，与冷凝一同往家赶。冷凝走之前，给了泪盈于睫的白夭夭一个颇有深意的眼神。

白夭夭一时竟觉毫无办法。

此时齐霄垂头耷脑地从衙门里走出来，小青赶快迎上前，怨怪地问道："究竟怎么回事啊？怎么就判了呢？你方才在公堂上，怎么不替许宣解释呢？真是枉费我们的信任！"

她一连串问题跟连珠炮似的，齐霄"啊"了半天却说不出一句话来，急得抓着头上蹿下跳。

小青更急，怒骂道："你哑巴了啊！"

齐霄却是含着泪点了点头。

小青愣了一瞬，随即大笑出声："哈哈哈，你真哑巴了？我明白了，肯定是许宣做的，真是大快妖心。"

齐霄"哼"了一声，便在衙门外愤懑地坐了下来。方才被众衙役用水火棍压着，倒是弄得腰酸背痛……暗骂许宣真是狗咬吕洞宾，不识好人心！

白夭夭抬首，遥望着衙门，喃喃道："他这么做，便说明已经铁了心，要顶下杀人的罪名。"

"哦哦哦，我知道了！"小青恍然大悟般一拍手，冲白夭夭道，"他是听信了冷凝那个妖女的一面之词，觉得杀人的是小白你，所以才会这么做！他这么做，是因为爱你吗？"

白夭夭垂眸，哀戚道："若是如此，便是他不信我，他心中认定了我是杀人凶手……他却不知他这样做我会有多伤心……我既不愿他不信我，更不愿他为了我付出生命……"

"爱情果然麻烦，猜来猜去的，还动不动就要为对方送了命。"小青不解地皱眉，看白夭夭满脸伤痛，便又关切地问，"小白，我们要救许宣吗？"

"自然，我必须要证明自己的清白，也决不允许他为任何人顶罪。"白夭夭朦胧的双眼渐渐有了神采，"小青，你说红芯会不会知道什么？"

小青摇了摇头："我不知道，毕竟红芯对小王爷用情至深，肯定不会和冷凝共谋杀了小王爷的。"

"也对，是我想岔了。她若知道冷凝要做什么，是定然不会离开小王爷身边的。"白夭夭面上晃过一丝焦急，又渐渐变成坚决，"眼下，只有验尸了！"

白夭夭此话一出，小青和齐霄都是一惊。

小青望了眼衙门前站的两个差役，忙将白夭夭拖到一边："小白，我虽不太懂人情世故，但小王爷的尸身，怕是不太好验到吧。"

白夭夭眉目纠结地点头："我失了法力，自然没办法，但你可以。小青，这次你务必要帮我。"

小青虽然害怕，但观白夭夭的神情，更知她对许宣情深意重，便郑重地点了点头："姐姐，眼下天快亮了，我同齐霄先送你回去休息片刻，明天夜里我想法子来验尸。"

到此等要紧之时，白夭夭才觉失了法力是多么不便，小青修为不高，想要接触小王爷的尸身自然需要一系列谋划，急是肯定急不来的。于是便蹙着眉头点了点头。

见她答应回去休息，小青笑了开来，踹了一脚地上颓丧坐着的齐霄："走啦！"

齐霄这次是真的敢怒不"敢"言，只能化眼神为飞刀，狠狠从背后射向那晨光里的青色妖娆身影。

待将白夭夭送回了府，天色已是大亮。小青同齐霄一起走出来，后者掐着喉咙不断咳嗽想发出声音，却丝毫无用，小青看得喜上眉梢，故作不屑地拍他肩膀："喂，别白费功夫了。许宣用的不是法术，是用金针封了你的哑穴，谁知道你会不会做一辈子哑巴？"

齐霄瞪向小青，拍开她的手，再嫌恶地掸了掸肩膀。

小青眨了眨眼，优哉游哉地道："你瞪我也没用，到时候许宣被咔嚓一刀砍掉了脑袋，你呀，恐怕只能哑巴一辈子了。"

齐霄惊恐地捂住自己的脖子。

"不过……我倒是有个主意，"小青眼中精光闪烁，"不如咱们先帮小白拿回法力。到时就算不能证明许宣的清白，咱们也大可以一起劫法场嘛！"

齐霄骇然，倒吸了一口凉气，拼命摇头。

"有什么问题吗？我看戏文里都是这样说的，还说什么快意恩仇？"见齐霄脸色苍白、表情惊悚，小青又凑近他问，"莫非你有更好的主意？"

齐霄皱眉思考半晌，垂头丧气地摇了摇头。

小青得意地拍了拍他的肩膀："这就对了，做人呢，最重要的就是知恩图报，你欠姐姐不少人情，也欠着许宣不少诊金，不出点儿力是说不过去的。这样吧，咱们兵分两路，你去骊山想办法替小白拿回法力；我呢，就留在这里保护小白的安全，兼伺机去验尸。”

让他去骊山？他一个哑巴去骊山要怎么说才能给白夭夭拿回法力？而且之后还要劫法场？什么快意恩仇，这条蛇怕是疯了。

齐霄说不出话来，只能死命摇头。

小青故作不懂，摆出冷漠的脸：“我看不懂你的意思，总之你不说话，我就权当你答应了。”

齐霄哪里说得出话来？“啊啊”了半天，只能眼见着小青笑靥如花。

“嘿嘿嘿，你答应了！”

说时迟那时快，小青用力一踹，齐霄往后一避，小青忙跳回门内，笑得贼兮兮地说：“齐霄，一路顺风，万事小心啊！”

齐霄想要进门，小青将门一闭，只露一个脑袋：“你答应过的事，一定要做到，不然会哑巴一辈子的！”话音一落，小青便将门一推，彻底关上了。

齐霄撞了脑袋，揉着脑门哀叹不已——

他什么时候答应过？

都是她说的好不好？

齐霄站了半晌，终是泄气，认命般转身离去。

小青透过门缝，望着他沮丧的背影捂嘴偷笑：“齐霄啊齐霄，你也有栽在我手上的一天！”

2

次日，白夭夭和许姣容在牢房外守了一天，试图见许宣，却未果，分明牢头都已经买通，可许宣却说不愿见她们，只想见冷凝一人。

连冷凝自己都有些不解，迟疑着缓缓走进了大牢。

白夭夭望着她的身影，失魂落魄地想——许宣这是连解释的机会都不给她了吗？

许姣容则开始在一旁数落白夭夭：“那日大殿里一共三人，许宣必定是为了替你顶罪，才认下的官司。你这个恶毒的女人，我弟弟若是出什么事，我这辈子跟你没完！”说着竟是要上来扭打，旁边的李公甫见状，赶紧将她拉住。她便又开始打李公甫：“你到底是帮谁的？你看她丢了魂似的那个样子，肯定是心虚！”

这时小青也回来了，挡在白夭夭面前，冲许姣容斥道：“我早就说了，冷凝才是杀人凶手！”

“冷凝一个弱女子，如何能杀小王爷？”

“知人知面不知心，你护着她早晚要后悔！”

白夭夭拉了拉小青，低声问：“验尸的结果如何？”

小青有些黯然地摇了摇头，又瞪了眼许姣容，将白夭夭拉到一边，悄声说：“我派小灰去放了个火，引开了侍卫，但是他停灵的那间屋子四周全是符咒，厉害极了，我根本没办法接近……”早知道就不让齐霄去骊山了。

白夭夭听了也是十足低落，这该如何是好呢?

“不过……”小青见她神态哀伤，赶紧说道，“我化作侍卫模样，混迹其中与其他人攀谈小王爷的死因，一个稍微懂些杀人法子的侍卫说是胸口一个极细小的伤口造成的，一刀戳入心脏，手法利落得很呢！还说果然许宣精通医理。但是大家都没讨论出究竟是什么凶器造成的。”

“极细小的伤口……却能深及心脏……”白夭夭蹙眉思忖，片刻后终于恍然，“是簪子！”

与此同时，许宣从怀中掏出一支女子佩戴的珠钗，缓缓插在冷凝发间。

冷凝浑身开始不住地颤抖：“这簪子怎么会在师兄手中……”

许宣轻叹：“还记得这簪子何时弄丢的吗？你做事还是这么不小心。”

冷凝后退一步，不可置信地看着许宣：“是你？那日师兄抚摸我的头，不是安慰，是取了簪子？那日，你走到我身边的时候，不是担心我，而是疑心？”

“事出突然，那样短的时间内，我必须将事情厘清，所以借机搂住你，是为了确定真相，”许宣面上笑容尽去，眸中光线冷了下去，他再度拿下冷凝的发簪，“我匆匆瞥了一眼小王爷的尸体，胸前的创面极小，直入心脏，一击致命，应该是被极为细长的针状物所伤，但现场并未发现任何可疑的凶器，所以我猜想凶手一定将凶器藏在寻常人猜不到的地方。”

许宣将发簪递到冷凝眼前，只见簪上掐花的部位，还残留有血迹，他缓缓摇了摇头，冷冷道：“还有，凶手对人体极为熟悉，所以才能够在黑暗的环境中，瞬间避开胸前的肋骨，直接将凶器插入小王爷的心口。”

“有这样的本事，这个凶手不是仵作那多半便是习医之人。”

一边说着，许宣一边将簪子指向冷凝的胸口，冷凝忍不住一个战栗。

她深吸了几口气，依旧抑制不住声音深处的颤抖："所以今日师兄找我前来，并非顾念师兄妹之情，而是想告诉我，你不信我……一入殿，你便已知真相，却在众人面前惺惺作态。那你故意伤白姑娘的心，这么做又是为什么呢？"

许宣有些黯然地垂下眸光，唇边的笑意温柔却苦涩，满怀歉疚地道："因为我背叛了对她的承诺，我有何颜面面对她？她舍了一身法力要当个平凡人，我却辜负了她。"

"你不用辜负她啊，你既心心念念全是她，那为何还要替我承担杀人的罪名！将我供出来偿命便是了！你们自可以相守一生！"

许宣抬眸，看向眼底满是恨意的冷凝，有些悲凉地轻叹道："若无师父当初相助，我与姐姐流离失所，恐怕这一生都过不上一天安生的日子。这些恩情，我还不给他，但你是他唯一的女儿，我欠师父的情，我用命还给你，与药师宫是两清了。"

冷凝眼角湿润，她犹自倔强不愿眼泪流下，伸手抚上许宣的面庞，低声道："我不要你用命还我，我要的你一直给不了我。"若是许宣爱她，她也愿意为他付出生命。

许宣神情冷漠地将她的手从自己的脸上拿下："这是我为你做的最后一件事！"

冷凝后退两步，苦笑着摇头："师兄，你不要用这种看陌生人的眼神看我好不好？你以前最疼我了。你为什么不问我为什么动手？当日小王爷将我拦住，图谋不轨，我为了自保情急之下才会杀了他，不是我的错啊！"

"杀人之事或许错不在你，但栽赃于白姑娘，却是你犯下的大错。"许宣依旧神色淡淡，只在心口深处，他才知道自己有多么痛心。

冷凝笑了两声："你处处维护她，难道从一开始就从未怀疑过她？"

许宣此时方露出一点儿极真切的笑容："我对她，向来深信不疑。"

冷凝终于死心了，原来十八年的朝夕陪伴，亲昵相处，终究是比不过白夭夭的。泪意无止境地涌上、泛滥，冷凝咬着嘴唇低声道："是你们两人将我逼到这个境地，逼得我最后竟杀了人。"

许宣不认可地摇了摇头："能将一个人真正逼入绝境的，从来不是外人。"

“师兄……”

许宣不再看她，只将那珠钗递向她，再转身对着牢房墙壁上的小天窗道：“如果忘了师兄，能让你好好活下去，你就当许宣从没出现在你的生命中……我只嘱托你一件事，好好守着药师宫。”

冷凝看着他冰凉的侧影，泪流满面，半晌，才失落地道：“师兄！我现在才发现，你是个凉薄的人。”她夺了许宣手上那珠钗，转身跑出了牢房。

甬道上，冷凝竟将那珠钗一点点掰碎丢弃，再将沾血的掐丝红宝花给贴身藏了起来。

师兄，我不会舍得让你死的。

冷凝唇边一点点勾出了诡异的微笑。

大牢外，听了白夭夭所言的小青，眼神也瞬时亮了起来，拍手道：“对的！你向来不戴这些，定是冷凝了！”

白夭夭望向牢房，轻叹道：“可惜我们多半是找不到证物了，也没有办法证明我素日不戴这些。”这些证据远远不够翻案的。

“那该如何是好？”小青焦急地跺脚。

“如今之计，唯有从许宣身上下功夫，”白夭夭贝齿缓缓刮过下唇，“只要他愿意翻供，就可以拖延时间，另寻良策。”

小青一听，立马将胸脯拍得“啪啪”作响：“这就包在我身上了，现在小白你没有法力在身，这闯大牢的头功，我领定了！”

白夭夭摇头浅笑：“你的好意，我心领了。眼下就算没有法力，我也必须亲自去牢中见许宣一面。”

小青又义气满满地道：“不如我这就召集人手，索性咱们打进县衙，把他救出来！”

白夭夭忙拉住说风就是雨的她：“你若真去劫狱便坐实了许宣的罪名。此事宜静不宜动，切不可走漏风声。”

小青泄下气来：“那怎么办呢？以齐霄的速度，不知道今天到骊山没有……他说不定也要后天才能赶回来。”

白夭夭咬了咬下唇：“或许真的等不及他了。最迟明天，我务必要见到许宣。”

小青沉默了会儿，忽地眼睛一亮，不怀好意地笑了出来：“老办法！”

白夭夭有些无奈地笑了。

眼见冷凝的身影逐渐出现在牢门前，白夭夭拉着小青转身离去，而身后许姣容又冲她们骂骂咧咧两句，就去找冷凝询问许宣的情况了。

3

九奚山上，依旧是白茫茫的一片。

青帝与白帝正在府中对弈，旁边红梅开得正好，香气幽幽扑面，而再观棋局之上，白子已然失掉江山。

白帝摇头，投棋认输："不下了，甘拜下风。"

青帝微微一笑："我这盘棋你可以认输，但人间的那一局，却不可轻言放弃。"

白帝愣住。

青帝便索性说个明白："我从司命处查了紫宣今生的命盘，七杀格仍在。"

白帝眉眼一垂："'杀、破、狼'三种命格天生带煞，有祸乱天下之象，好在紫宣、凌楚二人天生仙骨，唯有贪狼一直寻找不到。"

青帝将棋子一粒粒收进棋盒："天帝为免三界生灵涂炭，一直关注此事。只是想不到这两人再世为人，仍是逃不过这样的命运。"

白帝摇了摇头："如今世上已再无紫宣，唯有许宣。可他当日既入了药师宫，可见仍有仙缘，也仍须归于九重天。"

青帝揶揄一笑："哈哈，想不到你也在暗中关注此事。"

白帝冷傲地哼了一声："你那宝贝徒弟，自己操心去吧。我不过是为了凌楚，爱屋及乌罢了。"

"言归正传，许宣命格单薄，注定一生孤寡，命中无子。"青帝说到此，竟是有些哀叹之意。

"那又如何？"白帝却依旧是不屑一顾，"待他在人间吃够了苦头，自可修成正果，届时位列仙班，人间的历练遭遇不过黄粱一梦罢了。"

"你只知其一不知其二，"青帝缓缓摇头，"他能否归位全看自己的造化，我等本不该横加干涉。可坏就坏在那日司命贪杯误事，他一时口快。此事被仙鹤听去，已传入白夭夭耳中了。"

白帝正帮着收棋子的手一滞，没好气地将棋子掷回玄冰棋盒内："哼，骊山老母教出来的好徒弟，她必定不会照天命而行吧。”

青帝黯然点头：“依那白蛇的性子，定会想尽办法为许宣扭转命格。这也是我最担心的地方。”

“无知小妖，殊不知逆天改命有违天道，届时不光紫宣难回天界，连她自己也将万劫不复。”

“所以……我才来托你。”

白帝并不想招揽此事，便漠然回绝：“你自己的徒弟，自己管教。我才懒得去问。”

青帝却是把住了他的命门：“此言差矣，你别忘了，凌楚也在凡间历练，若能助紫宣渡此大劫，对他来说，岂不是功德一件，也好早日回到你身边。”

白帝虽然一向自私又好大喜功，却也当真是心疼自己的大弟子，迟疑了片刻，便问青帝：“那你的意思是？”

青帝郑重地看向白帝：“让齐霄找机会拆散两人，应天命！”

白帝闻言，摸着手中的白玉棋子，良久才缓缓道：“这一步棋事关重大，待我好好筹划一番。”

骊山山巅之上，齐霄正泄气地坐在地上，愤懑不已。

他千辛万苦几乎把所有的体力用尽，才跑过来，骊山一脉居然说因为骊山老母外出云游而闭门不见。

唯一好处却是将他的嗓子给医好了。

望着悬崖下的无边云海，齐霄没忍住斥了两句：“枉费白姑娘与你们是同修，分明是见死不救！”

斥完之后，齐霄心情稍好了些，抬起头来准备起身，却忽然在草丛里发现了一朵白色的花。

阳光照耀之下，纯白的花瓣几乎透明，闪着冰蓝色的光泽，竟是分外耀眼。

齐霄凑近去，定睛一看，便是喜不自胜：“月白花！怎会长在骊山呢？”他忙不迭地伸手摘下，这下好了，天无绝人之路，真是老天爷帮他。

眼见齐霄离去，仙鹤现出身来，望着他的背影叹道：“凌楚啊凌楚，算你机灵，不枉我一片苦心，故意将月白花种在此处，但愿你能物尽其用，替许宣保住性命。”

青帝无声无息地出现在仙鹤背后，语调清冷地说道：“那你可知，恣意妄为，干涉凡间，是何等重罪？”

仙鹤见是青帝，忙回首低头认错：“小仙知罪，不敢有任何狡辩之词。只是小仙不明白，难道青帝您真打算见死不救，任由紫宣与小白受尽磨难不得善终？”

青帝轻叹一声：“当初凌楚逆天而行，我早已法外开恩，为他们留下一线生机。他二人此生若不能顺利渡过人间的劫难，便会灰飞烟灭再无任何转机。”

仙鹤缓缓摇头，脸色苍白地说：“小白用了千年才找到许宣，她只想帮他。求青帝开恩，成全他们两人吧。”

青帝却是不以为然：“白夭夭大逆不道，妄图扭转天命。他三个人的未来只怕会毁于她一人手中。”

仙鹤浑身一震，脸色越发惨白。

第六章
强探大牢

1

夜深人静，药师宫内瘴气升腾，烟雾缭绕，莫名晕染上十足紧张的气氛。称作风声鹤唳，草木皆兵也不为过。

断阳宗下几十位弟子皆作劲装打扮，断流当先，压住声音吩咐道："记住，救了人立刻离开，不能留下任何线索！"

众人纷纷点头，戴上了黑色面巾，刚欲提刀离去，宋师兄却带人赶来，将他们团团围住，喝道："你们断阳宗，好大的胆子！"

断流不屑地轻哼一声："我当是谁，明决宗的废物！"

清风怒道："你说什么？"

断流挑了挑眉："怎么，趁着宫上不在，终于露出狐狸尾巴，想跟我们动手？"

"谁……谁要与你们这群疯子动手？"清风哪及断流口舌恶毒，立马气势上就矮了一截。

宋师兄皱眉问："你们这身打扮，想去哪里？"

"明知故问！宫上有难，断阳宗弟子岂能坐视不理。"

清风打量着他们，不敢置信："你们果真要去劫狱？"

宋师兄一挥手："统统给我拿下！"

明决宗弟子与断阳宗弟子纷纷拔出兵器，杀气弥漫，一触即发。

断流一甩手中长刀："你们明决宗哪里来的勇气敢和我们断阳宗动手，要不是平时宫上管着我们，就你们那点儿本事，哪里护得了药师宫的太平。而如今明知宫上遭人诬陷，你们这些平日满口仁义忠信的明决宗弟子，却一个个当了缩头乌龟。今日我断阳宗要去救人，谁拦……杀谁！”

宋师兄聚精会神地凝视着断阳宗各人：“越狱劫囚，等于坐实宫上的罪名。靠蛮力解决不了问题！”

断流咬牙切齿：“总好过你们，见死不救！”

“你！”

“住手！”

二人话头不对，眼见就要挥刀殊死一搏，突然传来一声断喝，众人愣住，抬头一看，却是冷凝从台阶上走下，目光中多了往日不曾见过的威严气息。

在这样的气焰下，宋师兄竟是有些紧张地唤了声：“大小姐！”

冷凝冰凉的眼神缓缓扫过众人，断流也不得不低头行礼：“见过大小姐。”

冷凝稍稍平息了一丝怒火，平静地道：“将兵器收起来，师兄若见你们这样，该伤心了。”

断流拱手道：“大小姐，断阳宗不怕死，我们脱下药师宫的衣服，就是为了不连累大家。”

冷凝向来心属明决宗，学的也是《医经》药理，对断阳宗也是素来看不上眼，可此时，她看着断流的眼神却分外温柔亲切：“我明白，大家都是为了救宫上，无论明决还是断阳，我们都是一家人。信我一次，不要急着动手。师兄不会有事的。”

众人纷纷低头，收起了兵器。

清风见状，悄悄问宋师兄：“大小姐怎么会突然帮断阳宗的人说话？”

宋师兄也是不解，不经意间皱了眉头。

冷凝将他们的反应收入眼底，却是置之不理，反倒对断流柔声说道：“断流，你有这份心，我十分感动，为救师兄，我也在尽力查清此案，当时我也在现场，除了我和师兄，便只有白夭夭了。”

断流立马愤然点头：“对，那白夭夭定然是凶手！”

“这倒不一定，”冷凝轻轻叹气，“只是师兄多半以为是她杀了小王爷，才会甘愿为她顶罪……要知道师兄对她……”说着，便是泫然欲泣。

断流面上怒意更甚：“即使不是白夭夭杀的，必然也有她参与其中，否则宫上怎会受她蛊惑，频频与外界为难？这就是一场阴谋！”

“是的。所以，我想查清此事，还师兄一个清白的同时，也让他看清白夭夭的真面目。只是，我一个弱女子……”

断流眼见冷凝掩面要哭，忙道：“大小姐不必担心，你有何打算，断阳宗都将全力相助！”

“不可！”清风忙出言劝阻，“眼下宫上不在，依照宫规，谁也不能动用药师宫势力行事！”

断流冷冷一嗤：“何必以药师宫之力，我们断阳宗自会处理。”

“断流，你莫非要叛出药师宫？”

“该离开药师宫的不是我，而是不顾药师宫安危之人！”

清风气得咬牙切齿：“宫上不在，谁又能给别人定这罪名！我看你现在是为所欲为了！”

断流却是眼神轻蔑：“宫上在如何，不在又如何？若是不能有益于宫中，执意要替她顶罪，换个宫上又如何？”

“你放肆！”清风目眦欲裂，几乎是想上前同断流拼命，“你眼中还有没有药师宫？”

冷凝唇角有着诡异的笑意，此时她伸手掩住唇，目光哀痛地劝道：“清风，我同你一样忧心师兄的安危。正因如此，处置了白夭夭，才能保全师兄不再做出什么有损自身的举动啊！”

清风只觉众叛亲离一般，退后两步，缓缓摇头：“事发之后，我去找了白姑娘，她说清者自清，定会找出真正的凶手。宫上信她，我也信她！”

“好！”冷凝冷笑两声，目光逐渐阴狠，“那若是她不能自证，那便再无理由留她性命了！断流，走！我们去商量办法，总不能让唯唯诺诺的人走漏了风声！”

说罢，冷凝气势骇人地拂袖离去。

断流带着断阳宗弟子随后跟上，清风慌乱地拉了拉宋师兄的袖子，哑声喃喃道：“我怎么觉得不太妙呢……”

宋师兄也是面露担忧。

远方山头，斩荒低头望着药师宫中这一幕闹剧，唇角全是满意笑意：“有意思。冷凝，当真如饕餮所说的那般好用……”他抬手，一丝灵气飘浮起来，很快便钻入他的指尖，消失无踪，而再看药师宫，灵气渐渐涣散，此时竟已开始聚集若有似无的紫色妖气。

逆云凝眸道："许宣离开不过两日，地脉中涌动的气息就有了变化。他果然是七杀命格。"

斩荒轻笑："紫宣啊紫宣，看来无论为人为仙，你这身命格，是永远无法摆脱了。"

"主上，如今他已不在，咱们下一步如何进行？"

"他还不算彻底不在，但也是迟早了……"斩荒唇角笑意更甚，"一赶走他，便将药师宫化为妖冢，助我大业。"

2

次日清晨，监牢墙头忽然冒出火光，白烟滚滚。

众衙役惊慌大喊："走水了，快来人！大牢走水了！"

看着衙役匆匆忙忙地奔跑去打水救火，躲在角落里的小青笑得自是志得意满，旁边的小灰则是一脸哀怨："山君，你就不能换点儿新鲜的，每次都是这一招。"

小青狠狠对着小灰的屁股一踢："以不变应万变，你懂不懂，快去，把看守给我引开！"

小灰长叹了口气，认命地高举火折子冲了出去，大喊道："苍天已死，奸臣当道！我有冤情，我不甘心，我要烧光这座充满黑暗和鲜血的大牢！哈哈哈，你们抓不到我！"说罢，掉头就跑。

"抓住他！抓住那个灰脸的小贼！"众衙役忙追着灰兔精而去，小青笑得更加得意，打了个响指，白夭夭从门外悄悄走了进来。

许宣听见外头闹哄哄的，不由蹙眉，凉凉开口："一大早便如此热闹，该不会赶上劫狱了吧。"

忽然门动锁响，他抬眸，只见白夭夭缓步走到自己这间牢房前，正隔着栏杆神容惆怅地望着他。"这么大动静，是你弄出来的？"许宣问道。

"我想见你一面……"白夭夭目光凝在他唇际泛出的青色胡楂上，低声嗫嚅道。

许宣看她也是憔悴了不少，既是心疼，又是生气，哑声问道："你说要当个凡人，那就得遵守人间的律法，闹这么大动静出来，知道有什么后果吗？"

白夭夭低眸自嘲："九天之上，我不遵天命；凡尘俗世，我不遵律法，我若遵了这些……就得眼睁睁看着你死！"说到最后一句，她直直望向许宣，目光凄苦，不管他信不信她，不管他愿不愿意见她，她都必须要救他！

"生离死别，都是人生必经的历程，只不过来得早了点儿。"许宣收起往日狂傲的神情，望着白夭夭的眼神有着怜惜与不舍。

白夭夭神色凛然地摇头："我不需要你替我顶罪，我没有杀小王爷！"

许宣隔着牢门，将白夭夭一把拉近，望着她轻声笑说："谁说我是替你顶罪？是我不了解你，还是你对我没信心，若我连这点儿都没看出来，如何有资格爱你！"

白夭夭愕然："你知道凶手是谁？"

"欠师父的，这一生我用命还给冷凝。"许宣眉头紧锁，声音却是一低，眼眶竟不经意地红了，"欠你的，可愿许我一个来世？"

白夭夭拼命摇头，眼泪猝不及防地滚落："我只要这一世，你师父绝不会容许你用这种方式报恩，这不是报恩，是……是你的命！"

许宣低头吻上白夭夭脸颊的泪痕，声音中尽是痛楚与颤抖："知道为什么不见你吗？我没想象中意志坚定，见了你，我对人世就会有依恋，不愿意这么早撒手人世。"

"许宣，你知道吗……"白夭夭低泣出声，眼泪越流越多，"这一世，我与你，这场相逢，我盼了千年，你知道千年有多久吗？你这么做，护下了冷凝，却是对我最残忍的决定。"

许宣有些震惊："你说……千年……"

"是啊，我等到你重新开口唤我'夭夭'，等了整整一千年！"白夭夭紧紧握住他的手，因为过度用力，指关节都已泛白，"你记得我在西湖边上跟你说的话吗？我内心从开始到现在都只有紫宣一人，而你，就是今世的紫宣！若你不喜欢我，我不愿告知你真相，因为怕打扰你今世的生活，让你平白背负上之前的一切，对你不甚公平；可如今，你喜欢我，你说过你要跟我共度余生的，你说过你要每年为我种下一棵桃树的，你怎么可以就这样离开我，你怎么可以这么残忍……"

许宣眼眶亦是通红，开口方知声音完全喑哑："夭夭，若那日我在断桥上让你离开，今天的结局会不会不同？我不会承诺与你相守白头，不会替你亲手栽下桃树，你不会这么难过，可是，若是重来……"

白夭夭滚烫的泪水，落在了许宣的手心，她苦笑着说道："你后悔了吗？"

许宣摇头，隔着栏杆将白夭夭抱紧："我怕我偏偏会做一样的决定，还是忍不住将你留下，许诺为你种一片桃花林，只不过也会让你伤心。"

"我们有机会改变的！"白夭夭匆匆说道，"你说要遵守律法，我替你击鼓申冤！"

许宣缓缓摇头："我替冷凝顶罪，这事已定，她杀人的证据，我也交还给了她，怕是已经被她亲手毁掉。"

白夭夭咬住下唇："善恶终有报，冷凝必须为自己造下的孽付出代价！"

突然间，大火蔓延至牢房内，浓烟滚滚，许宣紧紧握住白夭夭，神情紧张："火烧进来了，你没有法力在身，赶紧出去！"

白夭夭凄苦地摇头："你担心我的生死，却自私地不愿为我求一线生机，这样，倒不如咱们一起……"

白夭夭话还没说完，火苗汹涌扑面而来，而就在此时，一人影忽然从大火中蹿出，手上一挥，火便退了几寸，许宣眼见来人，便是一愣："齐霄？"

齐霄没有搭理他，趁其怔愣间，径直扯过他就往他嘴里塞了几片花瓣。

许宣来不及吐出，就已经双眼一翻，晕了过去。

齐霄拉住白夭夭："走！他吃了月白花，必将昏睡三天三夜以上，按律无法行刑！我们出去等待！"

白夭夭望着昏倒的许宣，虽是依依不舍，但也郑重点头。

齐霄一挥手，火势又减了一半，他拉着白夭夭，趁着救火的衙役到来之前，快速蹿出了牢房。

跑出几里后，白夭夭终是一脸担心地回望大牢，齐霄出声安抚："你别挂念了，我去骊山虽未能寻到你师父踪影，但寻到了月白花，就总算没有白跑一趟。"

"月白花的香气特殊，乃是月宫中酿酒的材料。凡人无福消受，若误食花叶，便会陷入昏迷，起码要睡上三天三夜，"白夭夭也觉终于心宽了不少，浅浅一笑，松了眉头，"我在骊山修行多年，从未见过此花，你能碰上可谓仙缘不浅。"

齐霄爽朗一笑："我这也是被逼得走投无路，才想出的法子。刚才趁乱给许宣服下花瓣，正好替咱们多争取一点儿时间，用来捉拿真凶。"

白夭夭颔首："我已派小青去注意冷凝的行踪，就这两日，她必然会有所动作。"

"为何？"齐霄见她如此笃定，便有些好奇。

白夭夭垂眸轻叹："我不信她会心狠到看许宣为她顶罪而毫无反应，毕竟这不是她想要的结果。"

冷凝从始至终，都是想杀了她罢了。

果然不多时，小青的传音符便到了，冷凝去了王府，说要验尸。

白夭夭和齐霄对视一眼，默契地向王府快速而去。

3

李公甫带着冷凝小心翼翼地步入王府，再走到小王爷停尸的灵堂。

屋中挂满白幡，尚未合棺，小王爷嘴含美玉，就这样静静躺在华美的沉香木棺中。

李公甫打量了下门外，压低声音说："王府内外现在戒备森严，我也是好不容易才买通和支开他人，你验尸一事一定要小心谨慎，不能让其他人知道。"

冷凝神情严肃地点头："为还师兄一个公道，冷凝愿意冒险。"

李公甫稍稍皱眉，狐疑问道："你一直说小王爷之死有蹊跷，是不是有什么线索？"

冷凝蹙眉看向尸体："之前姐夫也说现场并无凶器，我怀疑凶手另有他人，所以才打算验尸查看，为师兄求一线生机。"

"唉，"李公甫叹了声气，有些低沉地说道，"眼下也只好死马当活马医了。还需要我做些什么，你尽管开口。"

冷凝点头："请姐夫在门外为我把风，不要让任何人打扰。"

"好，你只管放心。"李公甫转身关上门，退出门外。

冷凝走到尸体边，唇边勾出诡异弧度，她轻轻抬手，不动声色地将一包粉末撒在小王爷尸身上。

窗口忽然传来声响，冷凝不慌不忙地抬头，唇角笑意更甚。

她走到窗边，揭掉了所有符纸并打开了窗户，只见一阵风到，红芯赫然现身房内。

冷凝看着她颤抖着扑向棺木的瘦弱身影，冷声说道："你求了我两日了，这下我好不容易找到机会，你有什么话只管对他说吧。”

红芯抱住小王爷，泪水如潮涌般止不住地滑落：“瑜郎，是我来晚了。”

冷凝站在她背后，笑容完美，眸中却投出绿光。

白夭夭与齐霄一起赶到房门前，与正密切监视的小青会合。三人躲在角落里，望向门口守着的李公甫，犹豫着下一步该如何做。

白夭夭皱眉道：“痴情总被多情误，红芯对小王爷一片真心，定然会来送他最后一程，之前有符咒作梗，但冷凝一到，却可以帮她除去。我担心，这便是冷凝的计谋，她知道害不了我，或许便会找红芯顶罪。”想到这里，白夭夭都被这念头吓了一跳。

齐霄也是神情严肃：“我已感受到了房中的妖气，想必红芯已经到了！虽不知道冷凝会否如此，但还是先阻止为妙！”

“那我们要冲进去吗？”小青摩拳擦掌。

“事不宜迟，动手吧！我去引开李捕头，你冲进去！”齐霄正待从角落走出，门里便是一声尖叫：“救命啊！”

是冷凝的声音！

白夭夭拉住齐霄和小青，示意他们再看看情况。

只见冷凝一身是血奔出房。李公甫匆匆上前问道：“冷凝，你怎么了？哪儿来的血！”

冷凝捂住受伤的手臂，颤抖着指向屋内：“红芯，是红芯……”

李公甫大惊：“就是那借了你的脸的鲤鱼精？”

“是她，她才是杀人凶手。我本打算验尸，她忽然冲进房中，拔剑要杀我！”冷凝边说，眼泪边往下掉。

李公甫怒极：“大胆妖孽，快来人！跟我抓妖去！”

冷凝赶紧拉住他，关心地叮嘱：“她因爱生恨，所以才杀了小王爷，如今又来盗取尸身，你们千万不可掉以轻心呀！”

李公甫颔首，正待吩咐，便有一名衙役来报：“报告捕头，后门有血迹，像是往后山逃了！”

李公甫郁闷地一敲额头：“你速去县衙通知其他人，大家带齐家伙，与我一同追捕杀人凶手！”

“她是个妖，随时都会伤人性命，”冷凝又赶紧特意出声叮嘱，在“妖”字上落音特别重，“诸位官差大哥千万小心！”

李公甫拔出了刀："她若轻举妄动，大家不必客气！"

众衙役纷纷拔刀："属下明白！"

"让我跟你们同去，好指认她！"冷凝神色冰冷又坚决。

"太危险了……"

李公甫本来欲出声拒绝，冷凝却又抢着道："姐夫，我好歹懂些医术，万一发生意外也好有个照应。"

李公甫点头同意，带着冷凝和众衙役往后山方向去了。

白夭夭看得出了一身冷汗，但碍于衙役众多，不能轻举妄动，眼见众人离开，便慌忙对同样神情紧张的小青和齐霄道："快去找到红芯，务必赶在其他人之前，否则我怕她会有性命之忧！"

第七章
人妖殊途

1

红芯跑出十来里，就再也跑不动了。

她跌坐在地，紧紧抱着怀中的小王爷，抬手看着已经全然黑掉的掌心，她咳出几口鲜血来。她低眸望向小王爷的神色却无比温柔，喃喃对他说道：“是我太笨了，原来一切都是冷凝做的，是她杀了你，对不对？咳咳咳，她在你尸体上下毒，打算杀我灭口，呵呵，就算有毒，我也不会放手的，我终于可以和你在一起了。”

身后杂乱的脚步声渐渐靠近，红芯倒不惊慌，只是微微一笑，沉溺于自己的世界中：“我唯一后悔的，就是自己轻信了她的谎话，借用了她的脸。是我害死了你，我才是杀死你的罪魁祸首。瑜郎，你安心地去吧，来世再见面，我不要做妖，我要做人，做一个天下最美丽的女子，做你的妻。”

李公甫带着大批衙役赶到，只见红芯专注地望着怀中的小王爷，对他们的到来似是一无所知。李公甫重重一咳，吼道：“妖孽，还不快束手就擒！”

红芯神色痴迷，兀自喃喃自语：“没有人可以将我们分开了，我再也不会离开你……”

李公甫手一挥，便是一箭破空而来，直入红芯胸膛。

红芯终于抬头，神情呆滞地看了看李公甫等人，红色长袖一甩，便是一道火焰隔开了众人。

李公甫忙掩护众人后退几步：“大家小心，她会法术！”

红芯看着烈火，唇边竟浮现了一丝笑意。

白夭夭此时和小青他们赶到，见终究迟了一步，不由得又愧又悔，忙拉住小青，道："快带我进去。"

小青颔首，再度同齐霄一道拉着白夭夭飞身而起，跳入火圈之中。

白夭夭对红芯劝道："快归还尸身，跟他们回去说个明白，一切都还来得及！"

红芯看着他们，泪盈于眶："来不及了，白姐姐，我身中剧毒，现在只求与瑜郎死在一起。"

冷凝此时也已带着断阳宗众人赶到，站在人群前，指着红芯开始煽风点火："鲤鱼精先是化作我的模样，借机杀死了小王爷。接着又将众人引入大殿，企图栽赃陷害，师兄他不明真相，才会冒死顶罪。姐夫，金山寺一案，终于真相大白了。红芯就是凶手！"

众衙役议论纷纷——

"可恶的妖！果然没有一个好东西！"

"我就说宫上不会杀人，没想到是妖作祟！"

李公甫则怒问红芯："人证物证俱在，你还有什么好说的？速速交出小王爷的遗体。否则我们就不客气了！"

红芯苍凉地笑了笑："你们心中早就认定我是真凶，又何必假惺惺地多费口舌。人心才是这世上最毒的东西，我不会再相信你们这些道貌岸然的人！"

李公甫对身后众衙役道："妖言惑众，从后包抄，将她抓回去问话！"

众衙役忙恭敬应道："是！"

突然间，远处山中射出一支箭来，直直飞向火墙之后。白夭夭侧身避过，箭落在了一旁，白夭夭定睛一看，顿时大骇："这毒箭……是断阳宗……"

小青与齐霄俱是面色大变，还未来得及反应，铺天盖地的箭雨压了过来，齐霄冲到小青身前，帮尚在怔愣之中的她挡掉一箭，呼道："你愣着干啥？不要命了！"

小青回过神来，神色复杂地望了齐霄伟岸的背影一眼，唤出双剑，与他并肩而立，击落剑雨，白夭夭则一个飞扑挡在红芯面前，怒斥道："箭下留人！"

箭雨停息，冷凝神色紧张，喝道："白夭夭，我还没有问你，你为何和这个杀人的妖站在一处，莫不是与她为伍，想要袒护于她？"

白夭夭冷冷看着冷凝，扬声道：“孰是孰非，又岂容你一个人独断？”

山林中，有断阳宗弟子转身问向断流：“师兄，白姑娘在那儿……”

断流神色阴鸷，眉梢一动：“怎么？你不敢吗？”

那弟子不敢说话，断流便抢过他手中长弓，从背后抽出一支墨色箭矢，瞄准了白夭夭：“五毒轮番淬炼过的箭，今日她就算有通天的本事也休想活着出去。”

指尖一松，长箭破空而去，齐霄耳中听得风声，挥刀将箭击掉。

白夭夭面色一变，霎时间，箭羽纷纷迎面射来。

小青看明白这一拨箭目标为白夭夭，赶紧拉开她：“小白闪开！”

白夭夭这侧身一避，身后便是一声闷响，一支还在微颤的长箭，正戳在红芯胸口。

白夭夭花容失色，蹲下身来，扶住红芯的手，却被红芯甩开：“我身上有毒，别碰……”

白夭夭不禁泪盈于眶，侧过脸去，不愿承认红芯已命不久矣。

因红芯法术而起的火墙渐渐熄灭，因为中毒已深，红芯已经奄奄一息，说话时极其虚弱，断断续续说着：“白……白姐姐，是我错了，她……她才是……”红芯伸手要指冷凝，却因为没有力气而颤颤巍巍抬不起来。

白夭夭忙道：“红芯，你有什么话只管说，我在这里，没有人可以伤害你。”

冷凝神情阴狠地一咬牙，对李公甫道：“姐夫，她死到临头，定会栽赃陷害，这个妖说的话一句也不能信！”

小青举起碧色双剑，斥道：“你胡说八道，我看你分明是心虚，怕红芯说出那日的实情。”

冷凝假装柔弱地后退，衙役们忙将她护在中间。

白夭夭也是愤愤不平，看向李公甫：“李捕头难道就凭冷凝的一面之词，就想先斩后奏，枉送红芯的性命？”

李公甫神情严肃地警告道：“白姑娘，我这是执行公务，你不要为难我们。况且，她是妖啊！”

“是妖又如何？”小青气得面色通红，“你们不分青红皂白地放箭，根本不顾她的死活！”

“我等负责拿人，巡抚大人自会秉公办案！来人啊，给我上！”李公甫丝毫没有听进去小青的话，带着人将围捕范围逐渐缩小。

小青忙对齐霄道：“你跟我一起拦住他们！”

齐霄瞪她一眼：“少对我下命令，该是你听我的！”

小青与齐霄上前，同衙役们打作一团，奋力拦住他们。红芯则附在白夭夭耳边，轻喘道：“白姐姐的好意……红芯，心领了，可是他们不会信我的。我是妖，她是人，不会有人愿意相信我说的话。”

白夭夭心头剧痛，眼眶酸涨，颤声说道：“红芯，你撑住，我不会让你死在这里的。”

红芯带血的唇边染上几分甜美笑意，连原本因为饕餮爪痕而变得可怖的脸都连带着凄美绝伦：“不，白姐姐，我不怕死，我唯一的心愿就是和瑜郎在一起。就算不能同生，黄泉路上总算能陪他一道。可惜，咳咳，我是个妖，只怕死后，也无法与他同葬。”

红芯声音渐弱，终是抱着小王爷躺下，气息全无。

白夭夭噙着泪，摇摇晃晃地站起身来，面上表情是从未有过的苍凉。

2

天空雷声阵阵，众人仍打成一团。

白夭夭阖上眸子，双手紧握，终于怒喝出声：“够了，红芯已死，你们通通住手！”

一记响雷闪过空中，众人惊呆。

齐霄旋身回来，俯下去检查一下，随即也现出一些痛惜：“真的死了，罪过罪过。”

冷凝表情倏然放松：“她罪有应得，死了也算苍天有眼。”

“我杀了你！”小青勃然大怒，欲扑上前去。

“住手！”齐霄急忙将她拉住。

小青怔了一瞬，神情逐渐安静，也化作和白夭夭同样的愤慨与苍凉，她收了双剑，扫视众人：“你们这些人，没有一个好东西！小白，我们走。”

李公甫见状，赶紧打圆场：“既然凶犯已经伏法，那就大事化小，小事化了。来来来，快将小王爷的遗体运回去。”

白夭夭附在齐霄耳边，对他低语几句。

齐霄一震，看向白夭夭，后者坚定地点了点头。

齐霄神色也变得坚毅，点头道：“好，我听你的。”随即默念起咒语。

顿时间，红芯与小王爷身旁燃起熊熊大火。

众衙役大惊：“啊！又起火了！”

李公甫则捂着眉毛连退几步。

底下衙役凑近他，问：“头儿，怎么办？”

李公甫紧皱眉毛叹道：“这股邪火来得蹊跷，大家不要随便靠近，小心有诈。”

白夭夭隔着火光，看着当中两人渐渐被烧成灰烬，心中轻叹——

红芯，这也算是圆了你与他同葬的心愿了。

冷凝狠狠看了白夭夭一眼，带着断阳宗人打道回府，而李公甫也唉声叹气地着人收拾起已经烧尽的二人骨灰，带着衙役们下山了。

见众人离去，齐霄就地打坐开始诵经，白夭夭则望向远处，眼神迷茫。

小青面容愁苦地席地坐在齐霄身边，不解道：“我不明白，红芯分明不是凶手，她为什么不愿意解释。大殿之上一共就三个人，小白和许宣都没有杀人，那摆明了就是冷凝嘛，大家为什么不相信真相呢？”

白夭夭缓缓摇头：“此案如今已尘埃落定，谁会在乎真正的凶手是谁。”

齐霄诵完经，起身淡淡道：“我已替他二人超度往生，但愿来世再无悲痛。”

小青也跟着站起身来，摇了摇头：“为什么要等来世，难道妖爱上人就注定是悲剧吗？凭什么人就高妖一等，红芯就要为别人犯下的过错偿命？”

齐霄默然片刻，方缓声说：“人妖殊途，相恋相守更是有违天道，自古就没有好下场。就算没有这些风波，他们俩也不会有结果。”

小青讽笑两声，跺着脚说：“不公平，什么天道，根本就不公平嘛！”

齐霄低低一叹，望着方才二人紧拥的地方：“红芯有错，但她痴情一片落得这样下场，确实令人不忍。”

白夭夭神色更是黯然，同样看着地上的灰烬，浅浅说道：“希望红芯来世能遇到一个真心待她的人。”

“那冷凝呢？难道就任她去了吗？”小青想到冷凝那副张狂的样子，就恨不得撕碎她的脸。

“是非公道，自在人心。我相信许宣不会对此事视而不见的，”齐霄叹了声气，徐徐说道，“还有，林中分明是些断阳宗弟子，我想药师宫定会有所处置。”

“想不到，这次你居然是站在我们这边的！”小青冲齐霄甜甜一笑，妖娆夺目的面容上盈着满心满意的天真。

齐霄愣了一瞬，转而看向白夭夭，稍一拱手，平平说道：“既然许宣的冤屈已洗刷干净，那我也该回金山寺了。白姑娘，后会有期。”

说罢，他便转身离去。小青凝视着他的背影，嘟哝一句：“都不跟我说声后会有期吗……”

待齐霄完全自林间消失，小青看向神色淡然的白夭夭：“小白，你别伤心了。”

白夭夭若有所思，低声道：“人妖殊途，有违天道。难道，我今生也难逃此劫……”

“呸呸呸！”小青连“呸”三声，嘟着嘴说，“你别听那齐霄胡说八道，你和许宣那么般配，一定会有好结果的。”

白夭夭垂眸，神情一黯：“天命中的孤寡……”

小青没有听清她说什么，只是也陷入莫名的伤感之中。眼神不自觉地又飘向方才齐霄消失的地方。

齐霄今日替她挡那一箭时，她心底忽然一抽，似乎明白了什么。

3

最终巡抚定案，判了许宣无罪。

守了许宣整整两日的许姣容被李公甫劝回了家休息，白夭夭来医馆探望，恰好遇到了刚走出来的冷凝。

天边尚透着鱼肚白，街道上人烟稀少，冷凝见四下无人，便面带挑衅地唤她：“白姑娘。”

白夭夭不欲搭理，径直就往医馆里走。

冷凝唇边扯开一丝笑意：“师兄全身而退，难道白姑娘不该谢我？”

白夭夭停下脚步，没忍住地冷声说道：“你双手沾满鲜血，为何没有一丝愧疚悔意？”

“因为我爱师兄，只要他平安无事，杀了人又如何？怎么，难道你们这些做妖的不懂爱吗？”冷凝不以为意地笑笑，“哦，我说错了，即使成了妖，我仍与你们不同。”

白夭夭面露不忍之色：“红芯踏入你的圈套，死于众人的唾骂中，你可曾为她感到难过？”

冷凝笑得云淡风轻：“区区一条鲤鱼，不过是个妖，死不足惜。”

白夭夭急声斥道：“比起红芯，你的妖性更甚！百般算计，将所有罪名推得一干二净，让一个无辜的人替你而死！”

“对，红芯是无辜的，因为本该死的人是你！”冷凝半眯双眼，冷冷道，“白夭夭，我真后悔开始没有杀了你！我苦心算计，竟不得不让你逃脱了！”

白夭夭深深吸了两口气，方能稍微平心静气地说：“冷凝，我盼着你能悔悟，认了这桩罪。”

“哈哈，认罪？”冷凝仰天大笑，“我倒想问问你，红芯与我，师兄会护着谁？命毕竟还是有高低贵贱之分。你，现在心底就没有松一口气吗？”

白夭夭缓缓摇头，只觉与她无法沟通：“你丧心病狂，简直无药可救。”

冷凝再度娇声大笑：“那你呢？白夭夭，若是师兄知道你的身份，他还会跟你在一起吗？你若真有本事，就亲口告诉师兄你的真面目！”说罢，她大笑着离去。

白夭夭望着她的背影，手缓缓攥成拳，却是毫无办法。

待到下午时分，又是雷声大作，一场暴雨近在眼前。

许宣被一声惊雷震醒，睁开双眼坐了起来，又觉头晕，他扶着头慢慢起身，问床前的白夭夭：“我昏了几天？这是医馆？齐霄利用月白花让我昏迷，争取了几日时间，对吗？”

白夭夭神色黯然，上前几步，低声道：“杀害小王爷的凶手已经死了，衙门勾去了你的案宗，判你无罪。”

“冷凝死了？”许宣大惊，脸色随之一沉，颤声道，“趁着我昏迷这几日，你倒是跟齐霄联手布的一场好局。”

白夭夭眸间滑过一丝哀伤，轻声问他：“杀人偿命，有何不对？”

许宣面露疲惫地掩住双眼：“没有不对，你做得很好……是我错了，错在一开始就不该替她顶罪，错在我让你费尽心机为我逆转了局势，我们……”他伸手，一把将白夭夭拉至身前，带着痛楚说：“自此便可相守一生……”

白夭夭手撑在他肩膀处，将二人隔出一定距离，她凝神，望着许宣满是挣扎与愧悔的双眼，淡淡出声问他：“你告诉我，什么是黑白对错，当人真的太难了。”

许宣回望着她，字字苦痛：“要论人间黑白，谈何容易？对错，连我都糊涂了。若是一命抵一命，我已认罪，你偏将她牵扯进来，破了这一局。”

白夭夭指着许宣的心，露出讽刺的笑意：“许宣，你知道吗？人的心是偏的，因为冷凝，你明知是她杀了人，仍顶了罪……若是下一回，她要的是我的命呢？”

“何必拿你来做比较！你明知道不会有这种事！”许宣眉间升起怒气，随之又是无止境的哀伤，“冷凝，她已经……”

白夭夭断掉他的话：“她还活着！”

许宣有些迷茫，停了会儿才问：“你刚才明明说凶手已经……”

“死的人是红芯……”白夭夭唇边漫开嘲讽的笑意，“冷凝设计陷害，红芯被当作杀人凶手，死于乱箭之下。这个结局，是不是皆大欢喜？”

许宣愕然：“红芯……那条鲤鱼精？”

白夭夭推开他，站直身子，再慢慢后退：“怎么？宫上方才还说一命抵一命，为何听说死的是红芯便哑口无言了？难道因为她是一个妖，就该落得如此下场吗？你眼中的妖，是轻贱的吗？”

瞬息间，窗外浇开倾盆暴雨，白夭夭转过身去，凉凉地说道：“如果人世间连黑白对错都混淆了，我不知该如何当个凡人，既然当不成凡人，我想与你相守一生，只怕是妄想。”

说完后，白夭夭便冲出门去，踏入大雨中，许宣看着白夭夭的背影，脚步一滞，扶额哀叹道：“我，竟犯了如此致命的错误！”

白夭夭一路跑到雷峰塔边，只见许宣当日亲自栽种的桃花树下，小小的陶偶仍是笑眼弯弯的模样，白夭夭将手中红伞遮到陶偶头上，自己却任大雨浇透了衣衫。

她望着那桃树，眼睫上悬着的不知是雨水还是泪水。

她忽然想起千年前，听闻妖帝叛出九重天，她十分害怕，趁着替紫宣磨墨之机，假装不在意地问他：“是不是九重天的人，都瞧不起妖？为何妖帝立了这么大功，却得不到一个上仙之位？”

紫宣放下书，温言道：“是天帝一时多虑罢了。只是，眼下恐怕会造成更多的后患……”见她怯生生的样子，又补充道：“如今妖帝将妖族大军解散，众妖四处为家，各踞山头，日后若是卷土重来，恐怕才会是九重天上的隐患。”

白夭夭难过又害怕地问他：“若是真有这么一日，我是妖，是否应该站在妖族那一边？”

紫宣伸手摸了摸她的头，宽抚道：“所以，我们得想办法，避免这一天到来。”

“紫宣从不计较我的身份，是妖也好是仙也罢，我在他眼里永远都是小白，可如今的许宣呢？”

回忆起紫宣极致温柔的笑容，白夭夭抬头，水痕顺着她姣好的容颜滑下，脸上是苦涩又讽刺的笑容，“若他日许宣得知我是一个妖，他也能像紫宣那样坦然接受吗？抑或……他会害怕我，躲着我？人妖殊途，人与妖真的无法相守吗？”

第八章
下毒试炼

1

逆云向斩荒汇报了许宣一案的进展。

斩荒眯了狭长的眸子："事情倒是出人意料。好在他们之中已生嫌隙，这番谋划倒也是不算枉费咱们的心思。"顿了顿，他又说道："饕餮望我帮他重塑肉身，只是我千年修炼的妖气溃散，眼下唯有重回地火，聚集灵气。饕餮肉身若不及早重塑，一身法力将散去，此事他也清楚，难免心急，谁让他败于许宣手中。"

逆云神色凝重地道："地火处结界已破，灵气溃散，而眼下许宣定会回到药师宫，不知主上可有对策？"

斩荒轻蔑一笑："那处本就是我的洞府，谁能拦了我去？许宣要阻我道路，便只能一劳永逸。"

逆云眼神一闪："属下带人前去除了他。"

斩荒抬手阻住，眉目间渐起狂意："除去一个小小凡人，又何必亲自动手？千年前，九重天对我不义，眼下我想如何便要如何！元神碎裂，千年我都等了，九重天也该受些颜色。"

逆云为他语声中的霸气而震撼，却又不乏担忧："饕餮与九重天仇深，可若是叫他得知当日四海之乱的起始，我只怕他不会真心与我们合作。"

"他若空是鲁莽之辈，也不会活至如今，"斩荒毫不介意地笑了笑，"四海野心早有，当年我不过是仗义执言，南海之主便迫不及待攻打鲛族。此中缘由，谁又能说个分明？”何况，饕餮若硬要说他为了立功而挑动南海作乱又如何？眼下除了我，谁还能助他重铸肉身？

逆云终是安心，唇边也扬起轻松笑意，恭声道：“九重天高高在上，天下早有不满，鲛人本属龙族管辖，却偏向天帝乞怜，多年过去，龙族俯首，鲛族湮灭，倒是主上，风采不逊当年。”

斩荒微勾唇角，颇为自矜：“我之风采，不止于眼下。妖族的荣耀，必将通天。”

逆云眸中放光，一拱手道：“手下之人已经准备多时，还请主上吩咐。”

斩荒沉吟片刻：“火、土结界已破，眼下需要尽快找到第三处结界。依照五行推算，那处应与‘木’有关。你且去找，那处必是灵气充盈，寻常妖物无法轻易靠近。”

逆云一贯冷冰的脸上浮现隐隐跃动之色，躬身应“是”。

药师宫从正门起，到正殿之上，两宗弟子分开而立，见许宣踏进宫门，便忽地拜倒：“恭迎宫上回宫！”

许宣一步步缓缓走进大殿，坐上主位，神色却是莫测。

清风激动地聒噪起来：“宫上，您终于回来了，这风波可算是过去了！”

许宣徐徐说道：“宫外之事已了，如此，便可以清算宫内事了。”

排在断阳宗之首的断流闻言，目光瞬时开始躲闪。

许宣盯向他，再由他扫及整个断阳宗弟子，冷声说道：“射杀红芯的箭，是断阳宗之箭。企图劫狱之人，也是断阳宗之人。”

断阳宗众人顿时面色紧张。

许宣刻意停顿片刻，方又缓声继续：“不顾门规，罔顾我的命令，随意插手宫外之事，甚至……将生命作为筹码。每一桩，每一件，都是逐出宫门之罪！断流，你认罚吗？”

许宣一字一顿，掷地有声，断流冷汗逐渐从额头沁出，他尚未开口回答，身后的断阳宗弟子倒是悉数跪了下去，其中一名弟子道：“宫上所说之事，是整个断阳宗共同所为，要罚，理应我们同罪！”

许宣神色平静地拍了拍手掌：“好。互相包庇，不知悔改，罚你们也是应当。”

宋师兄闻言，竟是上前一步，劝道：“宫上，我认为此举不妥。断阳宗弟子的确不该随意出手，可因着外人要责罚所有断阳宗弟子，实在有失公允啊！”

许宣并未言语，而是再度将目光扫向面前黑压压跪倒一片的断阳宗弟子，渐渐陷入沉思。

殿外雷声轰隆，又是个雷雨交加的日子。

“罢了，你们起来吧。”许宣说完，再不看众人，而是起身，顺着回廊，慢慢走向了冷凝所居的小院。

2

雷声阵阵，冷凝一脸惊愕地望着许宣，她慌忙起身，碰倒了桌上的花樽，她颤声问许宣：“师兄，刚刚雷声太大了，我……我没听清师兄说什么。”

许宣将花樽扶正，声音中透着失落，却亦是坚决：“我要离开药师宫，自此以后与你两不相欠。”

冷凝唇角泛开纯真笑意，眼角的泪却缓缓落下：“师兄，你怪我了……你罚我、骂我都行，何必赌气离开？”

许宣屈指，轻轻敲着桌子，问她：“红芯错了吗？她不过是爱上了小王爷，但她爱上一个人又如何，谁说妖不能爱上人，你却利用她的爱顶了罪。”

冷凝噙着泪，缓缓摇头：“我想救你，我没有其他办法。你替我顶罪，我不能看着你送死，所以我才找来红芯，她原本就打算给小王爷陪葬，我这么做，不过是成全了她。”

许宣觉得有些头痛，忍不住抚额：“做人，一开始就不该犯错，错了之后，只会一错再错，”他看着冷凝的手，目光微寒，“你手上的两条性命，是因为我一开始包庇纵容造成的，我比你更可恨，竟自以为这么做是对的。”

冷凝勉强自己维持住那天真的笑意，声音却在止不住地颤抖：“师兄，自小到大，无论我犯了什么错，你终究会原谅我。我可以等，我可以等的，等到你气消那一天，只要你别离开药师宫。”

许宣摇了摇头："冷凝，这是两条命，我们无法逆转生死，你一辈子都得背着这两条命而活。"

冷凝不敢相信地退后："为什么？难道你与白夭夭一样，也为红芯感到可怜，要为了一个已经死掉的妖离开药师宫？"

"妖又如何？人又如何？"许宣凝视着她，苦口婆心，"我为医者，治病救人乃是天职。你却失了初心，忘记众生平等，善待生命的道理，妄造杀孽，是我没教好你。"

冷凝渐渐平复急促的呼吸，反手抹掉脸上的泪水，声音冰冷地问他："师兄是铁了心要走？擅离职守，弃药师宫于不顾，等同叛逆。难道你忘了离开药师宫，要付出什么代价了吗？"

"人总要为犯下的罪孽付出代价。红芯的死，我难辞其咎，今生今世都无法原谅自己。药师宫宫上之位，我不堪相配！"

"若你走了……药师宫还是药师宫吗？"

许宣声音沉静，缓缓道："我离去之前，自会在宫中选出合适的继任之人，将师父衣钵心血传承下去。"

冷凝闻言，猛然抬头，倔强地看向许宣："父亲离开前，要你好好照顾我的。药师宫中，除我之外，哪还有合适之人？"

许宣望着冷凝，目光幽深，平静得令人心惊。

冷凝强迫自己在这样慑人的视线中挺直背脊，咬着嘴唇，一字一句地坚持道："师兄，若你离去，宫中便由不得你做主了！"

许宣从她面上收回目光，冷冷道："冷凝，你太让我失望了。今后，你好自为之吧。"

说罢，他转身欲走，冷凝心头一颤，想要起身去拉他，却忽感心脉之中一阵刺骨寒意泛起。冷凝不敢置信地骇然开口："师兄，这是……"

许宣目光缓缓扫过方才桌上被她碰倒的花樽："按药师宫的规矩，成为宫上必须获得二宗弟子的认可，通过《医经》《毒经》的考验。"

冷凝浑身不可抑制地颤抖："所以，你对我下毒？要我亲手解开？"

许宣神色冰冷而漠然："这是你的机会。若想成为药师宫之主，就证明给所有人看。"

冷凝痛苦地捂住心口，大口喘气："手脚麻木，无力提气，这是我用在红芯身上的毒？"

许宣不再多言，只冷冷留下一句："你只有十二个时辰。"便转身离开。

冷凝眼中绿光益盛，痛苦地扶着桌子，嘶吼道："你为何要这样对我？"

可许宣早已远去，门外只有暴雨与惊雷，为她回应。

3

暴雨停息，许宣让清风重新召集两宗弟子。大殿之上，他又当着全部药师宫弟子，宣布了此事。

两宗弟子闻言，俱是面色凝重，正殿内弥漫着压抑气氛，一时，竟安静得落针可闻。

终是清风先开了口，他委屈地扁着嘴，瞪向断阳宗弟子，气道："眼下终叫你们逼走了宫上，这下可称心了！"

宋师兄呵斥道："闭嘴！"

清风更是委屈了些，终是不敢再言语。

断流则向前一步，跪下身来，身后断阳宗弟子，也跟着他齐刷刷跪了下去。

断流拱手道："宫上，我愿意认错认罚，恳请收回成命！"

断阳宗弟子也齐声恳求："请宫上收回成命！"

许宣断然摆手拒绝，转而聊起了人选一事："药师宫在许宣之后，总是要有继任的。眼下两宗之内，必要选出新宫上。"

断流不免十分惊讶："两宗之中，皆可参与？"

许宣淡淡瞥他一眼："能者居之，你可有疑义？"

断流忙俯下头去，脸上却是欣喜之色。

许宣目光一寸寸扫过殿上之人，郑重开口："继任之人，只需做到一件事：治好一名病人。无论是明决宗的医术，还是断阳宗的法子，能够医好的人便是新任宫上。"

众人不由面面相觑。宋师兄率先抱拳问道："敢问宫上，是哪位病人？眼下又在何处？”

许宣淡淡看向他：“难道你未曾发现，殿上少了一人？”

宋师兄不解，清风倒是乖乖地数起人头，没数两下，忽然发现——

“大小姐？”

众弟子纷纷哗然。

宋师兄关切地问：“大小姐生病了？”

许宣不置可否地一笑，给了他们同样一句话：“你们只有十二个时辰。”

清风闻言，早已目瞪口呆。

其余众人则急切地拥出大殿，奔向冷凝所住的小院，以断流和宋师兄为先。

暴雨之后的药师宫依旧是迷雾缭绕，整个山头皆隐而不见。

小青同白夭夭站在药师宫界碑处，齐齐望向这隐约泛着紫色妖气的毒瘴。

小青觉得怪异，直接想要上前试探，却被白夭夭一把拉住，压低声音叮嘱：“今日的毒瘴似乎与以往不同，浓烈异常，且这气息，我竟从未见过。还是小心行事为好。”

小青认真地点了点头，在二人身边布下防护。白夭夭望向毒瘴深处，神色却是十分担忧。

小青不由得了然问道：“担忧许宣？”

白夭夭轻轻摇头。

小青“唉”了一声，摆出深沉的模样，不懂装懂道：“这男女的感情啊，我比你懂得多！你们二人虽有争吵，但小白你呢，还是放心不下他，对不对？”

白夭夭眉心紧蹙：“不止许宣，我看药师宫封山闭林，定是发生大事了。”

小青想了片刻，迟疑问道：“难道与地火灵气溃散有关？”

“上次让你探察，可有线索？”

小青摇了摇头：“我与齐霄在内，遇到一股奇怪的屏障，可轻易便能破除，后来也并未查出异常。”

白夭夭有些诧异：“你怎么之前从未向我说过？”

小青噘嘴，嘟囔道：“我们发现了小动物尸骸，后来你不是断定与冷凝有关？”

白夭夭陷入思虑，小青见她沉默不语，便是有些紧张：“我是不是做错了？”

白夭夭叹气道：“看来还得再去地火处一探究竟，不知药师宫到底发生何事。”

小青点了点头，犹豫良久，才试探着问：“不然我让锦雀去一探究竟？”

白夭夭知她怕做错了事情，所以如此紧张，赶紧宽抚地对她一笑，点了点头。

小青见她笑了，也松了口气，吹了口哨唤来锦雀，低声吩咐两句，便任其飞走，自己则拉着白夭夭走入了界碑。

第九章 叛离宫中

1

冷凝在自己房内已是穷尽了一切可以尝试的解毒方法，却全然无用。

她推断是许宣在此毒上又做了什么变化，而她尚且不知。只能满头是汗地坐在桌旁，强撑着为自己切脉，随即神色更是慌张："再过片刻，毒性便会蚀进血脉，全身僵硬无法动弹，届时想要冉行医治都没有办法了。"

她又复在桌上心慌意乱地翻弄着各式丹药。

此时房门外脚步声由远及近，宋师兄的声音已然来到："大小姐！"

冷凝神情冷冽地抬头，冲门外威严喊道："不许进来！"

宋师兄和断流二人急急停在门外。

宋师兄面露焦急，压低声音问道："师妹，你眼下可还好？毒发至何处？服了什么药？"

断流则是冷声说："宫上是两宗出身，精通《毒经》，既是用毒，哪里能轻易化解。大小姐，断流无理了！"

断流抬手便要推开房门，冷凝身子虽渐渐僵硬，仍是艰难开口，厉声呵斥："谁敢！"她平复了下气息，再度字字冷冽地说："这是师兄给我的考验，我不会认输！"

宋师兄忧心不已，转头对断流道："我听大小姐声音，气息已经不稳，想必是毒性渐入肺经所致。如此看来，时间不多了。"

房内，冷凝艰难地撑着桌子，内心苦道："我身子已经渐僵，待到毒发连呼吸也无法继续。这样痛苦的死法，我绝对不要。”说着，她便准备起身，想去地火处参悟《毒经》，却发现半身已经麻木，不由得跌倒在地。

桌上的瓶罐落地，发出“砰砰”脆响。

宋师兄再不犹豫，不顾身边的断流，带头冲入屋内。

只见冷凝躺在地上，圆睁双眸，唯有手指还能动弹，地面满是瓶罐碎片与丹药，一片狼藉。

许宣将所有东西整理完毕，便开始在药师宫内自在地晃悠，清风跟在他身后，泫然欲泣。

许宣不免出声讽他：“离开药师宫，咱们还能再见面，哭丧个脸做什么？”

清风抽噎两声：“宫上，你一定是吓唬我对不对？”

许宣失笑，接着向前行去，清风神色委屈地跟上，忍不住再问：“宫上，这次为何对大小姐下那么重的手，难道只是为了测试？”

许宣挑了挑眉：“怎么？两宗之人可诊出了结果？”

清风扁着嘴摇头：“三个时辰都过去了，大小姐已经不能动弹。两宗之人各自研究，但始终没有对策。”

许宣淡淡一笑：“不用急，还有时间。”

清风眼珠子一转，神秘兮兮地凑近许宣，讨好地问：“宫上，是不是能给些提示？”

许宣不由再度失笑，屈指轻敲了下他脑门：“怎么？你也想做宫上？”

清风吃痛，捂住额头后退两步：“我就是担心大小姐！清风不明白，宫上这次怎会如此狠心，竟让大小姐来受苦。”

许宣沉默一瞬，抬步向宫门走去，神色平静地定声道：“眼下的药师宫，虽不似当初，只是宫规未变，存世之心也不会变。人，要为自己做出的事，付出代价，无论是谁。”

清风似懂非懂地歪头，抬首发现许宣已经走远，忙追上：“宫上可是要去找白姑娘？上午我还见她去了地火之处呢，想来是寻宫上的。”

许宣内心一喜，唇角刚要往上翘便硬生生忍住，装作毫无波澜的样子，说：“我不会见她的，就算她是来道歉的，也不见。”

清风不明所以地“哦”了一声：“但方才见白姑娘一脸落寞，想来心中应是难过极了的，就是不知所为何事。宫上，她为什么要跟你道歉啊？”

许宣听在耳中，嘴角复又不听话地要往上扬，清了清嗓子，他高傲地对清风说："正好我要去地火处抄写《毒经》，你带好笔墨。"说罢，赶紧掉头朝着地火走去。

白夭夭伸手在地火的石壁上感受灵气，眉头却越皱越紧："果然如此，地脉中的灵气一丝不存，已有枯竭之势。此处地脉灵力绵长，非常人可以吸取，饕餮没有这样的本事，会是谁？"

小青忙回忆着道："齐霄说，是拥有贪狼命格的人。"

白夭夭眼神一跳："贪狼。"

许宣同清风进入山洞，许宣一看到白夭夭，赶紧从清风手中抢过纸笔，装模作样地抬头凝视着壁画。

小青悄声提醒白夭夭："姐姐，许宣来了。"

许宣只顾看壁画，直到走到与白夭夭几步之距时，才抬首佯装偶遇，不发一言，高傲地望着白夭夭。

白夭夭看了他一眼，淡淡对小青说："我们走。"说罢，便径直从许宣身旁走过。

背着书袋的清风热情招呼她："白姑娘这就要走吗？"

白夭夭微笑着颔首："我的事已办完了。"

眼见她款款离去，清风忽然明悟，一拍手便道："我明白了！宫上，白姑娘不是来找你的！"

许宣嘴角抽动，打断清风："抄你的经书！"说罢，便大步追上白夭夭。

在山洞口，他终于将她一把拉住，两人在傍晚的霞光中对视着，谁都没有开口，许宣神情渐渐有些落寞。

半晌，白夭夭收回目光转身离开，许宣身形一动，再度拉住了她的手臂。白夭夭阖上双眸，却是不肯回头。

许宣愣了一瞬，才哑声问："你怨我？"

白夭夭冷冷回问："我不该怨你吗？"

许宣追问："你因何怨我？"

白夭夭冷笑一声："许宣，难道在你心中，所有的事情，你都是对的？"

许宣闻言，收回了手，白夭夭疑惑着回眸，只见他面容渐冷，声音也似是淬过寒冰一般："我这个人，最不喜欢原谅别人。倘若你瞧不清真相，那便是不懂我。"

说罢，他率先转身离去。

白夭夭看着他背影，咬了咬嘴唇，也转身向着相反的方向走去。

许宣停住脚步，轻声叹了句："竟然连你也不懂我。"

白夭夭脚下一滞，两人谁都没有回头。

这时清风从洞中追出来，手中捧着空白纸卷，嬉笑道："宫上，你果然是为了白姑娘故意来这里的！"

许宣冷冷侧眸，瞪向得意扬扬的清风："闭嘴，回去抄十遍书。"

说罢，许宣终是再无迟疑地大步离去，留下呆若木鸡的清风，苦着张脸盯着手里的纸卷，不知自己错在哪里。

2

房中的沙漏快要流逝完毕，冷凝连转动眼珠子都成了困难，她僵在床上，直直望着房门外，眼眶中不住地滴落泪水，而就在泪眼蒙眬间，她恍惚看到了许宣的身影。

许宣冷冷注视着她，冷凝用最低的声音惨笑着说："师兄果然厉害，两宗弟子，加上我，都无法化解你下的毒。若是师兄想看着我死，冷凝绝不会有半句怨言。"

许宣叹息一声："你不会死的。"

冷凝不免有些激动，声音嘶哑地说："你不会丢下我的，你只是吓唬我的，对不对？"

许宣摇了摇头："看来你还是不懂我的苦心。"

话音刚落，宋师兄与断流已是急急来到。宋师兄上前一步，扶起冷凝，将她抱在怀中，冷凝大口喘气，期待地问他："解药呢？"

宋师兄惭愧又痛苦地摇了摇头，冷凝徐徐地闭上眼睛，再复睁开时，已是绝望之色。

沙漏内，沙子全部流逝干净。

冷凝看着沙漏，心头忽然一抽，带动指尖轻微颤动，转瞬间，她居然能够自由动弹。

冷凝坐起身来，活动了一下手臂，愕然看向众人。

宋师兄与断流对视一眼，也是不解，前者起身向许宣拱手道："还请宫上赐教！”

许宣神色平静如常，淡淡地说：“我未曾给冷凝下毒，只是让她吃下了化清散。”

断流不信：“化清散可清除体内余毒，但绝不会有这样严重的反应！”

“是药三分毒，”许宣轻轻扬起唇角，“你们误以为她所中的毒与红芯相同，给她服下了解药。二者并发起来，便会如此。”

冷凝不解追问：“那起先我体内的剧痛，头晕眼花又是如何？”

许宣目光冰凉生疏地看着她，唇边偏又扬了些许：“这几日，你接触毒物太多，我为你化去，难道不好吗？”

冷凝神色几变，推开众人，站在许宣面前，颤抖道：“师兄，你可是在罚我？”

许宣稀松平常地反问：“十二个时辰已过，你虽技不如人，可眼下毫无病痛，我罚你什么？”

宋师兄眼见冷凝眼眶通红，已是泫然欲泣，便向着许宣深深一揖：“宫上，起先我与断流各自为营，为救大小姐才团结一致，分管查毒与研药，原来方向竟从一开始就错了。望闻问切是明决宗之事，此次失败，是我的不对。”

断流摇头，也是将责任往自己身上揽：“我常年醉心此道，竟也未曾看破，实乃学艺不精。”

许宣见状，唇边笑意终于真切了些许：“我为宫上三载有余，未能成就何等功业，只琢磨透了一件事。唯有两宗通力合作，才能使药师宫长久。这是我离去前，教给你们的最后一个道理。”许宣目光缓缓扫过众人，最后落在冷凝身上，冷凝不免微微一颤。

“而冷凝……毒就在她身上，她却不能洞悉一切，实无资格坐上宫上之位。”

房中众人哗然，宋师兄与断流齐齐皱眉，眼下二人放下对名利的追逐，竟是争相欲为冷凝说话。

断流当先说道：“老宫主唯有大小姐一女，此事还请您三思。”

许宣看向他，随即自讽一笑：“我已是将离之人，药师宫是要还于众弟子手中的。此事，你们自己心中定有答案。”

“好！我让你走！”宋师兄还欲再劝，冷凝却先抢过了话头。她紧盯着许宣，目光慑人，有恨有怨，“只是你应该知道，离开的代价！”

“我自然知道，”许宣点头，毫不介怀地道，“迷雾之桥入口处等你。”

冷凝眼见他决绝而去的孤高背影，手指在掌心掐出了道道血痕。

宋师兄等人本是一路追随，终是在迷雾之桥入口前拦住许宣去路。

众弟子齐声道：“请宫上三思！”

许宣冷冷一拂袖：“让开。”

宋师兄苦口婆心道：“宫上，你该知道离开药师宫要付出什么代价，万万不可啊……”

许宣断掉他的话，不容拒绝地说：“那你也该明白，我做过的决定，绝无转圜的余地。”

清风几乎快要哭了出来：“宫上……你难道不惦念这些年的情分？”

许宣决然道：“从今日起，冷凝代管药师宫，直至你们选出新的宫上。”

“师兄说得对，药师宫由我来代管。”冷凝一身黑衣，走过人群，身后一小弟子手中茶盘上，立着一只小小的酒杯。

清风惊道：“大小姐，你？”

宋师兄更是着急跺脚：“师妹，使不得！”

冷凝不看他二人，只抬首望向许宣，冷声说道：“师兄，你既然决定离开，就要按药师宫的规矩走。”

许宣微微一笑：“我知道，你一定会来送我。”

冷凝从茶盘上举起那只酒杯，缓声说：“自药师宫立宫以来，但凡叛出者，都要饮下毒酒，经迷雾之桥出谷。毒酒一杯，寓意与药师宫恩断义绝；过了迷雾之桥，便再无回头之日。”

宋师兄挡在冷凝前面，厉声说道：“你不要胡来，药师宫自立宫以来，还从未有人活着走出去，宫上连武功都不会，你这是逼他死。”

冷凝缓缓推开宋师兄，将手中酒杯往许宣处多送了寸许，望着他道：“你还是执意要走？”

“药师宫门规森严，怕的就是有心怀叵测之徒，偷习医术出谷危害武林。我既要走，就要走得让人心服口服。”许宣徐声说罢，接过冷凝手中的毒酒，抬手便一饮而尽。

清风同宋师兄齐声疾呼：“宫上！”却是阻拦未及。

许宣冷然说道：“从此之后我不再是你们的宫上，与药师宫再无任何瓜葛。”

众人神情各异，眼睁睁看着他踏上迷雾之桥。

3

白夭夭将自己蜷在榻上，回忆自己同许宣的点点滴滴。

但凡想到许宣在地火前所说的话，便心如刀割。

难道她做错了吗？

明明是他硬要为冷凝顶罪，弃她于不顾在先；随后听闻冷凝一命偿一命后对她怒吼发脾气在中；显然觉得人妖殊途，不分黑白对错在后。

她怎可不气？

可当他说出她竟也不懂他的那一刻，白夭夭如被万箭穿心，痛得她几乎不能呼吸，恨不得立刻回身抱住他，好让他不那么孤独。

毕竟他自小知道自己为天煞孤星，已经狠绝地在心口筑了一圈藩篱，她不是想要跨过那些藩篱去拥抱他，好让他不那么孤独的吗？为何竟是先放弃了……

可是……若他真的是个是非不分之人，难道她也要跟着他不讲对错？

白夭夭痛苦地抱着头，只觉自己就快被一分为二，几乎是要炸了。

小青匆匆跑进府内，唤道：“小白，发生大事了！”

白夭夭意兴阑珊地瞄她一眼：“大事？我没兴趣知道。”

小青跺了跺脚：“许宣要离开药师宫了，他不做宫上啦！”

白夭夭大惊失色：“什么？他……竟然舍了他最重视的药师宫！”

“锦雀来报的，说是许宣先惩戒了冷凝，再辞了宫上之位，现在马上就要经历叛出药师宫的考核，据说是要先喝一杯毒酒，再过满是毒瘴的迷雾之桥！两重毒性，凡人怎么可能受得住！怕是我这条千年的蛇都要被毒死！”

白夭夭急不可耐地往外冲。

她果真误会了他。

白夭夭恨不得拿把刀把自己剁死！

小青在后面提步就追：“等我呀，小白！我用法术带你过去啊！你这跑要跑到什么时候！”收尸怕是都晚了……当然这后半句，小青还是知道轻重，没有说出口。

白夭夭顿住脚步，小青追上她，抓住她手肘，便飞身而起。

迷雾之桥上毒瘴弥漫，许宣每踏一步都似千斤重，眼前景物渐渐模糊。

毒性已然发作，许宣胸中翻腾，唇边溢出血花。

他望了望前方，吃力地迈动步伐。

眼前桥行了尚不到一半，若他在此倒下，恐怕便是再也站不起来。他紧攥拳头，坚持着，踉跄着往前行进。

迷雾之桥的出口处，清风担忧地朝着迷雾中大喊："宫上，宫上你在哪里？"喊了一半又是摇头："不对，他让我们别喊他宫上，那……"

他转头望向冷凝，冷凝挑了眉梢，问他："你在替他担心？"

清风面容愁苦："大小姐，你就别再跟他斗气了。这都什么时候了，咱们在出口这儿等了这么久，他迟迟不出现，该不会……"

"这是师兄自己选的路，能否出宫，全看他个人。"

冷凝面上看不出多少担忧之色，只是眼神，却一瞬不离地望着出口。

清风又等了片刻，终于还是忍不住要往里面冲："迷雾之桥内瘴气弥漫，他走了这么久……不行，我得进去看看。"

冷凝冷冷喝住他："你别忘了迷雾有毒，没有特制的药丸防身，任何人都不可能全身而退。"

"管不了那么多了，我不求全身而退，一定要把他救出来！"

眼见清风要冲进桥之际，一只手按住了清风，清风抬头，见到白夭夭，顿时大喜过望："白姑娘，太好了，你来得正好，快用法术救救他！"

小青自告奋勇："让我去。"说着便在身子四周建好了防毒的屏障。

冷凝挡在小青面前，目光冰凉地望着她和白夭夭，冷声道："师兄叛出药师宫，今日迷雾之桥的试炼对他来说是咎由自取，即使不忍，但药师宫规矩不能坏。怎么，白姑娘气势汹汹的模样，难道打算坏我药师宫的门规？"

白夭夭听了并不生气，只淡然道："小青，退下。"

正摩拳擦掌的小青不敢置信地回望："小白？"

白夭夭凝眸在出口处，平静地说道："既然这是药师宫的规矩，依许宣的性子，就不会允许任何人出手帮他。"

清风一惊："什么？白姑娘，你也不肯救他？"

冷凝则露出满是讥讽的笑意："哼，师兄会走上这条路，全是托你的福。"

"我……"白夭夭思及自身误解了许宣之事，语气一滞，许久后才缓而坚定地道，"他今日无论有什么好歹，我都不会相负，只是他决定的事，我也绝不会阻止。是福是祸，我都听他的！”

白夭夭目光牢牢锁住迷雾之桥，清风几番纠结，说不出话来。冷凝面上恨色更浓，冷冷开口：“你倒是有信心，咱们一起等！”

白夭夭极力压抑住自己担心的神情。

迷雾之桥内，许宣已是支撑不住，一下跪倒在地。

毒雾飘浮半空，接近地面之处反而没有毒瘴。许宣发现了这一现象，他努力抬起头，咳了几声，又摇摇晃晃地站起，一眼望过去，迷雾几乎看不见尽头。

他不由思索道：毒物集中在半空中，若想苟且偷生，就得跪着一路爬出去。

许宣冷哼了一声，面上现出倔强与坚毅：“我许宣偏偏要站着离开。”一抹唇边的血丝，许宣刚跨出一步，便是再度倒地，挣扎片刻，他复支撑着自己站起，就这样跌跌撞撞地往外艰难地走。

出口处的香炉中，最后一丝香已烧尽，香灰尽落，冷凝观之便是凄凉一笑：“我拼尽全力替师兄洗刷冤情，可师兄偏偏选了一条死路。”

“大小姐……”清风眼眶通红，颤着声音问，“宫……他难道……”

冷凝点头，声音深处也是控制不住地颤抖：“已过一个时辰，他输了。你去通知宋师兄，让他带上宫中弟子，去将他的尸身抬出来。”

清风低头，大哭起来。

小青担忧地看了眼旁边神情恍惚的白夭夭，不忿道：“你们有没有人性，竟然眼睁睁地……”望着出口处眨了眨眼，小青吞下即将脱口而出的话，机灵地大喊：“眼睁睁地看着许宣活着走出来了！”

众人回过神来，只见朦胧的迷雾中，一个人影渐渐清晰，朝着白夭夭走来。白夭夭笑颜如花，朝着他伸出手去，却见许宣视线径直掠过白夭夭，从她身边平淡如常地走了过去。

白夭夭愣在当场，回身哀道：“你可是怨我？”

“如今，你可是懂我了？”

许宣不曾回眸，稍停了停步子，便又提步向前，清风追上去想要扶他：“宫上，你面色泛青，血气上涌会加速毒性，快坐下休息一会儿吧。”

许宣淡淡说道：“不必了，我没事。”

“怎会没事？你先前还喝了毒酒！”

“你放心，我说无恙就是无恙。”

冷凝闻言，上前准备说话，许宣瞥了她一眼，抬手离去：“从今往后，我与药师宫再无相干。留步吧。”

“许宣！”白夭夭冲上前大声唤道。

许宣却置若罔闻，头也不回地大步离去，白夭夭望着许宣的背影，心下一颤。顿了许久，她才终于鼓起勇气，快速奔上前，从身后抱住他：“许宣，我错了……对不住……”

许宣僵硬的脊背缓缓放松下来，他想要将她的手掰开，却被白夭夭更紧地抱住了，她双手交叉在一起，怎么也不愿放开。

许宣闭了闭眸子，挡住其中已然翻腾不息的情绪，随后他反手擦拭了下唇角，冷冷说：“白姑娘，我先找地方安顿下来，再来与你把事情说清楚，好吗？”

他又唤她白姑娘了？

他不肯原谅她了吗？

白夭夭一怔，手上力道一松，便被许宣掰了开来，她欲再出声唤他，却哽在喉咙，只能眼睁睁看着他决然离去。

第十章
收妖生意

1

金山寺厢房内，齐霄手中的账本“啪”一声掉落在桌上，他不敢置信地瞪大眼睛看着静心：“怎么会这样？”

静心苦着一张脸，唉声叹气：“最近寺中甚为拮据，师兄你何必明知故问。”

齐霄眉头一挑，斥道：“你少来这一套，上回女儿节法会明明来了那么多香客，怎会又弄得赤字连连？”

“师兄，你是不是傻了？”静心伸手探了下齐霄的额头，被他挥开之后才嘀咕道，“小王爷死在咱金山寺，香客全都跑光了，哪还有什么香油钱可言？”

齐霄不耐烦地皱眉：“那永安师叔呢？不是早就传信，请他尽快赶回来主持大局吗？”

“师叔还在迎取佛骨的路上，番邦之行道阻且长，最快也得下个月。”

齐霄瘫坐在凳子上：“啊！那我们岂不是走投无路了？”

“非也非也，”静心非常诚恳地道，“师兄弟们有个主意，只要师兄你愿意闭关辟谷，总是能省出些口粮，助大家熬到师叔回来的。”

齐霄攥起拳头：“信不信我打人了！”

静心忙惊慌地摆手：“啊！不关我的事，是成器想出来的主意啊！师兄！”

成器此时匆匆跑来道：“师兄，山前来了一位香客，说是要在咱们金山寺住一段日子。你看如何接待呀？”

齐霄仰天大笑：“哈哈哈，真是天无绝人之路，静心师弟……”

静心见他笑得十分鸡贼，便不由目露惶恐：“师兄，你又想做什么？”

“将最好的厢房收拾出来，咱们的香油钱有着落了。”

齐霄边大笑着边去金山寺大殿看看他们这位财神爷是谁，总得好生招待一番才能哄出香油钱来不是？

却不料……

齐霄刚到大殿门口，瞥见殿中长身玉立之人，就准备转身离去。

然而来者眼尖，早已看到了他，唇角算计的笑意微微勾起：“齐霄少侠，你莫不是想躲债吧？”

齐霄堂堂顶天立地男子汉，哪有躲债的道理，立刻摆出凛然大义、慷慨赴死的模样，跨入殿中，只是脚下有点儿颤抖和迟疑。

许宣唇边笑意更甚，并不多说什么，只将手中清单递向了他。

齐霄好奇接过，刚一看首列便是浑身颤抖，哆嗦着读道：“金针十五根，汤药八服，看诊四次……”

许宣轻轻颔首，补充道：“另有你踢坏的桌椅若干，总计嘛，也不过十几两银子罢了。”

齐霄看向身后成器：“你说的香客真的就是他吗……”

成器憨厚地摸了摸光光的头顶，不知问题出在何处，一时不敢作答。

许宣轻轻叹气，唇角却是缓缓上扬：“临近夏日，我心里总是有些烦躁难安，便有心问佛论禅，独自静一静。能看中金山寺，是你的福气。”

齐霄慌忙打住：“少来这一套！你一笑我浑身的骨头都开始打战了，一准在打什么馊主意。”

许宣认真地点头：“齐霄少侠所言极是，既然贵宝寺不方便，许宣也绝不会强人所难。就请你将拖欠的银两先拿出，我赶着下山投宿。”

许宣说着就往外走，齐霄一愣，狐疑地看他，见他并没有停下的意思，便忍不住发问：“你真的这就走了？”

许宣停下脚步，稍稍侧身缓声道：“我去账房，找静心小师父，先将你欠我的银两结了。”

齐霄“哎呀”一声，狠狠拍了下自己的脑门，再急忙抓住许宣的手：“只要不提钱，万事好商量。”

许宣看着齐霄，但笑不语，齐霄懊恼地抓头：“我怕了你了，好好好，你住下便是，你在金山寺所有的开销，我都包了，权当抵这张欠条！”

许宣迟疑地皱眉：“这我可要好好考虑一下。毕竟是白花花的现银啊。”

“啊！”齐霄大叫一声，“许宣，我前世欠了你的！”随即抓过许宣手上的清单，一把撕碎，吼道，“现在没了，你不住也得住！”

许宣微微一笑：“既然少侠如此有诚意，我只好勉强接受了。”

齐霄翻了个白眼，身边的成器有些慌：“师兄……”

齐霄瞪向他：“那现银和白吃白住之间你选一个！”

成器嘟哝道：“师兄你的私债，可以不用算在金山寺头上。”

齐霄握了握拳，青筋暴出：“我要打人了啊！”

成器忙抱头逃窜。

齐霄冲他慌乱的背影喊了声：“跟静心说不用收拾最好的厢房了啊！”

许宣轻笑了一声，齐霄瞪了瞪他，随后面色又正经下来：“小青来跟我讲了你出谷之事，我有些好奇，你既不会武功，又喝了毒酒，如何活着走出毒雾的？”

“你想知道？”许宣故弄玄虚地问。

齐霄故意摆出不甚在意的样子：“不说也罢。”

许宣唇边笑意更浓，也不与他计较，徐声说：“正是那杯毒酒化解了桥上的毒物，师父用心良苦，不过是为了考验离去者的决心。若我跪着爬出，反而会因体内的毒酒发作而亡，一路站着走反而走出了一条生路。”

齐霄听得有些惊住了，喃喃道：“冷大夫真是用心良苦……”说着又是一愣，“既然如此，你已离了药师宫，为何偏来找我？”

许宣悠然一笑：“那齐霄少侠觉得我应该去找谁？”

“自然是白姑娘喽，小青说你跟她闹了矛盾，她日日伤心，许宣你也别太过分了啊，想当初她为了你的事四处奔走，当初还因为你连千年的法力都……”

许宣眼神冷冷一瞥，凉声说道：“齐霄，你上回当哑巴的时间看来太短了！”

齐霄慌忙捂住喉咙退了两步，警戒地望着许宣：“你离我远点儿！佛祖面前，我不打凡人！”

许宣淡然一笑，忽而又对齐霄说："帮我做件事吧。"

2

白夭夭此时也在自己府中一筹莫展，小青在旁边陪着，然后就开始咒骂许宣："姐姐，我说许宣真的很没良心，你为他付出那么多，他怎么可以说不理你就不理你呢？而且他以为他就什么都是对的吗？"

白夭夭愁容满面地轻轻一叹："他说等他安顿下来，会来找我把事情说清楚，不知道他安顿下来没有……"

小青也摇了摇头，做不知状，可随即就有传音符飘来，小青在指尖一烧，是齐霄的声音："告诉白姑娘，许宣来金山寺了，勿念。"

"他去金山寺了？"小青有些惊愕，"他不会是要出家吧？"

白夭夭眼中闪过惊慌，可随即又全变成黯然："他躲那么远，可能还是不想见我吧。"

小青嘟了嘟唇，又道："姐姐，你去金山寺找他太失身份，哪有一次两次求他原谅的道理？我虽不太懂人情世故，但我懂男人呀，男人这种贱骨头，从来都是勾勾手指召之即来挥之即去的。我去金山寺打探一下，看他究竟是什么想法！"

小青说风就是雨的，等不及白夭夭说话就立马消失了。

白夭夭有些无奈地摇了摇头。

身份？

她哪里在乎这些。

她只是确实不明白，她已经道过歉了，为何许宣还是不理她。

许宣说妖生命长久，不计较浪费，可知她等过千年之久以后，才真正变得只争朝夕起来。

或许小青不去，她依旧还是会执着地去找他问个清楚的。

过了不到一个时辰，小青回来了，对白夭夭道："许宣不肯见我，但是齐霄倒是告诉我说许宣在忙着挣钱呢！"

"挣钱？"白夭夭有些迷惑。

"是啊！齐霄说现在临安府内对许宣有诸多误解，说他无情无义叛出药师宫，一时竟没有人愿与他合作开医馆，怕开罪了药师宫，"小青有些无奈地吐了吐舌头，“齐霄还说什么许宣白吃白住的，让他很是头痛，金山寺就快揭不开锅了。我打算再拿点儿山里的东西让小灰去换点儿银钱给他送去。”

白夭夭有些黯然地点头：“是啊，做一个凡人诸事烦心，这银两的问题就是第一道难关。”

小青也跟着叹气：“之前齐霄已经断了我的财路，不许我再收取别人的贡品。你不知道，早先山中时常路过许多富商，那些金银财宝，取之不尽用之不竭啊！”

“不义之财取之无道，有伤天理。我想帮许宣就得另辟蹊径，找一条正途来生财。”

小青有些委屈地说：“我知道，齐霄也是这么说的。他要我拿些山中土产去城中卖，只是这样来钱实在太慢。忙活半天，也只赚了一点点。”

小青委屈巴巴的样子实在有些可爱，白夭夭轻笑出声，点了点她的鼻尖：“你最近怎么这么听齐霄的话？”

小青愣了一瞬才梗着脖子道：“我小青可是很讲道理的，只要是说得对的，管是谁说的，我都听！”

白夭夭了然地长“哦”了一声，不再说破。

小青内心也觉奇怪，不知为何，最近只要提到齐霄，她就会心跳加速，每天更是有空就想去见他……这莫不是齐霄新学的收妖法术吧……再想到上次救红芯时，他挡在自己身前的高大身影，小青只觉心漏跳了一拍，她有些明白，又有些不明白，只想不去细思这些问题，便转而问白夭夭：“小白，我们要如何帮许宣呢？光靠卖土特产，怕是不够的。”

白夭夭思忖片刻后忽地一笑：“你之前不是跟我说，城中最近在闹妖？”

小青点头：“是呀，齐霄今天……还说要下山捉妖换钱。”突然发现自己又提到了齐霄，她便忍不住吐了吐舌头。

“那我们和他抢抢生意，如何？”小青讶然抬头，只见白夭夭杏眸之中闪着慧黠的光。

3

斩荒立在山头上，俯视着山下的药师宫，缓缓抬手，只见他双手之间，聚集的灵气比往日更加强大。灵气于地面飞速流窜，绕过他周身，许久，竟被他全然吸入体内。

斩荒满意地睁眼，逆云则是喜不自胜地上前道："计划果然成功了，自许宣离开后，药师宫再无七杀命格镇压，此处灵气尽数为主上所用！"

斩荒平复了一下呼吸，笑着问："你可探察出，下一个结界在何处？"

"属下正要来禀告此事。已经查明，就在城外竹林。只是……"见斩荒斜眼看过来，逆云心头一紧，道，"那处结界有些古怪，进入其中，妖力似被克制，属下也看不分明。"

斩荒微微一笑，不慌不忙道："紫宣当日毕竟是九重天第一人，以他所能，如此也不奇怪。你引路，我会亲自动手。"

逆云忙应一声"是"，带着斩荒来到了城外紫竹林，斩荒甫一靠近，便感受到灵气波动："果然是这里……"

他又带着逆云穿入婆娑竹影之中，寻得一秘处。斩荒立定之后，伸手施展法术，只见紫色气息从他周身散开，地表逐渐升腾起袅袅白烟。逆云不禁露出了惊叹的神色。

不过一炷香的时间，斩荒睁开眼，伸手摘下一片叶子，对逆云道："你去传递消息，就说眼下妖物横行，此处的竹枝能够除魔，将这里变为香火鼎盛之处。这样，便能更快地散去此处灵气。"

逆云微微一愣，随即点头："属下明白，一并派些小妖在城中动作，定能有效。"

斩荒望着手中狭长碧绿的竹叶，轻笑着说："适才我只是控制了此处灵气，想要破了结界，必须要用许宣的血来开阵，我们不便露面，看来是需要找我们的老朋友相助了。"

逆云心领神会："属下这就去联络饕餮。"

斩荒轻轻丢掉手中竹叶，薄唇边笑意十足妖冶。

正午，金山寺内厨房，齐霄看着桌上仅有的两道菜，面有菜色，叹息连连："最近连捉妖的生意都被人抢光了。再这样下去，金山寺迟早要阿弥陀佛了。"

许宣不冷不热问道："你还在继续捉妖？"

齐霄义正词严地挺胸抬头："我的梦想就是抓光世上所有的妖魔鬼怪，成为一代宗师！"

许宣微微牵起唇角，夹了口白菜到自己碗内："嗯，我看你与小青交情倒是不错，还以为你早就金盆洗手了。”

听到小青的名字，齐霄就是脸色一凛：“你别跟我提她！最近城中，捉妖的告示遽增，本以为能赚一笔，却总是被她们姐妹二人抢了生意！”

许宣脸色微微一愣，却不动声色地故作镇定：“金山寺立寺已久，也不在于此事得失。”心内却早已是十分担心——白夭夭此时没有仙力，如何收妖，小青又是法力微薄，若遇上麻烦……

齐霄叹了口气：“你不知道，最近寺中香客极少，百姓都说要去城外紫竹林。紫竹林不就是一片普通竹林吗？连座庙宇都没有。也不知有什么好拜的。”

许宣调侃道：“既如此，倒不如去瞧瞧，许是真有神仙住在其中也未必。”

“一个妖，还学别人捉妖，吃饱了撑的！你说……”齐霄低着头，嘴中还在嘟哝着，许宣却已经起身出去了。

齐霄抬头发现房门打开，许宣不见踪影，便不免四处张望，嘀咕道：“怎么连你都跑了？许宣，难道你也要去抢我的生意？”边说边狠狠夹了一口菜吃，脸色倒是和霁些许，满意地笑着点头，“这许宣做菜颇有天分啊，手艺长进不少。”说着忙将盘子里所有菜夹向碗里，大口吃着，忽然转念一想——

不对啊，许宣不会武功，连一只老母鸡都打不过！他拿什么抓妖？

想到这里，齐宵差点儿喷出饭来，他一抹嘴巴，连忙起身喊着：“许宣！等等我，我来帮你。抓妖还是得靠我！”

二人赶到临安府中，稍微打探了一下，就知道最近临安府大火的捉妖姐妹二人组，此时正在媒婆王三娘家除妖。

到了王三娘家门口，见她正千恩万谢地送两姐妹出来，小青似是嫌她给的银子少了，在那儿嘀嘀咕咕，王三娘便又尴尬地在小青手中塞了一块银锭，小青立马小人得志般笑开。

白夭夭则是慈眉善目，劝道：“为人最重要的便是存一颗善心，府上闹妖的原因想必你方才也听明白了，日后别再道人是非，就当为子孙积一份口德吧。”

王三娘拼命点头：“我明白，多谢白大侠指点，以后我再也不敢胡说那许宣的不是了。”

送走白夭夭和小青，她便摇着肥胖的身子进门去了，白夭夭回首，正见到大门边上垂着一枝带叶的竹枝。白夭夭眼神一闪，对小青道：“你看，这竹枝是不是在好几户人家门前都曾见过？”

小青点头：“正是最近频繁有妖邪作祟，不少人都去了城外紫竹林摘回这竹枝辟邪。”

白夭夭不解：“紫竹林？紫竹林几时这样神奇？”

小青神秘地凑近她说：“你有所不知，我听说这竹林每到夜晚，便会有紫色祥光出现，其中隐有仙人之姿，百姓都很信奉呢！”

白夭夭闻言沉思起来，小青则开始四处寻小灰的下落：“唉，对了，话说那小灰呢？刚刚下手重了些，也不知道是不是真伤了他。”

白夭夭抬头，却见到许宣斜斜靠在树上，神情漠然，而齐霄站在他身后，亦是面色不佳。

第十一章
东山再起

1

四人间静了一瞬，齐霄大步上来，扯着小青的手腕便走，走上片刻后小青终于回过神来，愤愤甩开，委屈地揉着胀痛不已的手腕："每次见面都要动手，你当真以为我打不过你吗？"

齐霄"哼"了一声，颇为生气："哼，我前几天还在纳闷，为何你们总能快我一步。原来是合起伙来，靠除妖招摇撞骗。"

小青不服气地嘟哝道："我不过是从那些为富不仁的人手中要点儿银两，这叫劫富济贫，你懂不懂？"

"你居然还大言不惭，为自己开脱！屡教不改，你当真野性难驯！"齐霄气得声音都大了些许。

"这你可就冤枉我了，抓妖是小白想出来的，有本事你去骂她好了。"

"白姑娘为人正直，不可能！"齐霄断然否决。

小青急得跺了两下脚："这有什么不可能的，那个为富不仁的钱老爷之前不是贴了告示请人抓妖吗？我们去了他家一看才知道，是因为他侵占农田，惹得当地的精怪小妖无家可归。"

齐霄面色稍稍和缓了些："所以你们就想出了这招既能敛财又能教训恶人的生财之道？"

"不是敛财，是让他们掏出点儿银两学点儿教训，"小青见他似是不生气了，就拉了拉他已穿得十分破旧的灰布衣服，“怎么样？是不是很佩服呀？”

齐霄一笑，一拱手道：“白姑娘机敏过人，如此一来，总好过你们昔日里四处打砸拐骗。”

小青愕然地张大嘴，许久才急道：“同样一件事，小白做就是对的，我做就是错的！没见过你这么偏心的。”

“人妖殊途，你怎能与白姑娘相提并论？”

“你！”

小青被齐霄那副理所应当的样子气得恼羞成怒，拿出方才那袋碎银子就丢在齐霄头上：“本姑娘赏你些香油钱！眼下紫竹林灵验，只怕你金山寺日子不好过吧？”

齐霄听闻此言，浓眉又是一皱：“这紫竹林也是你们搞出来的名堂？”

“自然不是！”小青背着手摇了摇头，神色又复变得非常神秘，“紫竹林中异光纷呈，定是有真仙！”

齐霄不屑一笑：“是真有神迹，还是有人装神弄鬼，咱们一探便知。”

小青眼睛一亮：“你这是……邀请我？约我同去？”

齐霄噎住，狠狠白了一眼小青，转身便走。

小青在他身后坏笑道：“哎哟，齐霄少侠，你这莫不是害羞了？喂，我们明天一起去紫竹林可好？”

齐霄神色窘迫，不回头地丢下句：“随便你！”

小青娇媚一笑，提步追了上去。

这头许宣却是不发一言地当先走到了桃花林，方才停下步子，回头望向白夭夭。

白夭夭见他这严肃神情，就仿佛又回到了千年前做错事被紫宣逮了个正着的场景，便低头喏喏不语。

许宣看了她许久，觉得她最近似是又憔悴了些，连圆圆的脸蛋也变得瘦削，心里实是心疼不已。齐霄说她之前为了自己的事情四处奔波，而她更是为了自己连千年的修为都尽数舍弃了。

他们是不是真的如她所说那样错过了千年？

许多次，他想问她千年前的情形，想问她这一千年她吃了多少苦头……

可竟然是不敢的……

他怕他知道了，会在这份感情中加上太多的愧疚，再没办法与她平心相处。

而如今，他为了替冷凝顶罪，舍弃她；因为害怕她供出冷凝，质疑她；为了冷凝害红芯身死，伤了她；现在自己如此落魄，又何谈保护她？

有这么一刻，他想什么都不顾地上前一步，将她收进怀里，可脚下刚刚一动，便又止住。

他深吸了几口气，方开口冷冷问道："你为何要与小青一同利用捉妖敛财？"

白夭夭将衣带在手中打了几个结，方低声开口："一来，那些人传你坏话或者是为富不仁，我们想给他们个教训；更重要的是，我想筹笔银子，为你开间医馆。"

"荒唐！"许宣怒斥道，"你可知这么做是害了小青？当初红芯之所以被人误会无处辩解，就是因为大家惧怕妖怪。认为妖会伤人害命。你们如今四处捣乱，岂不是坐实了妖物的罪名！何况小青她本就是个妖怪，难保不会露出马脚，难道你从未替她考虑过？"

"我……我没有想过。"白夭夭神情十足慌乱，想要去牵许宣的袖子求饶，却被他退后一步躲了开来。

白夭夭望着空落落的指尖，眸中的光无限黯淡，半晌，她才轻声说："我已知不合适，往后不会再做了。只是眼下却有奇怪之事，临安府中妖怪伤人之事越来越多，可并非是小青指使，那背后定是有别的妖在作怪。"

许宣皱眉道："妖也不会无缘无故伤人，必定是有什么因果。"

白夭夭闻言抬眸："难道你不怕妖，也不讨厌妖？"

许宣面色不改，徐徐道："在我眼中，众生平等，即便是妖也不例外。"

白夭夭心中大石落下，只要他可以一视同仁便好，她真的怕他也会不分是非黑白地认为妖就比人低贱。

如此甚好，如此甚好。

白夭夭面上露出欣喜之色，又想要上前靠近许宣，可后者却再退了两步。

她哀伤不解地问道："你为何一直躲着我，难道还在怪我那日误会你？"

许宣却冷声说道："有偏见的人是你。"

白夭夭急忙摇头："我没有。"

许宣冷哼一声："你自以为是，觉得了解我，认定我离了药师宫便会一事无成。"

"不是的。"

许宣凝视着神色惶然的白夭夭："若非如此，你又何必去筹银两？"

白夭夭不知所措："我……我想帮你啊。难道这也有错吗？"

"那日你误会我，直到今天，你还是没能理解我。"许宣眉心微皱，慨然说道，"我许宣，不需要任何人帮忙，一样能靠自己再度于临安重开医馆！你为什么对我连这点儿信心都没有？"

白夭夭咬住下嘴唇，已是眼眶通红："我相信你的医术，可那些流言蜚语，已经让人对你有了偏见！"

"但你不该替我擅作主张，更不能因为我而去伤害别人！开医馆之事，我自有定夺！"说罢，许宣转身离开。看着他的背影，白夭夭一双清澈眼眸中蒙上薄薄雾气，转眼间又是山雨欲来。

许宣一观天色，心头更是苦痛，他顿足，冷声说："这一回，就算你落泪，我也不会回头！"

白夭夭闻言，停住了要上前追他的步子。

这时，前方忽然出现小青和齐霄的身影。

小青跑得极快，姿态夸张，手一挥一挥地冲他们道："不得了了，赵王府的老夫人又病倒了！许宣，他们请你去看！"

许宣一愣，随即提步便往赵王府而去。

白夭夭怔了会儿，却没有跟去。

2

次日，白夭夭同小青、齐霄他们一道来到紫竹林。只见竹林已是香火鼎盛，往日翠竹丛生之处，竟然设着一方祭坛。百姓井然有序，在此处祭拜着。

小青满是嘲讽地看向齐霄："齐法师大名鼎鼎，原来在人家眼中，还不如几棵竹子管用。”

齐霄冷哼了一声，不愿跟她多作计较。

白夭夭蹙眉，走上前去，伸手抚上一根竹子，又用眼神示意小青上前。

小青跟着看了看，便摇了摇头：“小白，我可瞧不出这里有什么不妥。”

白夭夭四下回望：“这里并无妖气，竹子之中也探不出有什么问题。”

齐霄摘下一片竹叶，仔细端详后也道：“这不过是普通的紫竹罢了，哪儿来的什么紫气，什么祥瑞？”

“我可是亲眼见过的！”小青纤纤玉指朝向那祭坛指去，“前几日我来此处，不过月升时分，竟真的亲眼见到林中碧绿竹叶瞬间染紫，漂亮极了。就在那处，还隐隐有祥云飞仙的样子，十分好看。”

齐霄不屑地睨她一眼：“你的眼神一贯不好，做不得真。”

小青气鼓鼓地跳脚：“我就是眼神不好，才会认为你是个好人！”

白夭夭凝神看向那人声鼎沸的祭坛，叮嘱小青：“小青，这几日你还是守在这里为好。事情蹊跷，总不会只是凑巧。”

小青胸有成竹地点头：“包在我身上。”

齐霄也神色郑重地说：“白姑娘若有事要我帮忙，尽管开口。”

白夭夭眼神落在齐霄身上，想要开口却又蹙眉。

齐霄看出她有心事，率先说道：“许宣住在了赵王府，听说老夫人今日好了许多，许宣也是极为认真地在替老夫人调理，或许借此事许宣便又能重整旗鼓。”

“他本就是医者仁心，对待病患从来就是一视同仁，”白夭夭稍稍垂眸，微笑着说，“何况，他对老夫人心中应该还有愧疚吧。”

齐霄和小青一时陷入沉默，倒是白夭夭回过神来，率先不介意地轻松笑开，说道：“我们走吧。”

三人转身离去，不曾注意身后竹叶阵阵颤动，逆云正隐身其中，见他们离开紫竹林，便转身向着更幽深处走去。

斩荒见他回来，气定神闲地问道：“他们走了？”

逆云稍一躬身：“是，他们并未有任何发现。”

斩荒伸手抚过一枝翠竹，微微一笑：“这木结界倒是反常，灵气掩于此生机之下不易察觉，还能退邪驱妖。”

逆云皱眉道：“若是如此，我们的人很难在灵气之中破除结界。”

斩荒神色淡定如常：“我这几日坐镇在此，逐一化解，地脉灵气很快就会散去，倒不是难事。可毕竟还需要许宣的血来彻底打破结界……”他话音未落，身后便传来一阵异动，黑色凶兽模样的光影袭来。

逆云拔剑还未触及，斩荒已经伸手挥出一道紫光，轻易挡下。

来人竟是饕餮，只见他嘶吼挣扎，竟是已然无法变化人形。

斩荒神色中有着一丝无奈：“身为龙子，却将自己活成如今这副模样，不可谓不凄惨。”随之他手掌一翻，绵绵妖力注入饕餮体内。

饕餮渐渐平复，显现冷静神色，黑气中也逐渐出现一个人形。

斩荒收回手，冷声说：“你不听我劝告，迟早神魂俱灭。”

饕餮却是勃然大怒：“是你传我炼化肉身之法，如今却是毫无进益，连神智也渐渐恍惚！斩荒，你莫不是算计于我？”

斩荒淡笑着缓缓摇头：“你本不是妖身，这法子于你自然事倍功半。今日我唤你来，为的就是你的肉身。有来有往方是合作，你我之间，也是时候轮到你做些事情了。”

饕餮目露狐疑：“你有何打算？”

斩荒嘴角缓缓勾出残忍狠辣的弧度：“我要将许宣引来，轮到你出手了。”

3

九奚山上，青帝正在修剪梅枝，白帝气冲冲地跑进来，拂袖往石凳上一坐，道：“我的老仙友啊，你还有心情修剪你的梅树，快来随我看看，下界可是要乱了！”

“我倒不觉得有什么大惊小怪的啊……”青帝一剪刀剪下一枝遒劲的梅枝，放眼前看了片刻，十足欣赏地点了点头，“这枝梅花不错，一会儿你带回去插瓶。”

白帝被他这悠然自得的样子气得一口气哽在喉间，半晌才红着脸道：“我还有心情插花？我现在是恨不得一剪刀咔嚓掉那条青蛇！你不知道，凌楚现在不仅不收她，还几次三番地维护，现在两个人几乎每天都在见面……哎哟！我的天哪，你说他要是与这小妖纠缠不清，我的老脸往哪里搁！”

青帝微微一笑：“事情一到凌楚头上，你倒知道事态严重了，你说的那些事我早就看在眼里了。”

白帝愕然：“那你为何迟迟不出手？”

青帝不慌不忙地又寻到另一处梅枝：“你以为这件事，就我们俩在急？”

“还有谁？”白帝略觉惊诧。

“我前些日子去过一趟骊山。”

“哼，骊山老母，都是她管教无方，教出来的好徒弟！”

青帝安抚般摆了摆手：“罢了罢了，都是做师父的，谁会希望自己的徒弟误入歧途？”

白帝不由好奇：“莫非她有办法？”

青帝抚着颌下长须点头：“骊山老母给了白夭夭一把桃木剑，我正打算利用这次机会，让许宣彻底忘了这段孽缘。”

白帝点了点头，忽然又意识到自己徒弟的事还没个说法，便慌忙问：“那凌楚的事怎么办？”

青帝淡笑：“这白夭夭一走，小青蛇难道还有胆子留在金山寺？到时候找个机会，打发她与白夭夭一同上骊山修行便是了。”

白帝一听，便露出了满意笑容。

七日之后，临安府流出了一个传闻，说是赵土府的老夫人要收许宣为义子。

而许宣竟然拒绝了！

小青跟白夭夭八卦这个消息的时候，纠结得一直揉自己的脸，仿佛想看看她是不是在做梦：“你说许宣是不是疯了？这么好的机会，能让自己东山再起！”

“许宣人呢？”

“回金山寺了啊！”

白夭夭不再多言。

她想，她或许懂许宣的清高。

他不愿意倚仗这位他深感愧疚的老妇人重新开始。那样，他会觉得受之有愧。

何况，他或许还怕自己是天煞孤星，对老夫人不利。毕竟他连自家亲姐都心有避讳，不常相见。

想是能想得通，她傍晚的时候却还是去了金山寺。

门口遇到了一顶很朴素的轿子，听轿夫议论才知道正是老夫人的轿子。

轿夫也正不明白地问旁边的人："这许宣不识好歹就算了，老夫人为何还特地找上门，硬要收他为义子呢？"

"老夫人就是心慈。"

白夭夭不动声色地听了会儿，灵机一动，先悄无声息地进入金山寺，再趁着夜色初降，化为了原身，埋伏在大殿之外。

老夫人正在极力劝说许宣："许大夫，老身这条命被你从鬼门关拉回来了两次。老身膝下就那么一个不争气的儿子，还就这么去了，让老身白发人送黑发人，这七日全靠你悉心调理，老身才渐渐从悲痛中走出来。请许大夫可怜老身，圆了老身这个心愿。"

许宣声音依旧清冷如昔："老夫人的身体我自当尽心调养，但恕在下不能……也不愿做老夫人的义子。夜色渐深，老夫人请回吧。"

"许大夫，老身知道你孤高自傲，认为老身是可怜你，想通过收你为义子来助你重新在江湖立足。可老身也说了，老身首先是真的对你十分欣赏，懊悔自己曾经对儿子管教不严，收你为义子也是想安慰自己膝下孤独。更重要的是因为老身知道，你这双手是救人的手，外界传你刻薄寡恩，那是他们不识得真正的你。你一日不从医，便又有无数人身患疑难杂症而无处求医；你一日不开医馆，便没有能力来救死扶伤、接济弱小。老身这一生年轻时做了不少错事，老了希望能用吃斋念佛来化解冤孽，可尚且来不及，让我独子受了报应而死，现下老身只希望助你早一日重回医道，能多积一份功德。"老夫人说到激动之处，便开始咳嗽起来。

许宣听她说得感人，也不再客套应付，而是推心置腹地叹道："老夫人还有所不知……在下……"

"你小时候算命的说你是天煞孤星，会一生孤寡，你怕应验在老身身上？”老夫人抢先接过了话头。

“老夫人是从何得知？”

“老身来之前先去见了你的姐姐……所以你该知道，老身无所畏惧。说实话，得知瑜儿死讯的时候，老身真想随他去了，可这次被你救回来，老身方才明白，老身活着，便是能为这世间谋点儿真切的福祉。”

许宣或许也被老夫人的诚意所触动，半晌没有说话。

白夭夭见时机到了，便扭动着蛇身爬进了大殿。

最先是齐霄注意到白夭夭的，惊呼一声：“哎呀，蛇！”

吓得老夫人的婢女凌儿一声尖叫，便挡在老夫人面前。

老夫人却是神色镇定，唇边是慈祥的笑意：“不怕，这蛇通体雪白，头上还有两只小角，宛如白龙，显然十分有灵性。或许，便是来为老身新添了一位好义子来道贺的。”

“这蛇……”许宣上前一步，将白夭夭捉起，放在怀中，“在下似曾见过，只是头上没有这对犄角，它怕是要化龙了。”

白夭夭蜷缩在许宣怀中，感受着他温柔抚过自己的头，内心狂喜——早知道化为原形就能亲近许宣，她早就变回来了。

齐霄见白蛇好看，也是伸手欲摸，白夭夭赶紧闪开。

他有些不平：“哪里来的蛇，这么装模作样的！”

一边说着他一边再欲伸手去摸，却被许宣一掌拍开：“谁准你碰它了？”

“小气鬼！不碰就不碰！”

老夫人在一边笑道：“看来这白蛇和许大夫颇有缘分啊。”

齐霄眼珠子一转，也见机说道：“对啊，这蛇跟你如此投缘，看来真的是来恭贺你的，许宣，你看人家老夫人这么有诚意，你也别太别扭了吧！”

许宣低头看向怀中白蛇，只见它眨巴着大眼睛回望自己，似也是鼓舞之色。虽好笑自己居然能从一条蛇的眼中看出表情，但确实心意已定。

他转身，放下手中白蛇，朝着老夫人恭敬地一揖：“实不相瞒，许宣原本也早有计划重振旗号。但老夫人说得对，时间宝贵，一日的耽搁或许便会造成不可挽回的后果。所以，谢老夫人成全。”

“好好好……许宣……”老夫人似乎激动得已经说不出话来，旁边凌儿一个劲地给她拍背。

齐霄也是喜出望外，忙道："我这就去给你们倒茶，让你们行个认亲的礼。"

他一边说一边大步往外走，走到殿门的时候，却忽然"欸"了一声，自言自语道："这是谁的桃木短剑？"

众人皆迷茫地看过去，随后摇了摇头。

齐霄笑着把玩那剑："这剑倒是精巧好看，既然没人认领，我就先收着。"

"我的剑！"白夭夭心道要糟，怎么会掉在了门口，方才一心念着许宣之事，竟然完全没有注意！

趁着老夫人又开始拉着许宣叙话，没人注意到它，白夭夭便急着往门口蛇行。

却不料碰上了类似结界的屏障阻碍了它，无论如何都绕不开，只能眼见着齐霄背着那剑跨出殿门远去。

屏障消失，白夭夭追出门的时候，外面早没了齐霄的身影。

她心中苦闷，却只能先回去，再另作打算，否则待许宣注意过来，再扣住她，便是又多一重麻烦。

第十二章
诚心求娶

1

白夭夭回到白府之时，面色苍白异常，小青见她回来，赶紧迎上前来："姐姐，你今晚去何处了？害小青一番好找！你脸色怎的如此难看？"

白夭夭拉过小青，声音紧促地道："现在有件十万火急的事，稍有差池便会酿成大祸。"

"你可别吓唬我，我的蛇胆只有这么小一颗！"小青用手比画了一个很小的形状。

"静下心来，听我细细道明，"白夭夭深吸了一口气，贴耳对小青解释道，"我有一把桃木剑，本是贴身携带……"

小青听后也是花容失色："原来那柄桃木剑能帮你拿回法力！"

白夭夭神色怅惘地点头："师父怕我后悔，所以才特意将法器赐予我，我留它只为防身，并无任何拿回法力的打算。"

小青不解地摇头："可是，只要轻轻一刺就能拿回法力，如此容易的事，你当真不动心？"

白夭夭薄唇死抿，摇了摇头："这样一来，他就会忘了我。若他忘了我，我要这一身法力又有何用？"

小青听得动容，忙拍胸口道："好，此事包在我身上，我这就去找齐霄，将桃木剑偷回来。"

白夭夭拉住她，目露担忧地叮嘱："务必小心，千万不能让其他人知道桃木剑的秘密。”

小青冲她郑重地点点头：“你放心吧，就算他打死我，我也不会告诉他的！”

眼见小青飞身离去，白夭夭心头犹自“怦怦”地快速跳个不停。

桃木剑绝对不是无故落入齐霄手中，这件事背后一定有人动了手脚……可是谁会有这样的本事？

白夭夭念及此处，心头更是一惊——

莫非是青白二帝！

次日，临安府内便传出了赵王府老夫人夜上金山寺收得许宣为义子的消息，更兼传有灵蛇前来祝贺，将这件事传得神乎其神。

原本在观望的各大药商，这下纷纷上门要同许宣谈合作。

许宣躲都无处躲，只能随意收下了些银票作为见面礼，再到得齐霄房里，分了他一半。

齐霄彼时正在把玩那桃木剑，见到许宣送来的银票便不住感叹：“收药商的银票好过收老夫人的，你心里总要好过些。”

许宣也是面容沉静，若有所思半晌后，他才微笑着对齐霄道：“我也是来跟齐霄少侠告别的。”

“你终于要走了？”齐霄兴奋地说完，又摸了摸脑袋，面露哀伤，“其实也还是舍不得，你下一步有什么打算？”

“开医馆，还有……”

“还有什么？

“喂，你说不说？

“你不说我打人了哦！

“哎哟！真是急死人了，你到底还要干什么啊？

“你到底拿不拿我当朋友啊？”

许宣卖了个关子，任齐霄如何威逼利诱相问，都是但笑不语。

许宣下山后，齐霄背着桃木剑出门，正好遇到了门外等候的小青，他先是一笑，随后又板起脸，冷冷道：“你又来了啊？”

小青点了点头。

“正好，你来帮我参考下，许宣除了开医馆，到底还想做什么呢？”齐霄拉过小青便问，“你说，他还会有什么打算做的事？最近他苦练厨艺，莫不是还要再经营个馆子？还是说要涉猎药材？还是说准备重新设立一个跟药师宫差不多的门派？”

小青唇边牵出完美的微笑，其实却听得心不在焉，只是仔细打量着齐霄。

齐霄被小青这么明目张胆的注视激得起了浑身的鸡皮疙瘩：“你这样看我做什么？我身上可有什么不对劲之处？”

小青回过神来，贤良淑德地一笑：“噢，我在想，你竟是这样生活简朴之人，衣服上破了个洞你也不知道吗？”

齐霄赶紧左右查看：“哪里？我怎会没发现。”

小青顺手就往齐霄身上摸：“这边啊，就在背后。”

齐霄连忙推她：“男女授受不亲，虽然你是个妖，但毕竟也算女妖！”

小青顺势偷拿了桃木剑，正要使个法术放入怀中，就被齐霄捉住手。齐霄一拉一带，任她撞进自己怀中，再冷声望着她的脸质问道：“你为何偷桃木剑？”

“我我我……你放开我！”小青看着近在咫尺的齐霄俊朗的面容，近到甚至能看清他乌黑瞳仁中自己小而慌乱的影像，近到只觉他的呼吸灼热地喷在自己面上，心跳顿时便已失控，连呼吸都已忘了。

齐霄却不知她那些心情，依旧保持着这姿势，喝道：“快说！”

“我……不能呼吸了，你放开我再说啊！”

“还敢耍花样！”

齐霄竟然抓得更紧了些，小青又羞又恼，情急之下，便用牙齿轻轻在齐霄手上咬了一下，当然并未用上毒牙，更没有咬破。

齐霄吃痛，但并没有放开手，却是将她紧紧揽在了怀里，不允许她动弹。

“男女授受不亲！不是你说的吗，怎么眨眼就变了……”小青声音从未有过的低弱，她只觉自己的脸或许烫得都能煮东西了，只能“呼呼”地大口喘气。

齐霄却依旧义正词严地问她：“你说清楚，这把剑到底是何来历。”

小青为难半晌，才说：“这事还是去问小白吧。”

齐霄稍稍松开她，却将手放在了她头上，严厉地说：“白姑娘肯定不会告诉我，只能从你身上下手……我得想办法读取你的心思。”

小青大骇，却因被齐霄下了咒，再也无法动弹。

2

小青羞愤地跑走后，齐霄翻来覆去望着手中的桃木剑，陷入沉思之中：这桃木剑是骊山老母赐的法器，可助白夭夭取回千年法力，那它落入我手中就绝非巧合，而是天意，就像那一天……

齐霄想到在骊山山巅，他取得月白花后知晓此花定不会平白无故出现在骊山，想一探究竟，因此并未走远，便听到了仙鹤与青帝的对话。青帝与仙鹤曾说到，寻许宣千年，甚至不惜违反天规之人可是白夭夭，仙鹤万般无奈，却是承认了。

齐霄心内叹息：白姑娘舍了千年法力，就是为了扭转许宣的命盘。虽然不明白她为何要以身犯险，但万一有什么闪失，弄得灰飞烟灭，那可就回天乏术了。

想到此处，齐霄握紧桃木剑起身，喃喃道："上天有好生之德，他二人不该命断于此。若许宣能够忘了白姑娘，这场孽缘或许就能结束，他二人也可早日脱离苦海。"想必这也是桃木剑到他手里的原因了，便是想让他来结束这一切。

许宣下山后，在临安府兜兜转转，最终选好了医馆的地址，然后又去了许姣容家。

许姣容见他进来，又是气又是骂又是哭又是笑的："我往金山寺跑了那么多趟，你闭门不见，说什么要清修，吓得我连饭都吃不下。咱们许家三代单传，我天天对着祖宗牌位磕头烧香……这下好了，终于是守得云开见月明，老夫人收了你为义子，从今往后再不敢有人轻视于你，你也可以靠你的本事在临安府有个立足之地，真是阿弥陀佛，上天保佑，我许姣容……"

"姐姐，我要娶白夭夭。"许宣打断她的唠叨，直截了当说道。

"哐当"！

桌上的茶盏碎裂在地，许姣容气得浑身颤抖，指着许宣险些说不出话来："你你你！你再给我说一遍！"

"姐姐，我要娶白夭夭。"许宣再一字一句地重复了一遍。

"我的老天爷啊！我原本以为好日子来了，结果我这个不争气的弟弟，压根就没把他姐姐放在眼里啊！"

李公甫本来蹲下身去拾摔碎的茶盏，此时便欲出声劝解：“话不能这么说……”

许姣容怒目瞪向他，骂道：“我问你意见了吗，没良心的，连你也向着他，难道你也同意让他娶那个不明不白的女子进门？”

李公甫硬着头皮解释道：“人家白姑娘有名有姓，好歹也算师出名门……”

许姣容重重“哼”了一声：“若不是因为她，许宣哪会落得这样的下场？又是进大牢又是毁婚约的，离开药师宫之后，天天被城里的百姓唾骂。我这个当姐姐的脸都没地方搁，出去买菜我都要躲着街坊！”

李公甫忙将茶杯碎片放在一边，转而给妻子捶背：“都是过去的事了，他现在的威名传遍了整个临安府，连县太爷都夸呢。”

许姣容抹着眼角泪水，伤心道：“我天天替他揪着一颗心，也没见有人心疼过！我今天就是要骂醒他！”

许宣轻叹一声：“我躲着你就是怕你担心，怕你哭。从小到大，你也没少骂我，我早已习惯了。”

李公甫看着许宣，则是一脸佩服模样：“府衙里的人现在见面就夸我有个不得了的小舅子，听说现在大大小小的药商都求着他去坐馆，哪里还有人敢说许家的不是！”

李公甫说得正开心，许姣容一瞪，李公甫连忙闭嘴，偷偷朝许宣比了个厉害的手势。

许宣也不由得失笑，向着许姣容道：“我知道姐姐的脾气打小比我还倔，最恨别人勉强她。求亲的事，姐姐不肯答应也在情理之中。”

许姣容点头：“你知道就好，你和白夭夭的事，我是不会帮忙的。”

许宣也跟着颔首：“既然姐姐不答应，不去白府提亲也罢。”

许姣容以为他向自己服软，便得意道：“不错，这辈子休想我替你上白府提亲！”

这时隔壁王三娘却一脸笑意地登门拜访，一见他们都在便是一拍手掌：“太好了，一家人都在。咱们许公子现在可是临安的锋头人物，既然有托于我，那我王三娘自然当仁不让了，许公子你放心，所有事都包在我身上。”

许姣容眉毛一拧，满是戒备地问：“许宣能托你什么事？”

许宣淡淡一笑：“我早料到姐姐不会同意。但于情于理还是决定先知会一声。保媒之事便只能托付于王三娘，请她替我去白府提亲。”

王三娘夸张大笑道：“哈哈哈，许公子，你算找对人了。临安就没我三娘保不了的媒，就算你是曾经的第一媒婆许姣容的弟弟也一样！我这就回去好好谋划一番，保准让你娶得美娇娘！”

眼见王三娘便要跨出房门，咬牙切齿的许姣容终于怒喝道：“站住！我们许家的婚事轮不到你插手！”

3

白夭夭几乎不能置信地望着许姣容，半晌才出声问：“许姐姐说的，不是违心话？”

许姣容有些不好意思地抓了抓脑袋，尴尬地笑了片刻，才刻意叹道：“唉，这种事最主要呢，还是看女孩子的意思。通常呢，女方不会一次就答应，总得摆摆样子，我看你至少得拒绝三次才行。”

“那就照你的意思……”

许姣容满意一笑：“好，我懂。我替你拒绝他，许宣肯定没想到你会拒绝。”

白夭夭赶紧拉住她衣袖：“我不是这个意思。我是说就照姐姐刚才说的，我答应这门婚事，愿意嫁与许宣为妻。”

许姣容下巴险些砸地，咬着牙做最后的挣扎：“啊？你就这么容易地点头了？白姑娘，这婚嫁之事关系到女人一生的幸福，你可得考虑清楚，许宣他值不值得……”

白夭夭紧紧握住许姣容的手，已是兴奋得难以自持：“谢谢姐姐成全！”

她如此激动地感谢倒是弄得许姣容有些不好意思：“哎呀，这……这有什么好谢的，你怎么哭了？”

只见白夭夭笑中带泪，颤着声音道：“我没想到，他竟然让姐姐亲自来提亲，我还以为，以为他生我的气。”

许姣容终究是心软，拿出手绢边替她擦眼泪边安慰道：“好了好了，都是喜事，别哭了。”

白夭夭接过许姣容手中的手绢，自己擦拭着眼泪，羞涩道：“让姐姐看笑话了，只是我心中实在高兴。他说过，你是他在这世上唯一的亲人。许宣平日虽待人冷漠，内心却从不曾放下一腔热血，他对亲朋疏离，是怕自己孤苦的命格害了旁人。他心中，从不曾忘记大家。”

许姣容听得动容，欣慰地点头道：“我明白，我全都明白。今日听了你这番话，知道有人懂他、疼他，我这个做姐姐的也算放心了。”

许姣容握住白夭夭的手，自此算是对她另眼相待，认下这个弟媳妇了。

许宣在自己医馆中研读着医书，齐霄在旁边默默喝茶陪着。

天空忽然飘起小雨，吸引许宣不由望向窗外。

想起一哭便会引得临安府落雨的白夭夭，他忍不住露出笑容，站起身来走出门，望着温柔的绵绵细雨轻叹：“她那么笨，定是喜极而泣了。”

齐霄看着他的背影，悄然起身，朝着他后背举起了桃木剑。

第十三章
识破妖身

1

齐霄心中暗道：“这一剑，是为你们两人着想！”眼看就要将剑刺入许宣心口，忽然一只雪白如玉的手握住了木剑，因为过度用力，竟隐隐渗出血来。

“白姑娘！”

“夭夭！”

许宣连忙握住白夭夭的手，从剑上拉开，仔细审视着掌心，眉心紧蹙。

白夭夭则上下检视许宣，紧张道：“你可有受伤？”

许宣忙执着她的手进屋，将她按在椅子上坐下，寻来金疮药和纱布为她包扎：“你别乱动，受伤的人分明是你才对。”

“白姑娘，我……”

齐霄想要解释，却被小青一把抓住衣襟，斥道：“我什么我！你是哪门子的少侠！不光用手段得知此事，那时还分明答应过绝不会让其他人知道，结果你竟然想用桃木剑拆散他们的姻缘！”

“你懂什么？”齐霄也是怒了，挥开小青训她道，“我是为了他们好，趁着大错尚未酿成……”

白夭夭神色一凛，慌忙打断：“齐霄！”

齐霄有些羞恼，解释道：“白姑娘，我不是有心伤你，只是……我去骊山时，见过白鹤仙子。”

白夭夭摇了摇头，神色却是凝重：“我明白你是一片苦心，可有些事并非对错可以衡量。”

齐霄惋惜叹道：“唉，你为何如此执迷不悟？”

小青茫然地看看齐霄，又看看白夭夭：“你们在说什么？为何我完全听不懂？”

许宣一把从齐霄手中夺过桃木剑，眉头一挑：“你们居然有事瞒着我。”

齐霄一惊，似这才想起许宣在旁，慌忙否认：“没有，我开个玩笑而已，什么事都没有！”

小青赶紧应和：“对啊，玩闹嘛，哈哈哈。”

许宣却是不为所动，神色冰凉地看着白夭夭：“桃木剑究竟是怎么回事？”

房中一时陷入沉默，白夭夭看着许宣，几番挣扎后，方开口道：“还是我来说吧。”

二人走到了医馆后院，白夭夭一路上也将事情解释了清楚，但许宣听了后只是低头把玩着桃木剑，神色莫测。

白夭夭牵住他的袖子，问：“你还在生我的气？”

“你以为呢？”许宣抬眸，淡淡反问。

白夭夭有些失落地说：“我故意隐瞒在先，你生气也是人之常情……不要！”

许宣故意抬剑朝着自己胸口一刺，白夭夭连忙上前阻止，握住他手中之剑，许宣顺势一把将白夭夭带入怀中，问道：“我大姐亲自上门提亲，你是如何回答的？”

白夭夭顿时脸红，磕磕绊绊地说：“我……我……我当然……成亲的日子，你选定了吗？”

许宣唇角一弯，满心的欢喜：“这么说，你是答应了。”

白夭夭脸上红霞越发鲜艳，衬得她素日里稍显清淡的眉眼也变得秾丽起来。她甜蜜一笑，微微点了点头。

许宣紧紧搂着她，面上有着满足之色，仿佛抱住她，就抱住了整个世界一般。他贴着她耳朵，在她的轻颤之下，低声说：“我方才在想，经历这么多磨难，若你最后未答应，我就一把将桃木剑刺入心口。唯有忘了你，才不会心痛……”

白夭夭伸手紧紧环住他的腰，将脑袋枕在他宽阔的肩膀处，喃喃道：“这些日子以来，我想通了许多事。你对我不闻不问，独自住进金山寺，并非无情，而是为了证明自己，对不对？”

许宣笑了声：“哈，我还当你一辈子都想不明白。”

白夭夭稍稍推开他，略带责怪地觑他一眼：“我在你眼里，真有这么笨？”

许宣宠溺地屈指刮过她的鼻尖：“现在看来，在我的调教下你智慧增长了不少。近朱者赤，近墨者黑，一点儿都不假。”

白夭夭捂住鼻子，委屈地瞪他，逗得许宣笑意更深，伸手便揉了揉她的头，徐声说：“我离开药师宫之后，满城风雨，连一席安身立命之所都无处寻起。怎能连累你与我一同受苦，一同面对世人的流言蜚语？”

白夭夭摇了摇头，神色坚定地说：“我不怕，若连这点儿困难都退缩，如何与你相守一生？”

“我知道你不怕。所以更要与你撇清干系。我要让你知道，无论再大的困难，我都可以熬过去。你不需要为我做任何事，而我会一直在这里，为你挡风遮雨。”

“你一向不按常理出牌，就连提亲的事也做得出人意料。”

许宣轻轻扬起唇角，抬起白夭夭的脸，在她额上落下怜爱的一吻，这个吻轻柔得仿若花瓣被风拂到面上，但白夭夭却能感受到，是极沉的重量。

有风拂过，卷起白夭夭的衣袖，许宣稍稍退后，替白夭夭理了理头发，顺势牵起她的手在花园中漫步：“若不如此，你怎能明白我的决心。记住，无论任何难题，既然我能解决一次，就能解决第二次。将来无论遭遇何等困境，都不可以使用这把桃木剑。”

白夭夭一怔，步子微错：“那你刚才，岂不是故意吓唬我？”

许宣点点头，笑道：“你明白就好，对我来说，与其将你忘了，倒不如心痛度日，便是苦也值得。”

白夭夭笑了，许宣再看了看手中的桃木剑，嫌弃一般，作势要丢：“既是无用之物，留之何用，丢了吧。”

白夭夭忙抓住他的手：“不要！就算用不到，也是恩师一片苦心，岂能如此不敬。”

许宣不屑地再看了一眼那剑：“毁人姻缘的神仙，依我看不要也罢。”

白夭夭忙紧张地捂住他的嘴：“不能乱说话，师父都在上面听着呢。”

许宣退了一步，避开她的手，有些迷茫地皱眉苦笑："你又在说什么我听不懂的胡话了。"

白夭夭可怜兮兮地抱着剑，耍赖道："总之，这剑不能丢。"

许宣见她如此，也是无奈："那桃木剑就由我保管，这样总行了吧？"

白夭夭侧着头望着许宣甜甜一笑，点了点头。

2

齐霄回到金山寺中，盘膝打坐，冥想因果。

小青冲进房中，见他皱眉闭目，不停转动手中念珠，便是忍不住大骂道："你以为躲回来就没事了？卑鄙小人！俗话说'宁拆十座庙不毁一桩婚'，现在就算把金山寺拆得一片瓦都不剩，也抵不上你犯的罪孽！"

齐霄面容比往日更加冷峻，缓缓睁开双眸："罪孽？我所作所为，问心无愧。"

小青停了一停，低声问道："你……你可曾设想过，有一天，你也会喜欢上妖？"

齐霄心中一动，站起身来，上前一步，逼近小青，怒道："再敢胡言乱语，休怪我不客气了！"

小青佯装强硬："来呀！我看你敢对我做什么！"

齐霄半眯了眸子，稍稍退后了些，仿佛要将她一举一动都看个真切一般，片刻后才问："我且问你，许宣认义母那晚，金山寺中出现了一条白蛇，后来传言说那蛇是前来恭贺，也因此助得许宣认了义母，让他身价大涨。这蛇，你可识得？"

原来小白是化作原身前去相助许宣，这才掉了桃木剑。幸好她没对自己说这详细过程，否则被齐霄读意识的时候岂不全被他看了去？

小青匆匆别过脸："你在说什么？我听不懂。你当我们蛇就认识全天下的蛇了吗？"

齐霄看着她别扭的反应，心里有了猜测："也对，只是我总觉得，这桃木剑不请自来，和它有关。毕竟当日大殿中众人皆不识此剑，唯独它……"

小青眼珠子直转，狡辩道："怎么？你还想逼一条蛇说话不成！"

"桃木剑事关重大，是骊山老母亲赐，白姑娘视若珍宝。我读你意识时，知道白姑娘说她不慎掉在金山寺外被我捡了去，可分明她为着和许宣闹矛盾从没到过金山寺！又该如何不慎才能将她如此宝贵的剑落下而不自知，而后又从何知道是我捡走的？”

小青绞尽脑汁也没想到更好的法子去掩饰，只匆匆说道：“也许小白偷偷去了，但是不想告诉你们呢？”

齐霄仍旧满脸不信任，却点了点头，稍微放松语气道：“我会去问白姑娘的。”

“随便你！”

小青受不了压力，赶紧跑出房间，在走廊上拍着胸口暗道：吓死我了，他不会看出破绽了吧？不行，无论用什么办法，一定要阻止他和小白见面！

3

不多日，金山寺永安师叔终于迎回了佛骨。

齐霄带着金山寺弟子声势浩大地远远迎出城门来，一见到永安，齐霄忙上前施礼：“阿弥陀佛，师叔不远万里，历经千危，终于为金山寺迎来佛骨舍利，实乃功德无量。”

永安得意一笑：“这些日子我不在，寺中无人主持大事，也难为你了。”

齐霄赶忙谦让：“佛骨入城乃是盛事，城中百姓早已夹道相迎，我特意带了金山寺弟子等在城外，就是为了恭迎师叔，以助一臂之力。”

说罢，齐霄便要上前替永安卸下藤箧，却不料后者灵活避开，一副糊涂中带着精明的模样，单手立于胸前，感慨道：“我这一路上何止千难万危，换作你们任何一个，只怕早就半途而废了。”

齐霄额头不经意地跳了一跳，却依旧神色恭敬：“师叔所言极是。”

只听永安师叔继续叹道：“想我在天龙寺内，与大师们辩禅论法数月，这才感动了西域圣僧，予我佛骨舍利，经书百卷。唉，不过这都是我身为住持该做的，谁让师父偏偏将衣钵传于贫僧呢。”

齐霄一下子明白过来，忙道：“师叔风采夺目，我等钦佩不已，早就备好袈裟法印，请师叔点阅。”

成器忙捧着住持袈裟上前，静心捧着禅杖随后，永安终于满意地点头：“嗯，百姓翘首以盼，不能让大家失望，来，快与我更衣！”

趁着成器、静心替永安更衣，齐霄接过装有佛骨的藤篋，见三者皆没注意自己，偷偷拿出装有佛骨的小盒子……

此时的城内，百姓夹道迎接，到处都挤满了人。小青焦躁不安地说："有什么好看的，咱们还是回去吧。"

白夭夭会意点头："我见你脸色不太好，不如去其他地方透透气。"

"好的，姐姐。"

两人相视一眼，便准备撤离现场，不料许姣容拉住白夭夭手臂："能亲迎佛骨是可遇不可求的幸事。我这回带你来呀，就是希望佛祖能保佑弟弟一家将来平平安安的。"

白夭夭干笑两声："瞻仰佛骨的机会日后有的是，今日人山人海，咱们何必急于一时呢？"

许姣容责怪地看向她："这种事最重要的就是诚心诚意了，错过了今日，佛祖怪罪下来，那还了得？"

白夭夭看着许姣容的神情，只能勉强点头。

小青见状不妙，偷偷对白夭夭道："那可是佛骨舍利，咱们留在这里，待会儿可就要原形毕露了。"

白夭夭也是皱眉轻叹："是我疏忽了，竟没想到她约我前来，是为了要迎接佛骨。"

"现在跑还来得及，事不宜迟啊！"

白夭夭则为难地摇了摇头："事到如今，若不找个万全的理由，只怕难以脱身。"

小青急得跺脚："可若当着满城百姓的面现出原形，咱们只有死路一条呀。"

白夭夭也是痛下决心："管不了那么许多，我们立刻离开此地！"

两人刚打算偷偷离去，人群忽然拥挤喧闹起来，道路一下子被堵死了。

许姣容更是激动地拉住白夭夭："快看，快看，终于进城了。"

只见城门大开，佛骨被庄严地供奉在金盒之中，由金山寺弟子八人抬着缓缓步入城内，永安师叔紧随其后，神色肃穆地诵着经文。

随着佛骨越来越接近，大家齐齐跪下，白夭夭与小青越发紧张担心，但也不得不先行跟着跪下。

"佛祖保佑，我弟弟许宣一家人平安健康，我相公……"

“怎么办，就要来了，佛祖保佑，千万别现出原形啊！”

身边许姣容已经开始虔诚许愿，小青也闭上眼睛开始胡乱祈祷，白夭夭打量了下四周，心中绝望：莫非这次当真无所遁形……

此时齐霄的声音却突然响起，他趁着众人跪下的间隙，走到几人面前，向着许姣容笑言道：“今日金山寺内举办迎圣法会，我怕人手不足，白姑娘也是修行之人，我想请她去帮忙筹备。”

小青听了赶紧神色欢喜地起身：“我也去，我也去！”

白夭夭起身，神色中带有一丝庆幸：“多谢少侠，能为法会略尽绵薄之力，白夭夭实感荣幸。”

许姣容赶紧点头，道：“这是积德行善的好事，你们快随齐霄去吧。”

齐霄带着两人从人群中离开，小青暗暗窃喜。

到得城门外，白夭夭终于偷偷地松了口气，对齐霄点头微笑，小青则是神情夸张地抚着自己胸口，大口喘气：“好在有你来解围，不然啊，我可要当场现出原形，大闹临安府了！”

齐霄冷冷一哼：“既知自己身份，还敢来迎佛骨，不知死活。”

小青也是委屈：“要不是被许宣他姐姐逼着，谁愿意来看你们。你们也真是缺德，做什么不行，偏要供奉佛骨，以后别说是金山寺了，连你们后山方圆三尺之内，都不会再有妖怪出现了。”

齐霄缓缓摇了摇头：“佛骨乃是圣物，平日封存于铭文金盒内，不会无故伤及山上的精怪，这一点，你大可放心。”

白夭夭对小青笑道：“还是齐霄想得周到，这样一来，你仍可去金山寺进香。”

小青明明心道侥幸，却偏要做出一副不在意的样子，嘴硬道：“谁稀罕啊，我们做妖怪的最重要的就是骨气，以后再也不去添香油了，饿死他们算了！”

“小青！”

白夭夭专注地与小青对话，却没见到齐霄偷偷将一个盒子打开。

只见小青顿时便喘不过气来了，手臂上浮现鳞片，挣扎着质问齐霄：“你，你手里是什么？”

齐霄淡淡道：“佛骨。”

“佛骨？佛骨不是在轿子里，怎会到你手上？啊！小白！”

小青回头，只见白夭夭因无法力在身，早已躺在了地上，手臂上鳞片浮现，现出了长长的蛇尾。

白夭夭本想要隐藏，却被齐霄一把抓住手臂，恨恨道："我方才从师叔手中将佛骨偷换出来，为的就是这一刻。你果然是妖！"

白夭夭吃力地抬头："原来你早已怀疑我。刚刚不过借机带我们来此！"

"放开她！"小青想去推齐霄，自己却跌倒在地，白夭夭赶紧将她抱在怀里，眼眶通红地质问齐霄道："你已识破我的真身，为何还要苦苦相逼，难道打算收了我们？齐霄，你究竟想做什么？"

齐霄将佛骨收起，冷冷道："那条白蛇果然是你。"

姐妹俩渐渐恢复原形，相互搀扶着站起，小青怒骂道："咱们相识这许多时日，我怎么没发现你竟是如此卑鄙之人！久居金山寺却没半点儿慈悲之心！不，就是因为你卑鄙，所以他们才不收你做和尚！"

白夭夭拉住她，摇头道："小青，是我隐瞒在先，错的是我。"

"可是……"

白夭夭安抚地握了握小青的手，看向齐霄，神色冷静地承认："不错，我是妖，是那条来恭贺的白蛇。你费尽心机，查清我的身份，想必是为了许宣。"

"白夭夭，我错信了你。"齐霄额上亦是现出青筋，显然内心十足纠结。

白夭夭神色凄苦，低声说："天下人都说，自古人妖殊途，不能相恋，更无法携手一生，可我与许宣之间……"

齐霄不耐烦地打断她："许宣可知你是妖？"

白夭夭愣住，小青冲上前解释："就算不知道那又如何，难道你不清楚小白为了许宣做了多少牺牲？"

齐霄神情一凛，重重呼吸了许久后，手上攥的拳头方缓缓松开："我当然清楚，撇去昔日的种种不谈，她为了许宣甚至想逆改天命，违背天条！"

"什么？"小青神色惊恐地望向白夭夭，"小白！你怎么从来没对我说过，你要如何逆改天命？"

白夭夭则看向齐霄，淡淡问道："这些都是仙鹤告诉你的？"

齐霄望着她，神态恳切地劝道："世间万事万物，有因必有果。你已犯下大错，若不及早收手，早晚会遭受天谴，届时不但是你，就连许宣也会受到牵连。既然如此，何不用桃木剑收回法力，早日斩断这场孽缘？"

白夭夭理了理鬓边微乱的头发，蹙眉问道：“你说这番话，只因为我是妖？”

齐霄避开她的目光，没有回答，但神色却十足严肃。

白夭夭微微一笑，淡定如常地说：“我早已窥探命盘，对自己的结局一清二楚。”

齐霄抬眸，直视着她：“那为何还要执迷不悟？”

“逆转天命，罪无可恕。我看见自己在一片黑暗中痛苦挣扎，永无宁日。”白夭夭贝齿缓缓刮过下嘴唇，似是想到了什么可怕的东西，可眼神中却闪烁着极为坚定的光芒，“可若我不去为许宣改命，他后半生就只能流落异乡，孤苦病老，无人相伴，最终落得凄惨收场。所以，我宁可牺牲自己，也要与天一搏，改变这一切。”

齐霄重重地叹了一口气：“以你微薄道行，又是妖族之身，妄图逆改天命，扭转他的命格，只会落得个散尽精血，蚀尽妖骨的下场，明知毫无生机，你仍执意如此？”

小青听得既是紧张又是担忧，不由得紧紧抓住白夭夭的衣袖。

白夭夭却依旧是如常的神情，只郑重地看着齐霄，徐声道：“还请齐少侠看在往日的情分上，替我瞒住许宣！我与许宣之间的情分，足以让我付出一切……只求他一生安妥。”

齐霄观她如此决绝的模样，重重一叹，不再多言。

第十四章 重重刁难

1

西湖边上，小青脸色凝重，不住地唉声叹气，齐霄侧目而视，迟疑许久，终究开口问道："你是不是担心白夭夭？"

小青望了一眼齐霄，突然侧过身子，难得摆出一脸严肃来："我有一事问你，你得说实话。"

齐霄神色也郑重起来："你问就是了。"

小青目光转向平静湖面，半晌才又回头看向齐霄，低声问："你收过那么多的妖，可曾见过妖与人相守一生，白头偕老的？"

齐霄见她神情认真至极，一时倒不忍开口。

小青微微一笑，低头往前缓步行去。

齐霄随上。

小青幽幽说道："我知你不信，可是小白信，我也信！虽然红芯落得那样下场，但她是爱错了人……这世上总有……"

见她向来张扬跋扈的面庞此时是难得的温柔秀丽，齐霄忍不住轻声断掉她的话："小青，世上不变的是天道。人之一生，短短数十载，而妖却可活上数千年。你说相守一生，白头偕老，他们能相守多久，又能携手到谁的白头？"

小青闻言止住了步伐，她低头，几瞬后，她忽然认真望着齐霄，妩媚的眼睛里此时却是清亮光芒："你说的我不知道，可若有一天，我也爱上了人，无论只能相伴一天还是一刻，我也会同小白做出同样的选择！"

她就这样定定地望着他，目光纯净如此时西湖一汪清澈湖水，仿佛有什么话就在这眸中，齐霄心底微微一震，竟连忙转头："我……要走了……"说罢，齐霄匆匆转身，向前大步离开。

小青定定望着他的背影，开口再度问了上次的那个问题："若有一天你爱上了妖，你会如何？"

只见齐霄顿住步伐，半晌转身又是往日不羁的神情："我可是个捉妖的，我会爱上一只妖？"轻笑两声，转身大步离去。

小青看着齐霄离去的背影，竟然有些怅然。

湖面清风拂过，掀起层层波澜。

齐霄一口气爬上伏魔山庄的山巅，那处有一棵千年古木，此时满树五光十色的琉璃珠，随着微风吹过，发出叮当脆响。

齐霄伸手抚过琉璃珠。

这里的每一颗琉璃珠，都是妖的内丹。自齐霄术法初成，这些年与元一大侠东奔西跑，手下收妖无数。

可此时，他低头看着自己的双手，不禁喃喃道："白夭夭与小青都是妖，可我为何却……"

微风再度拂过，琉璃珠相互碰撞，发出叮叮之声。齐霄抬头，目光困惑。

妖物害人，天下不平，收妖，本是他的职责。

"可若有一日，要除的妖竟是我相熟的，又该如何抉择？"

树上，一颗珠子青色的柔光映入齐霄眼帘。

这样的青色，让他脑海中猛然撞入一抹身影。

他不禁眉头死锁，徐徐地闭了双眸。

"师父……我该如何抉择？"

小青回到山洞也是闷闷不乐，不禁大声喊道："来人啊！都死到哪儿去了，本山君要发飙了！"

"山君莫慌，会影响美貌。您快看看这个。"小灰献宝似的托了一堆书进来，气喘吁吁地放在小青面前。

小青随意伸手翻了翻便是一脸不耐："什么鬼东西，我让你去想办法化解小白的危机，你弄一堆烧火的家伙，找死啊。"

小灰慌忙摆手："山君此言差矣，书中自有黄金屋，古往今来做人的智慧都在书里，不管有什么事让您烦心，书本中都自有答案。"

“真的？”小青狐疑地蹙了眉头。

小灰擦了擦额头的汗，赔笑道：“小的哪敢欺骗山君啊。”

小青便拿起书来，一本本地翻看，越看表情越夸张，终于忍不住将书丢开：“气死我了！不能让小白和许宣在一起!”

小灰好奇地捡起书：“山君，这是怎么了？”

“小白对许宣如此情深，牺牲了那么多。万一许宣辜负了她，那岂不是比秦香莲还冤！”小青将小灰捡起来的话本又重重掼在地上，“书里说男人不可信，咱们得好好考验许宣，看他是否真心，否则小白的牺牲就太不值了。”

小灰点头如捣蒜：“山君言之有理，只是，咱们不会又要用放火这一招吧？”

小青“哼哼”两声，故意做出阴狠的神情：“这一次，我要使出最毒辣的手段。”

小灰虽然频频点头，但不禁又擦了擦额头的汗。

2

许宣带着清风去买给白夭夭做嫁衣的布匹。

瞥一眼身后清风，许宣摇了摇头：“你如此悠闲有空下山陪我，就不怕回去吃不了兜着走吗？”

清风忙道：“你别担心。大小姐那里早就放下了，是她亲口答应让我来给宫……许大夫你帮忙的。许大夫你大婚，一定有许多事要筹备。”

许宣摇了摇头：“好吧，你陪我买了布匹之后，就赶紧回药师宫。”

“哦，”清风低声一应，犹豫半天，又道，“其实，我不想回去。若我也离开药师宫，你愿意收我为徒吗？就算继续当书童也没什么不好的。”

“好啊！”许宣微微一笑，缓缓说道，“等你喝完毒酒走出雾桥，若还活着，我自当考虑。”

清风浑身一颤，苦着脸打哈哈：“啊，那还是当我没提过此事吧。”

两人走到云霓坊门前，许宣停下脚步，抬头望着招牌，淡淡开口：“到了。”

可没过多久，他便又带着垂头丧气的清风出来了。

他要订的凌云锦是红布中的极品，但不巧的是刚刚全都被万花楼的花魁苏姑娘给订走了，眼下就算连夜赶制也得再等上数月。

许宣倒是毫不犹豫，立马就前往万花楼，清风想拉住他却又不敢，只得屁颠颠地跟上。

华灯初上之时，万花楼开门迎客，只见红艳艳的灯笼低垂，来往女孩身上的胭脂香气，和着客人身上的酒味，以及相互之间的轻薄调笑声，勾勒出华丽艳靡又颓丧堕落的氛围，清风不由得打了个寒战，终是怯生生拉住许宣的衣袖："这种地方，不适合咱们。宫……许大夫，咱们还是快走吧。"

许宣一拍折扇，颔首道："的确不适合，但总好过将花魁请到家中商议。"

"许大夫，你真要见那个苏姑娘啊？阿嚏！"旁边一女子的衣袖刻意扫过他面庞，清风连打几个喷嚏，不由有些委屈。

许宣神色笃定："我说过，我家娘子的嫁衣，必须是最好的。"

眼见他还欲深入楼中，清风赶紧拉住他："万花楼毕竟不是正经地方，万一传了出去，有毁你的清誉啊。"

许宣点头："言之有理。记住，若有人问起，那就大大方方地告诉大家，我是陪你来的。"

"啊？"眼见许宣大步入楼，清风一副吃了黄连的模样，跟着上前。

万花楼后庭中，有一座小小的亭子，此时四周垂着柔纱布幔，随着夜风稍稍卷起，竟带着万种风情。此时亭中的白夭夭和小青尚在争执之中，白夭夭压低声音反对道："你怎能先斩后奏，用这样的办法来试探许宣。我们快走吧。我相信许宣对我的心意，无须如此做。"

"你先坐下！"小青压住她的肩膀，逼她坐下，"这一次说什么都要听我的才行。你想改天命，可是你道法再高也是妖，七杀格哪里是这么轻易就能化去的？散尽精血，蚀尽妖骨，与要了你的命有何分别？他为你不过放弃了区区一个宫上的位置，可你为了他却要赔上性命！"

白夭夭深吸了一口气，皱眉道："小青，感情的事，从来不分多少，更没有对错。谁为谁付出更多，难以说清，千年前，他为我散尽仙力，魂飞魄散，足以让我为他付出一切。"

小青摇了摇头："但眼下他只是凡人之躯，他只知道你为了他舍弃法力，却不知道还有更可怕的劫难在等着你，若他连我这关都过不了，小白你又何必委屈自己？"

眼见许宣和清风顺着回廊远远而来，小青忙再凑近白夭夭道："小白，你听着，你为了他甘愿牺牲，小青拦不住。可至少，也要让我试试他，让我放心才行！"

许宣不知帘内之事，恭敬地一揖，道："在下许宣，冒昧打扰，想与苏姑娘借一步说话。"

白夭夭瞥一眼旁边昏过去的花魁，方才听小青说得感动，便也不再阻拦，任由小青去了。

小青则冷冷看了眼小灰，小灰会意，故意压低嗓子，装出阴柔的声音："咱们苏姑娘已经赎了身，不见客。许公子，你还是请回吧。"

许宣再是一揖："许某前来，别无他意，只为了凌云锦，不知苏姑娘可否割爱？"

小青眼眸一转，在帘内故意装出慵懒的声音："咳咳咳，近日总也吃不到满意的芙蓉羹，许公子若有诚意，不如先亲手做碗芙蓉羹让我尝尝。"

白夭夭紧张地拉了拉小青："你别乱来，许宣不会下厨！"

小青也低声在她耳边回道："芙蓉羹是姐姐你的最爱，先尝尝他的手艺再说。"

许宣晃开折扇，自信一笑："还请苏姑娘稍等片刻，借万花楼厨房一用！"

白夭夭几乎惊掉了下巴，小青则露出了一副捉弄成功的得意神色。

而过得片刻，许宣竟真捧了一碗芙蓉羹回来，小青买通的侍女递进来，放在白夭夭面前，白夭夭讶然地浅尝一口，顿时露出满意神色："甘甜可口，火候也刚刚好。"

"我不信！你定是偏袒他！"小青一把抢过小勺，喝了一口后，脸上神情也逐渐变化，正想拍桌子，却立马刹住，转换成温柔声调说："许公子这芙蓉羹，怕是买来的吧？"

许宣脸上带着宠溺的神情浅浅说道："苏姑娘有所不知，我家娘子不擅厨艺，她常着白衣，在灶前不消片刻便会弄得一身灰。我想为她分担，自然需要拿得出手的厨艺。"

此话一说，旁边的清风也不禁讶然。

小青无奈地放下手中的瓷碗，又冲小灰努了努嘴，小灰马上接话："一个大男人下厨成何体统？"

许宣眉头一挑，却是带着些骄傲神态："世俗愚见，我自不放在心上。我不需要我的娘子做个贤妻良母，她依然是她，不必为我勉强改变，我既然喜欢她现在的样子，又何必强求她迎合世俗？"

白夭夭听完，眼底全是幸福神采，冲咬牙切齿的小青道："怎么样？你现在总该放心了吧？"

小青按住准备起身的白夭夭，愤愤道："不急，这才第一试，我不信！"又对外扬声说道："都说酒后吐真言。我倒想看看，许公子人前振振有词，这黄汤下肚之后，可还能言行一致。来人，上酒！"

只见有侍女抱来整整三坛酒，气喘吁吁地放在许宣面前，清风瑟缩着脖子劝道："我听说，万花楼的陈年老酒，寻常人三杯就倒。你酒量不好，千万不能喝。"

许宣摇了摇头："我有求于人，自然得照人家的规矩来。"

悠扬婉转的琴声忽起，有舞女身着薄纱，和着琴声翩然起舞，姿态曼妙地行至许宣面前，一一为他斟酒、敬酒，拥在他身边，许宣只觉眼前视线逐渐模糊，整个万花楼都在他眼前摇晃，很快便是要醉了。

白夭夭坐不住了："紫宣说过人性最禁不起试探。我不愿看他委屈自己。"

小青拉住白夭夭，低声劝道："他现在是凡人，若是抵不住诱惑，与一般男人有何分别？"

"可我于心不忍。"

小青指指亭下："你觉得他委屈求全，可人家说不定乐在其中。"

只见一妙龄女子渐渐地往许宣身上靠，将手搭在许宣肩上，许宣抓住了她另一只手，女子便靠得更近了些，白夭夭脸色也渐渐沉下去。

却听许宣有些大舌头地道："清风，拿纸笔来。这位姑娘胃疾缠身，我替她开个药方。"

女子有些惊讶："你怎会知道我不舒服？"

许宣便扬声说道："今日许某有求于万花楼，既然诸位都在，不如让我为大家义诊，也算对苏姑娘有个交代。"

白夭夭暗暗松了口气，小青却不屑说道："他这招叫收买人心，见招拆招，且看我下一招！"

白夭夭有些骇然："你还要再试？"

只见小青眼神中斗志满满，她今天非要将许宣了解个透彻不可！

夜风徐来，替舞女们义诊完的许宣，眼神略微清明了些，清风在一旁握拳不满道：“那个什么花魁，分明是故意刁难你。依我看她压根就不打算割爱。”

许宣脚步微微踉跄，不介意地笑着说：“以前是我为难白姑娘，如今有人替她讨公道来了。”

清风赶紧扶住他：“这都什么时候了，你还在说醉话。”

“不怕，我既来了，就断不会空手而归，且看她还有何招数。”只见突然间，二人眼前出现了数个面貌丑陋的妖，将许宣与清风团团围在其中。

“啊！”清风吓得浑身发抖，声音尖锐，“妖怪，这里有妖怪！”

许宣却是神色淡淡：“别慌，他们不会伤人。”

清风哭丧着脸，不停地战栗：“你怎么知道，你又不是妖怪。”

小青妩媚声音自亭中传来：“许公子口口声声说所做的一切，都是为了你娘子，此话当真？”

许宣颔首，坚定道：“不错，但求凌云锦，与我娘子做一袭最美的嫁衣。”

小青一字一句郑重问道：“你做了这么多，可曾想过，若婚后发现你的娘子并非你想象那般单纯，而是欺你、瞒你，你又当如何？”

许宣陷入沉思，白夭夭却悬着一颗心，静静等着许宣的回答。许宣说道：“若是娘子欺得了我，那是她伶俐；瞒得住我，那是她聪明。有了娘子的教训，我以后出门在外便可多几分警惕，少几分危险。所以若她欺我、瞒我，并无不妥，反倒是桩好事。”

小青噎住，慌乱地抓着头说：“这个许宣牙尖嘴利，果然不好对付！”

白夭夭蹙眉道：“事不过三，你再刁难，我可就不答应了。”

“好，最后一问，只要他答上来我就不再阻拦。”群妖越围越紧，小青清冷的声音也越发掷地有声，“许宣，我问你，如果你发现自己的娘子是妖，该当如何？”

白夭夭脸色一凛，抓着小青的手不自觉用上了力：“小青！你……”

小青回望着白夭夭，神情是从未有过的严肃与认真。

而许宣望着眼前这些丑陋的妖怪，轻蔑一笑：“小青，你闹了半天，也该够了，让你这些虾兵蟹将都退下吧。”

白夭夭闻言，没忍住“扑哧”一笑：“你的伎俩早就被他看在眼中，还不快快现形？”

小青跺脚，不忿道：“哼，你偏心于许宣！”

但也是无奈，小青只能任由白夭夭牵着她，从亭中不情愿地慢慢走出来。

清风讶然道：“啊！小青姑娘！真的是你在捣乱！”

小青瞪向许宣：“你还没回答我刚才的问题！”

许宣醉眼蒙眬，摇摇晃晃的，却是一把坚定不移地将白夭夭紧紧拉入怀中，埋首在她耳边道：“就算我娘子真的是妖，那也是世上最美的妖！你们没一个能比得上。”

白夭夭露出灿若明星的笑容，又忍不住娇羞地轻轻拍了他一下：“你又取笑我！”

小青不爽地咬住下唇，回头朝着小灰头上就是一巴掌：“他怎会知道是我假扮的！一定是你露了馅！”

小灰耷拉着长耳朵，苦不堪言地说：“冤枉啊！山君，我都是按你的吩咐行事……”

小青还待再训，却被白夭夭笑着拉住，对许宣道：“你是如何看出破绽，就当看在我的面子上告诉小青吧，否则她又要闹到天亮了。”

许宣微微一笑，徐声开口：“布庄老板说了，花魁戴着面纱，观之似乎是个美人。”

小青面带自得之色：“对呀，是我假扮的呀，哪里有错？”

“可老板又说了，这花魁观之虽美，却步伐轻浮，走路左顾右盼，实在没个正形……你说，不是你还能有谁？”

“我？我！”小青指着自己，愣了半天也说不出话来。

许宣摇了摇头，众人皆是偷笑不已。

3

许宣得了凌云锦，便转交给许姣容，让她安排缝制嫁衣。

许姣容却念及冷凝前几天托清风带来的话，带着凌云锦上了药师宫，寻到了冷凝。

冷凝染了蔻丹的指尖缓缓滑过凌云锦，叹道：“艳而不俗，映得人面若桃花，不愧是天下最好的布料。”

许姣容有些感慨地说：“许宣送来的时候，我也是这么说的。听说他大闹万花楼，就只为了这匹料子。”

冷凝唇边笑意一冷：“看来师兄对白姑娘果然用心良苦。”

许姣容有些担心地看着她，随后起身说：“唉，我想想还是不妥，嫁衣的事还是我来吧。”

冷凝微笑着伸手拦住许姣容，娇嗔道：“姐姐，我说了，白姑娘的嫁衣理应由我亲手缝制，权当我对他们的祝福。”

许姣容轻轻一叹：“冷凝啊，你这又是何苦呢？姐姐也是看着你长大的，在我心里你就跟我亲妹妹一样，手心手背都是肉。唉，许宣这个混账小子……”

冷凝笑得天真：“姐姐，快别说了。师兄的事我早就放下了，这件嫁衣正是我对他们的祝福，你该高兴才是。”

许姣容摇了摇头：“冷凝你果然通情达理，可惜了。”

冷凝低眸一笑：“他们的婚期就在一个月之后，我定会抓紧时间，精心赶制，姐姐尽管放心吧。”

“你的女红在临安城数一数二，我自然放心。可毕竟是劳心伤神的细致活，你这样费功夫，我实在心痛。”

“我早就不是以前那个娇弱的大小姐了，药师宫里里外外哪件事不费功夫，不劳心神，这些日子以来我自己一人不还是一样走过来了？”

许姣容欣慰地点了点头，牵起她手轻轻拍着，道：“好孩子，姐姐明白。”

冷凝满面笑意却突然一收，郑重说道：“不过，还有一事需姐姐帮忙。”

“你只管说，什么事？”

冷凝蹙眉，低声道：“我缝制嫁衣的事，请姐姐务必保守秘密，瞒着师兄。我想在婚礼当日再告诉他们，也算是给他们一个惊喜。”

许姣容不觉有异，果断地点了点头，答应了。

许姣容前脚离开，冷凝房中的风铃立即大响。

冷凝幽绿色的眼眸看向那风铃，这是饕餮在她接管药师宫后送来的。

饕餮说这风铃与清音铃不同，若她决意做人，这铃便可压制她内心的妖性；若她决定成妖，这铃便可反过来助她修习法术，全看她个人选择。

冷凝从房中取出一个紫檀木小盒，打开，西域圣蛛立马爬出，她微微一笑，将其摆在手上，西域圣蛛咬了冷凝一口，原本白皙的手掌瞬间成墨色。冷凝吃痛，微微蹙眉。此时，风铃剧烈摇晃，发出铮铮之声，墨色渐渐化掉，西域圣蛛却倒在冷凝掌心，已经死了。

“饕餮，你说我成妖后可以随心所欲，说我以人化妖可当普通妖数百年修行……借你吉言了！”冷凝眸间绿光大盛，指尖竟如蜘蛛般吐出细细丝线，冷凝将针穿过丝线，开始缝制嫁衣。

随心所欲？她心中的欲望，不过就是许宣而已。

冷凝唇边勾起阴森笑意，朱唇微启，低声喃喃道：“白夭夭，我这份大礼你可要好好接着。”

第十五章 木之结界

1

齐霄日夜苦想因果，真如走火入魔了一般。

可惜师父已经不在，再无人能在他迷茫的时候为他指点迷津了。

唯一看上去可能可靠的永安师叔却一直借口太忙，对他的问题避而不答。

这日，他终于忍不住再次冲进永安师叔的房间，拉住他问道："师叔，你今天必须告诉我，若人妖相恋该如何阻止？否则我便不出这个房门了！"

他想对自己做什么……永安只觉后背发凉，唇角抽搐，赶紧将自己的一双老手从他的手中抽出来，干笑着答道："自然是一棍打死，永绝后患。"

齐霄见他终于肯回答自己，颇为兴奋，但再一思考他的答案，便是摇了摇头："可是此妖非但没行过坏事，平日也是一心向道，就这样断其性命未免有失公允吧。"

永安轻轻一叹："你若不除了那妖，迟早害两条性命，两害相权取其轻，你不明白吗？"

齐霄犹豫道："难道没有两全其美的办法？人心载道，总应有所变通才是。"

永安师叔瞪眼："你这小子，要求倒挺多。"

齐霄见他也是回答不了，便摇头感叹："还是师父好，若他还在世，定能为我解除疑虑。"

永安额头青筋一跳，眼角忽然收进他方才整理出的几瓶沙子，便一本正经地对齐霄道："哼，你师叔我修得上乘佛法，这种小事有何为难？看到这些沙了没有？"

齐霄愕然看着那几只琉璃瓶中所盛的沙子，迷茫地问："它们能破姻缘？"

永安高深莫测地摆了摆手："这是我方才整理出来的你师父的遗物，他当年去了趟西域，带回了这些沙赠予我。"永安内心暗骂元一小气，面上却依旧威严肃穆，"你现在将它们做成一幅沙画，佛祖自在心中，答案自在画中。"

齐霄皱眉，拿起瓶子仔细看着，问："这么玄？"

永安师叔颇为认真地点了点头："只是你得小心，作画时务必平心静气，稍有不慎，这些沙很容易被吹散，等你完成佛像，我再告诉你答案。"

"那要到什么时候，师叔你现在就告诉我吧，再等下去一切都成定局，想救也来不及了！"

永安师叔拍了拍他的肩膀："少安毋躁，你听我的便是，去吧。"

一边说着，永安一边将尚在怔然中的齐霄推出了房门，再紧紧将门关上。

齐霄低头看着瓶中沙，拔了盖子仔细琢磨："师父留下的沙子难道真的藏有玄机？"

齐霄说着打了个喷嚏，竟弄得满脸沙子。

2

大婚前一日，白夭夭抱着一叠婚礼上要用的红纸，到许宣的医馆去找他，却四处找不到人。

远处小青和小灰二人谈笑着行来，白夭夭忙上前问道："你们可见到许宣？"

小灰虽还有着兔耳，不便露面，但一直和其他小妖一道，轮流在许宣医馆后院打杂，帮忙磨些药材，此时便笑着道："早上有名病人说是患了急症，将许公子叫走了。"

白夭夭稍稍皱眉："那他可有说几时回来？"

小灰挠了挠耳朵，回忆了下方说：“说是片刻就能回来，但现在也有一个时辰了……对哦，为什么许公子还没归来？”

小青也是不解：“许宣不是医术高超吗，怎会医这么久？”

白夭夭皱眉思忖片刻，难掩忧虑道：“只怕他遇到了什么事情，不然明日就是婚宴，他定会早早回来与我一同布置。”

小青闻言，赶紧捉住小灰的手臂：“你快说，他往哪儿去了？”

小灰有些紧张地回忆了下：“好像……是南边……”

“南边？”小青歪了歪头，“不是城外便是金山寺，难道是金山寺有人病了？”

白夭夭当机立断：“迟则生变，我往城外去，小青你去金山寺探一探究竟。”

小青点头，二人齐齐离开，倒是小灰面上露出了一些愧疚的怯意。

此时的许宣，随着来医馆着急求救的村民一路行到了紫竹林附近，只见这里还弥漫着香火，却不见一人。

许宣心里有些奇怪，试探着道：“这里便是那传说中极为灵验的紫竹林吧，只是不知道这里竟然还有住家。”

那村民行在前面，走路姿态僵硬，却并不搭许宣之话，只带着他往竹林深处走去。

忽地，整个竹林透出紫色光晕，许宣心里有感，四处一看，终是停下了脚步，冷声问道：“我们是要往何处？这四下幽深，病人又在哪里？”

那村民也停下步伐，许宣紧盯着他，见他逐渐转过身来，七窍流血，倒地身亡。

许宣一惊，上前查看，不由得更是骇然：“这……身体僵化，隐有尸斑，竟已死去多时。”

许宣戒备地站起身来，只见竹林中紫光隐约闪动，隐有黑色雾气袭面而来。

小青到了金山寺，果然见到齐霄还在专心画佛，她心里着急：“齐霄，你是不是真的走火入魔了，这佛日日画夜夜画，到底有完没完了？”

齐霄不动声色，继续专心做沙画，只见佛像隐隐成形。

小青跺了跺脚，着急道："我今日来是有正事的，许宣早上出门说是来南边医治病人，我还以为……以为是你借口自己生病将他扣下，好叫他不得成婚！"

齐霄冷哼一声："我未曾见过许宣，若见了，如你所愿，我定不会让他离开！"

小青着急道："明天便是他们大婚之日，你不想去无所谓，连声祝福都没有也没关系，好歹当初你师父出事的时候，小白也帮过你。"

齐霄抬头，那双因为熬夜而满是红血丝的眼睛直直盯向小青，在这样的眼神下，小青声音渐弱："你也不能老想着算计别人嘛。"

齐霄收回目光，没好气地说："你躲远点儿，沙子都被吹跑了。"

"什么破画嘛！我偏要说！"小青不服气，故意吹了一口气，沙画瞬间成了一堆沙。

齐霄气急，抓着小青怒吼道："你三番五次打扰我画佛，到底是何居心？"

小青也不服输，直直瞪回去："我就是吹了，你能怎样？"

"大胆妖孽，别以为我不敢收你！"

小青莫名眼眶一红，却是无泪，也朝着齐霄大吼："你想收便收好了，反正我不是你的对手！你明知道妖和人一样，也有善恶之分！小白对许宣的真心，难道你没有看在眼里？"

齐霄见她说着说着便是满腹委屈，不由松开了手，又欲转身作画，冷声说："既然如此，白夭夭倒是现形，亲口告诉许宣真相啊！"

小青跺脚，斥道："许宣才不在意，在意的只有你！反正在你心里妖就是坏的，活该不能得到真心！"

齐霄皱着眉头，大声说道："道法如此，我也如此！我就是不喜欢妖怪，以前不喜欢，往后也不喜欢，见一个收一个！"

小青倔强地抿紧嘴唇，仰着下巴说："任你铁石心肠又怎样，齐霄，我告诉你，我偏偏就要爱上人！"

齐霄心中一动，陡然慌了神色，刚抓起一把沙的手重重一抖。

"不仅如此，我这就传令下去，叫我手下的小妖全和人相恋厮守在一起！

你本事高，就将他们一对对拆散去！”

小青说完扭头就走。齐霄下意识地站起来，拉住小青的手臂。

两人撕扯间将沙盘带倒，黄沙落地，扬起一片烟尘。

齐霄怔住，小青趁机甩掉他的手，下山去了。

她到城外竹林边上，找到了正在那处寻觅的白夭夭，慌慌忙忙地道：“小白，我去金山寺瞧过了，许宣不在那里。”

白夭夭眉头紧锁：“可是此处也确实没有人家。”

小青看着眼前的竹林，面露疑惑：“咦？这不就是紫竹林吗？”

白夭夭点头，刚要开口，体内灵珠便忽然感受到阵阵妖气想要离体而出，她不由紧张道：“小青，这竹林不对劲，与那日大不相同！我的灵珠隐隐竟受它牵引！难以控制！”

小青也是一脸慎重地张望：“我也感受到了，这里……像是有极强的妖。”

白夭夭紧紧牵住她，道：“你且小心，咱们进去看看。”

小青却伸手拦住她：“不可，小白你没有法力，太危险了。不如你在此等着我，我进去找许宣！”

白夭夭咬着嘴唇，摇头道：“你与许宣，谁也不能遇到危险。咱们谨慎些，不会有事的。”

小青自得地一扬头：“你错了，你只要管好许宣就好，我能保护你！”

白夭夭一笑，点点头，与她相互牵着进入林中。

3

许宣只身站在林中，周围竹林透出紫色光晕，明明灭灭，他一时不敢妄动。

忽然间，大片黑色雾气穿林而过，来到许宣面前。

饕餮落地，许宣露出戒备神色：“饕餮，你竟还没死！”

饕餮桀桀怪笑道：“许宣，又见面了，今日我要你付出代价！”

他话音刚落，周围竹林便发生巨变，路口瞬间被异动的竹子挡住。

许宣半眯双眸，迅速瞧准一条出路，手上甩出几根金针，脚下一动，向那处离去。只见金针穿过饕餮，钉在身后竹上。饕餮于一息之间便欺身来到许宣眼前，怒喝道："此时想逃未免为时太晚。竹林已封，谁人都无法闯入！"

说罢，他利爪挥下，许宣伸手去挡，纵然饕餮身无实体但利爪尚在，不会武艺的许宣哪里是他的对手，顿时血洒当场。

鲜血甫一滴落地面，竹林内顿时结界大破，金光在地面闪烁之间，涌动出一股灵气。

白夭夭和小青闯入竹林，正见到许宣头疼欲裂，痛苦得险些站不稳当。而饕餮眼看又是一爪挥下，白夭夭面色大变。

小青急忙飞身上去，抢走许宣，将他推向白夭夭，道："你快带他走，我来应付这怪物！"

饕餮有些惊讶二人的到来，但转瞬便是凶光毕现："送上门来找死，谁都别想活着出去！"

饕餮身上的黑雾漫向小青，小青唤出双剑，与他打在一处。

白夭夭扶起许宣，却不料手刚触上许宣肩头，霎时间道道白色仙力便从他体内迸发而出。

饕餮眼角余光瞥见便是面色一变，急于对小青下了杀手，而一道白光闪过，将他震了开来，只见许宣此时已是神态大变，仙气盎然地立在了白夭夭身边。

饕餮咬牙切齿地自唇间飘出两个字："紫宣……"

小青趁机后退两步，慌忙拉起白夭夭道："小白，快走啊！"

白夭夭另一只手扯上许宣，三人一道向林外跑去。

奔跑的过程中，许宣握上了白夭夭的手，十指交握的一瞬，白夭夭的眼泪便夺眶而出。

饕餮还欲再追，却不防紫光一闪，饕餮重重跌落在地。

白夭夭三人乘机逃离。

饕餮勉强自己站稳身子，看向眼前现身的斩荒与逆云，怒道："你疯了吗？那是紫宣的元神！你我联手，今日谁能再拦？大好机会，你为何阻止于我？"

斩荒漫不经心地回道："今日我不想杀他。"

饕餮紧咬牙关，再向他逼近了一步："我问你，你不是已在竹林施下法术，为何白夭夭可以进入！斩荒！你我同盟，如今你可是有什么事欺瞒于我？"

斩荒不屑地嗤笑一声："我做事向来随心所欲，难道还要请教你吗？"

饕餮目露凶光："若我知道你有什么不轨，休怪我不顾情谊！"说罢，便化作黑烟掠走。

斩荒则收起面上的玩世不恭，神色中如笼上了薄薄一层寒霜。

逆云不解地问道："主上，为何不将小青姑娘的事告诉他？"

斩荒冷笑一声："若是叫饕餮知道，我二十年来苦苦寻觅之人就是小青，以她那点儿道行，她的性命，还能留到几时？"

逆云想起方才小青和饕餮的搏斗，不由得皱眉道："小青姑娘修为太浅，以她之能，恐怕难以温养主人元神。"

斩荒摇了摇头："千年修为，蛇族女子，就算这些不能确定，若非是在温养元神之时沾上了我的贪狼格，她如何能进入此处？还有那日，地火之处她也触动了我设下的结界……逆云，救我之人分明就是她！"

逆云只得点了点头。

斩荒望着小青离开之处，心头满是思绪。

许宣于城中新置的府邸之内幽幽醒来，靠在榻上，面有倦意。

白夭夭扶着他缓缓坐起，另倒了杯茶递在他手里。

许宣一口饮尽，方问："刚才究竟发生了何事？我只记得一个妖物向我攻来，黑气弥漫，然后我就失去了意识。我是如何脱身的？"

白夭夭接过茶杯，低垂双眸："是小青。我们二人赶到之时，那妖物已不见踪影。"

许宣皱眉："那妖物来势汹汹，怎会如此轻易离去？"

"许是小青名头太响，这方圆百里的妖没有不怕她的。"

"可那妖物，分明强过小青，那黑气冲天……

白夭夭忙打断他，将茶杯往桌子上一放，略带责怪地说："你几时还知道妖的事情了？眼下平安归来就是好的，不然明日便是大婚，你想我嫁给谁去？”

许宣释然一笑：“我知你担心了，以后定会小心。”

白夭夭终是露出点儿微笑，转身为许宣加茶水。

刚背过身去，她脸上的笑容便已尽数消失，转而换上满面忧色，内心暗道：今日在那处紫宣又出现了，没想到那里竟会是第三处结界，这下如何才好……

与此同时，药师宫内冷凝指尖冒出细丝，用针收线，而角落中有着几只已然死了的西域圣蛛。

她看着方完成的嫁衣，唇上挂起满意又阴森的笑意。

“终于赶在最后一刻完成了。白夭夭，你明日大婚，这身嫁衣可要好好穿上，才不枉费我一片苦心呀。”

自言自语着，她又起身看了下圣蛛，唇边笑意加深几许，指尖的丝线一出，犹如操控般，西域圣蛛开始动了起来。

“明日你们有大用处，可千万不能让某些人坏了我的好事。”

第十六章

血染嫁衣

1

一大早，许府内已是喜庆洋洋、热闹非凡。

小灰站在门厅处指挥着大家：“都精神点儿，快点儿布置起来，不能耽误了白娘娘的吉时。”

小妖们乐呵呵地在府里跑进跑出。

而新房之中，白夭夭身着凤冠霞帔，映得她是人面桃花，明艳动人，好不美丽。

小青不由叹道：“小白，你这个样子实在太好看了，简直貌若天仙，不对，你比那些神仙还要好看。”

白夭夭有些羞涩，拿起一把糖塞给小青：“好了好了，就数你的嘴最甜，夸得人七荤八素。”

小青笑容更深：“我说的可是真话，这身嫁衣衬得你就像画里的人，难怪许宣一定要这匹布料，算他有眼光，跟挑媳妇一样。”

白夭夭清浅一笑：“听说缝制嫁衣的裁缝是许姐姐特意找来的女红高手，也不知是哪家的绣娘，手艺如此高超，若有机会，日后一定要上门拜谢才是。”

小青带着赞赏的目光细细看着凌云锦上的绣花，隐约察觉线上带着一丝银光，便不免狐疑道：“奇怪，这些线跟平日里见到的好像有点儿不同。”

白夭夭也低头打量，发现了这细微的差异，但这银光使得绣花更为鲜活，便不以为意地道："或许是什么特别的材料所制？"

小青还待仔细察看，外面便传来了乐声，许姣容在窗外唤道："吉时已到，新娘上轿子喽。"说罢，便喜气洋洋地走进门来，给白夭夭盖上了盖头。

小青不知为何，心中总觉得有些不对劲，但眼看着白夭夭被许姣容搀扶着出门，便只能赶紧跟上。

金山寺中，齐霄依旧在画佛像，却思绪混乱，不知不觉竟在沙盘上画出小青的模样。

他低头一看，便是吓了一跳，忙呼罪过，将沙画一挥，眼见着顿时又成了一堆沙子。

他愣住，隐约有灵感破空而来。

永安师叔正好走进，便问他道："怎样？你花了三十天的工夫，可有悟出什么吗？"

齐霄点了点头，眼神逐渐明亮："我终于悟到了！多谢师叔！"

永安有些好奇，不禁问道："哦？那你说说，到底悟到了什么？"

齐霄抓起一把黄沙，再由它从指间散去，徐声说道："昨日佛像未成便被毁去，成了一盘散沙；今日我随手画妖，心中气恼，随手挥去，又成了一盘散沙。他日画成，最后也不过是手中的一捧黄沙罢了。原来万事万物，本质皆同，都是生命，何分贵贱。"

永安师叔缓缓点头："不错，这就是我想对你说的。既然你自己领悟了这番禅理，想必心中也有答案了吧。"

"齐霄心中已有定夺，多谢师叔指点，师叔果然是当世高僧！"齐霄拍了拍手中散沙，转身冲出门去。

永安也跟着出门，成器正好碰上永安，上前行了个礼，便问："师叔，我刚才好像看见齐霄师兄急匆匆地跑出去了，他这是怎么了？"

永安"哈哈"一笑："他下山去，有要事处理，你不必理会。"

成器点了点头："师兄最近一直闷在屋子里，对着满地的沙子悟禅，他说这是师叔布置的课业。看他方才的样子，难道已经悟出来了？师叔，这沙子里到底藏着什么佛法，为何只有师兄他能看出来？"

永安有些尴尬地干笑两声："我刚回金山寺，诸事繁忙。他又成天缠着我问这问那的。我碰巧看见那些沙子，便找了个事由让他安静两天。"

"什么？"

“我的本意是随便将齐霄打发了，别整天晃来晃去惹人烦心。没想到，他竟能悟出一番佛理，看来他注定与我佛有缘啊，阿弥陀佛。”

成器不免石化……原来这样也行……

永安重重一咳：“别站在这儿发呆了，今日是端午节，到处都是香客，让大家将准备好的香囊和艾草分发给山下的香客，退避诸邪。”

成器忙回过神来，道：“是。”

2

许府大厅之中，许宣与白夭夭正在拜堂，许姣容轻轻擦去眼角的泪水，旁边李公甫搂着她不住地哄，许宣揭开喜帕，笑盈盈地看着白夭夭唤了声娘子，白夭夭无比娇羞地低头，回唤了声相公。

乔装打扮好的众小妖俱是开心欢呼，不住鼓掌叫好，连小灰也跟着抹掉眼角开心的泪水。婚礼虽是简单，也并无过多宾客，大厅中却是一派喜气洋洋。

此时冷凝却突然来到，清风手中抱着一坛酒跟在后面，冷凝微笑着对愣神的众人道：“我来恭贺师兄和白姑娘新婚之喜。今日端午节，家家户户都要插艾草，喝雄黄酒，以驱邪避秽，因而我特地带来这坛雄黄酒，想敬师兄和白姑娘一杯，祝你们夫妻恩爱和睦，白头偕老，永结同心。”

许宣和白夭夭尚未说话，倒是许姣容先迎上去，握住冷凝的手道：“你这孩子，还特意赶来，唉……”

“姐姐，不碍事的，我必定要将自己的心意送到，眼见着师兄和白姑娘幸福，我才能安心。”冷凝一边柔弱地说着，一边将挑衅的眼风不经意地扫向身着嫁衣的白夭夭，唇边的笑意又深了几分。

白夭夭脸色微变，缓声道：“冷凝，我没想到，你会愿意出现……”

小青则是着急地碎碎念道：“送什么雄黄酒，分明不安好心。”

小灰看她下一瞬就要冲出去撕打冷凝的样子，便赶紧拉住她：“山君你可别冲动，坏了白姑娘的婚礼。”

小青死死攥住拳头：“哼，就算今日大喜，但她只要伤小白一分，我照样杀了她！”

面对众人的敌意，冷凝倒是笑得欢快，着清风斟了两杯酒，再一脸温婉地道：“白姑娘有所不知，你这身嫁衣可是我耗费了大半个月，一针一线亲手缝制。这其中的心意，你若能体会，便可明白，我比任何人都想参加这场婚宴。”

见气氛尴尬，许姣容也是上前赔笑道：“冷凝她可是下了一番苦心，这样细致的女红，只怕天下再难找到第二个。”

许宣此时也冷冷开口，问许姣容：“所以你才一直瞒着我？”

许姣容嗔怪地看他一眼，道：“这叫惊喜，冷凝特意叮嘱我要我保守秘密，就是为了今天这个大日子。”

冷凝微微笑着，举起手中的酒杯，对白夭夭道：“白姑娘请。”

白夭夭看着雄黄酒，手心一冷，微微一晃。小青上前一步，不着痕迹地扶住她，秘音入耳道：“我看她来者不善，你千万小心。”

白夭夭同样以秘音说道：“我撑得住，你才要小心，万万不能在大家面前露出原形。”

许宣拿起清风手中的酒杯，对冷凝道：“既然师妹如此用心，那我先干为敬。”随后便是一饮而尽。

冷凝微微一笑，再举杯到白夭夭面前，诚恳地说道：“冷凝昔日的种种作为，多有不妥之处。承蒙白姑娘海涵，希望借这杯酒将以往的不快一笔勾销。”

小青拉住白夭夭，秘音劝说：“小白，别听她的，不能喝！”

许宣则发现白夭夭脸色不对劲，便关切地问：“娘子，你怎么了？脸色发白，是不是有哪里不舒服？”

白夭夭垂眸，缓缓摇头道：“我没事，相公不必担心。”

冷凝眼底泛出了泪光，哀怨道：“白姑娘还是不愿接受冷凝的歉意，看来还是我做得不够好。”

白夭夭忙摇头道：“我不是这个意思。”

冷凝低低一叹：“冷凝千言万语都在这杯酒中，白姑娘不愿放下过往，必定是有白姑娘自己的理由，冷凝不敢勉强，今日的事就当没有发生过，大家不必在意。”

白夭夭感受到现场所有宾客目光的注视，不自觉地伸手去拿酒，却被小青抢先将酒拿起，道：“姐姐身体不适，不胜酒力，这杯酒我替她喝就是。”

“这是敬新娘子的酒，哪有你来喝的道理？”小青正要仰头就喝，酒杯却被许姣容抢走，只见她将酒杯塞到白夭夭手里，斥责道：“弟妹，我说句公道话，冷凝为了你的嫁衣，不眠不休，忙了大半个月。今日又当着大家的面特意前来祝酒，难道你连这点儿面子都不给？”

李公甫拉了拉许姣容：“你少说两句吧。”

许姣容瞪他一眼：“你到底是帮着谁的，难道我说错了吗？”

“够了！”许宣见状，喝止道，“白夭夭从今日起就是我的娘子，谁都不能勉强她。我替她喝。”说罢，许宣便欲从白夭夭手中夺过酒杯，却被白夭夭握住了手。

白夭夭微不可见地对他摇了摇头：“过去的一切若当真可用一杯酒来勾销，那自然是再好不过的事情。今日冷凝诚心而来，为你我的婚事祝贺，又岂能让她败兴而归。”又朝向冷凝笑道：“既然我嫁给了许宣，那日后也该叫你一声师妹。”

冷凝眼中泪光闪烁：“自然如此，我当如待师兄一般对待你，从此之后，你就是冷凝的姐姐。”

“多谢师妹。”白夭夭抬首，将酒一饮而尽。

小青心底一寒，紧紧握住拳头，担心地低声对白夭夭道：“小白！”

白夭夭双眸只见冷凝那冰凉的笑意在自己面前无限放大，竟比寒冬更冷。

3

白夭夭借口不胜酒力，由小青陪着躲回新房。

小青关紧房门，回身扶住白夭夭，只见她已是面色苍白，冷汗直流，便不由急道：“你为何如此冲动？明明没有法力在身，喝了雄黄酒，随时都有可能显出原形。”

白夭夭吃力地说：“冷凝……早就知道，我是蛇妖。”

小青一震：“她故意逼你喝下雄黄酒？”

“她有备而来，就算我今日侥幸脱身，也难保日后……”何况婚宴之上，她实在无计可施。

“我明白了，她当着众人的面佯装好心，害你进退两难，不得不喝下雄黄酒。如此歹毒的用心，她根本就是对你怀恨在心，处心积虑破坏你与许宣的婚事！”小青也吓出了一头冷汗，仔细查看白夭夭，看她有无异状。

白夭夭摇了摇头，喘着气低声道：“我撑得住，只要熬过一个时辰，待雄黄的药性退下，应该便无大碍了。”

小青扶着她在床上坐好，点头道：“好，小白你先歇着，我现在就去找她算账，不能便宜了冷凝。”

白夭夭此时额上已尽是汗珠，她扶住床柱道：“小青，现在不是斗气的时候。为了以防万一，我要你守在门外，千万不能让任何人进来，尤其是许宣。”

“我明白了，我这就去门口守着。连一只苍蝇都飞不进来！”

小青刚冲向门口，忽然间觉得身后白夭夭的呼吸极不对劲，她转过头，顿时大骇，只见红色嫁衣里的丝线，竟然形成了一张密密的网将白夭夭紧紧裹起，勒得她已是喘不过气！

“小白！”小青惊得大叫一声，扑了回去。

白夭夭却费劲地吐出几个字：“别碰，有……毒……”

小青急急顿住自己的手，反手扬起，变出一把匕首来，横空挑向银丝，却不料银丝无碍，匕首倒应声而断，冒出阵阵黑烟。

小青慌得冷汗直冒：“好毒辣的手段，若是雄黄酒你还可以勉强硬撑过去，可如今这毒丝缠身，只怕……”

白夭夭虚弱无力地道：“千万别让许宣看到……拦住他……”说完，白夭夭便晕了过去，嫁衣上已满是血迹。

小青急得跺了跺脚，慌忙冲出房间，见小灰迎了上来，忙低声对他道：“快去金山寺找齐霄来帮忙！”说罢，紧紧掩上房门朝着大厅跑去。

大厅中已是酒至酣时，十分热闹，小青脸色苍白地冲去小妖那桌，低声与他们交代：“小白有危险，一会儿不管发生什么，定要拦住许宣，绝不能放他踏入新房半步。”

众小妖观她脸色，也知情况不好，面色严肃地点头：“小的明白，山君放心。”

小青还欲多说两句，却见到陪在冷凝那桌喝酒的许宣摇摇晃晃地起身，冲宾客道：“今晚大家尽兴，我先去房里看看我娘子，她喝多了。”

冷凝笑得别有深意：“师兄慢走，请务必替我向白姑娘问声好。”

许宣点头，准备离开，小青示意众小妖赶紧撤去新房门口，自己则急忙闪身过去挡住，慌张道：“哎，等等，你不能去。”

许姣容见状，站起身来斥道：“你这个小丫头真不懂事，人家新郎官入洞房，哪轮到你来说话？”

“啊……”小青愣了愣，脑筋急转，解释道，“我，我的意思是，许大夫从今往后与我也是一家人了，小青该敬你一杯，不，三杯才是！”

许姣容更是有些看不惯了：“哪有什么喝三杯的道理，是不是夭夭她故意让你出来刁难新姑爷？”

“不是，不是她的意思。我，我……”

小青实在找不到理由，许宣却微笑着接过话头，爽快道：“好，三杯就三杯。”说着就拿起了酒杯，倒了一杯酒递给小青，可小青实在心慌意乱，一时竟没有握住，酒杯掉落，酒水洒了一地。

“啊！我来捡，对不起。”

许姣容嗤之以鼻地转过脸：“真晦气！”

李公甫忙揽住她肩膀劝道：“年轻人的事，你少说两句，不碍事的。”

许宣笑了笑，往新房走去。

“哎，我们还没喝完。”小青将酒杯一放便欲转身去追，却被许姣容拉住。

许姣容面色不佳地训她：“人家夫妻两个的事，你这个丫头就别跟去捣乱了。”

“可是……可是……”小青无从解释，一抬头只见冷凝露出阴冷笑意。

她心底一寒，狠狠回瞪过去，随后拍了拍许姣容：“许姐姐，冷凝在喊你过去呢！”

许姣容一回眸，小青赶紧将她甩掉，冲出大厅。

刚走几步，却被冷凝挡住去路，小青有些心惊，方才分明她还在后面，竟比自己脚步还快。只怪自己顾虑太多，不敢使用法术。

冷凝冲她露出一丝冷笑：“小青姑娘，今晚大喜，你脸色怎么这么难看？”

“滚开！”小青心内着急，不欲与她多言。

冷凝幽幽一笑：“今晚你再怎么也无法阻挡了，师兄必然会于洞房花烛夜，看清自己千挑万选的娘子到底是什么模样。”

“你再说一句！别以为我不敢杀你！”小青冲上去欲打冷凝，却不防被她轻易躲过，不由大惊失色，“你！”

冷凝冰凉一笑：“昔日我受你们俩欺压，无力反击；如今的我，与以前大不相同，就凭你这条小小的蛇妖，休想在我手上讨到半点儿便宜。”

“哼，我倒要试试，你有什么本事！”小青一掌拍过去，被冷凝挡住。小青不服气，反手又是一掌，却被冷凝狠狠扣住。

小青一时挣脱不掉，不由急道：“啊！你……”

冷凝冷笑道：“我当初被你咬了一口，险些丧命，今天全都还给你！”言毕，冷凝指尖放出大量丝线将小青的手牢牢缠住，纤细手腕上的皮肉立时被腐蚀，冒出股股黑烟，小青急忙挣脱，却是鲜血淋漓，伤处深可见骨。

小青骇然：“这就是你缝进嫁衣中的毒丝！”

冷凝“哈哈”大笑：“现在才知道，已经晚了。你们可还满意这份我送她的大礼？”

小青唤出双剑，青色剑气划断丝线，冷凝力道不稳，不由往后跌了两步。

小青旋身面向冷凝，手持双剑，神色认真又慎重：“今日这路，我定要过去！别逼我对你动真格的！”

小灰急匆匆地跑向金山寺，却不慎在刚一进入竹林，脸颊便被一条蜘蛛丝划过。小灰不甚在意地拨开，但刚往前再跑两步脸颊便传来一阵剧痛，小灰颤抖着一抚，竟是满手的鲜血，更触到脸颊那处，如被刀划般烂开极深一条口子。

他定睛一看，不由大骇，竹林地上有无数蜘蛛，诡异至极地往一个方向爬去。

哪里来的这么多蜘蛛！

而齐霄，已经与这些蜘蛛和蛛网搏斗了一个下午。

他放下对人妖相恋的偏见，本欲赶到许府真心庆贺许宣与白夭夭大婚，却不防经过紫竹林时，其中竟爬出数只西域圣蛛，它们吐出的蛛丝瞬间结成一张密网，将他的去路堵死，更是源源不断地向他袭来，他只得用法杖见招拆招地同这些蛛丝纠缠，而他的法术竟全然无用！

齐霄拼到晚上，已近乎力竭，他退后几步，从袖中掏出元一大侠留下的爆符，向蜘蛛撒去。只见雷光炸开，顷刻之间，蜘蛛便停止了动作。

齐霄隐隐明白这些蜘蛛早已死去，不过是受妖术操控的傀儡，只见一道紫光从竹林中蹿出，蜘蛛们再度复活，向着齐霄攻来，齐霄急忙应付起来。

小灰顺着蜘蛛爬行的方向寻来，隐隐看到了齐霄的身影，便欣喜唤道：“齐霄少侠！白娘娘有难！你快来……”他话音未落，一张蛛网突然兜头罩下，吓得他赶紧退了几步才避过蛛网的攻击，“齐霄少侠，我被蛛网拦住了过不去，怎么办啊？”

“白姑娘有难？”齐霄一凛，法杖挥舞得更加疯狂，突然敲中一块石头，顿时火花四溅，竟燃去了丝线。他大喜过望，大喊道：“火能燃去丝线，小灰，快用你的打火石，这些蜘蛛丝怕火！”

桌上的棋子碎裂，斩荒却好像早就料到一般。

不慌不忙地一笑，斩荒拈起一枚棋子，把玩着道：“冷凝法术不如齐霄，不得不帮她多拖了这么些时间，许宣也当进入新房了吧。不过我倒是好奇，他的表情，会是什么样？”

第十七章 毒入骨髓

1

许府新房外，许宣还未来得及敲门，一众小妖便已突然闪出，拦在了他面前。

许宣不由现出诧异之色：“你们几个这是做什么？”

几名小妖交换了下眼神，露出狡黠之色。

阿福率先道：“不行不行，这白娘娘的新房岂由你说进就进？”

锦鼠点头应和：“对对对，想进去，就得按咱们娘家的规矩来。”

许宣有些不明就里，但今日心情大好，便笑着问：“你们有些什么规矩？”

小鹿神秘兮兮地举起三根手指：“你得率先过我们设下的三关！”

外面的笑闹声传入新房之内，白夭夭幽幽醒转过来，但依旧奄奄一息，她挣扎着想要下床，却重重跌落在地，红色嫁衣在身上犹如鲜血，手上是一条条的血痕，中间夹杂着隐隐浮现的蛇鳞。

她不能让许宣看见自己现在的模样，她一定要找地方藏起来。

门外的许宣笑言：“你们这群小妖，关键时刻倒学会卖关子了。不就是过三关嘛，没问题。就算有十关、百关，我今晚也要见到我家娘子。”

白夭夭连手指都无法动弹，眼泪滑过苍白的面庞，脸上却涌起绝望之色。

“不要……相公，我不要让你见到我这副狼狈的模样，求求你，不要进来，不要……”

而许宣全然不知白夭夭的恐惧，此时他已经闯过小妖们设置的粗陋三关，笑道："三关已过，你们可以让开了？"

小妖们面面相觑，现出惊慌之色，小鹿再度举起手："不行不行，时候还早，你再过三关。"

许宣思忖片刻，忽然望向远方，然后惊呼一声："不好，你们快看，金山寺方向好像起火了！"

"什么！"众小妖顺着他视线看过去，果然见到远方有火光，正圆睁双眸不知如何是好之际，许宣趁机一脚踢开了房门。

"不要！"众小妖回过神来阻止，却晚了一步，小青匆匆赶到，也是爱莫能助。

许宣一脸得意的表情，在进入房内的瞬间戛然而止，变成了震惊与慌乱，喃喃问道："灵蛇？怎会是你？"

小青带着一身的伤跟着冲进来，只见一条白蛇蜷在白夭夭的嫁衣之上，而许宣上前两步四处寻觅了一下后问那白蛇："你可知我娘子去哪儿了？"

眼见着许宣伸手去摸，白蛇躁动不安地左右扭动身躯，眼眶已透出嗜血的杀意，小青不由背脊发凉，慌忙喊道："许宣，快离白蛇远一点儿。"

许宣回头问小青："娘子人呢？为何不在房中，却只有这条白蛇在？"

"小心！"小青急忙上前，要将许宣拉开远离白蛇身边，却终究晚了一步，眼见那白蛇凶性大发，身形迅速，咬上了许宣的颈间，许宣退了两步，鲜血顺着他脖颈一路往下蔓延，将原本鲜红色的新郎服染至暗红。

"啊！这蛇……"许宣跌跌撞撞后退两步，抚上伤口，顿时知自己身中妖毒，便赶紧寻觅金针欲封住自己胸前穴位。今天婚宴身上不能带尖锐之物，他依了风俗，第一次金针离身，没料到偏偏有此遭遇。

而小青扑上前紧紧抱住那还欲再扑来噬咬许宣的白蛇，哑声唤道："不要啊！小白，你不能这么做！快冷静下来！是我，我是小青啊。那是许宣！你会后悔的。"

许宣闻言更是一晃，扶住桌子："你说什么……她是我娘子？"

他本欲寻找金针的手顿住，满脑子皆是这白蛇出现的画面。

药师宫中，金山寺中。

原来，她一直都在他的身边。

小青见他怔忪神色，忙不迭地辩解道："不是的，许宣你听我解释。"

此时齐霄却持着法杖冲了进来，喝道：“大胆妖孽，竟敢行凶伤人！”

小青紧紧抱住白蛇，惊慌失措地大喊道：“别伤害她，她是无辜的！”

齐霄一把拎起小青：“你让开，不关你的事！”

小青甩开齐霄，挡在白夭夭面前：“齐霄，你听我解释，事情不是你想的那样，小白不是故意的！”

齐霄恨铁不成钢地瞪她一眼：“你再不让开，她还会继续伤人，我岂能袖手旁观？”

此时，白蛇忽然向着齐霄飞扑而来，齐霄闪过，一法杖攻向白蛇，小青再度死死拉住他的手，哽咽着道：“小白是被嫁衣上的毒丝所害，才会凶性大发，她是被陷害的，我不许你伤她。”

齐霄将她一把甩开，怒斥道：“她现在是一条不折不扣的蛇妖。”

小青还欲上前，齐霄一颗定神珠甩在小青身上，小青砰然倒地，无力反抗，方才和冷凝相斗造成的伤早已让她十分虚弱，可她此时却使尽浑身力气大喊道：“齐霄，你敢伤她，我这辈子都不会放过你！我会恨你一辈子！”

“她……真的是妖……那日她问我的话……全是真的……”许宣神思已经涣散，此刻迷茫地抬眸，只见齐霄一杖狠狠打中白蛇七寸之处，许宣本能地伸手想去救，却重重跌在地上。

小青撕心裂肺地发出狂吼：“齐霄，你还有人性吗？小白曾经救过你，你就是这样报答的吗……好，你杀了我，我愿意替她去死！求你别再伤她！”

许宣无力地朝着白蛇处挣扎，虚弱地道：“娘子……娘子……齐霄，别伤她，只不过是咬……咬了一口。”

终于够到白蛇，许宣伸手想摸摸原地不动的她，刚一触及，却发现握住一只瘫软的手，瞬时便紧紧抓住，抬眼一看，只见白夭夭满身血痕，满目是泪，断断续续地对他说：“相公……是我……我在这里！”

许宣口中发不出声音，只是不断想喊出“快走，快走，你快走啊……”

尚没说完，他眼前一黑，便是晕死过去。

2

长街之上，冷凝失声笑着，逼出了泪：“哈哈哈，今天的酒，喝得人好痛快，哈哈哈。”

清风看着冷凝，一时手足无措：“大小姐，你没事吧？”

“哈哈，我当然没事。清风，你没见到我在笑，我是笑着的，只有开心的人才会笑。”

“大小姐，你心里难受吗？你要是难受就说出来，清风明白的，许大夫和白姑娘成亲了，你毕竟……”

冷凝仿佛没有听到，一边走一边自说自话：“清风，他见到了她最真实的样子，洞房花烛夜，他见到了她最真实的样子，她狂性大发，不知道会不会伤到他……自此，他们俩便是陌路了……师兄，你若受了伤，记得回药师宫医治，我定能医好你的……清风，我好开心啊！”

“大小姐，你醉了……”清风一句也听不懂她的话，只觉冷凝的笑却比哭还令人悲伤。

齐霄安顿好白夭夭同许宣，走出房门，便见到小青独自坐在花园里喃喃自语，身上不住地战栗……齐霄心底轻轻一叹，走过去道：“宾客都走光了，你还在那里发什么呆。”

小青呆呆地看向他：“齐霄，小白呢？”

“已经没事了，她本是妖，灵丹可以逐渐解去剧毒，就同你一样。”齐霄的目光落向小青手腕上深可见骨的伤口，妖的愈合力毕竟不同，此时那处隐隐翻出了粉红色的新肉，虽是可怖，但已无碍了。

小青想起方才洞房中的一幕，还是忍不住慌张地颤抖道：“我……我还以为……你……要杀了她……吓死我了，齐霄，你这个浑蛋！”

她向他怒目而视，温柔的夜色下看来却更似是委屈，齐霄忍不住伸手摸了摸小青的头：“我不过是压制住她的妖性，若不出手将原形打散，她便无法恢复人形。”

小青忽然又想到一件事，匆匆起身道：“那外面的人呢，李捕头和许姐姐，他们没有发现什么吧？那么大的动静……”

齐霄摇了摇头：“我撒了谎，只对他们说宾客闹洞房，所以吵闹了些。”

小青放心地点了点头，又猛地抬头：“那许宣呢，他怎么样了？”

齐霄脸色终是黯然下来：“千年蛇毒再加上西域圣蛛之毒，无药可解。他现在奄奄一息，只剩最后一口气。”

小青慌张地摇了摇头：“不行，他不能死，他死了小白怎么办？我要救他。我可以用灵珠救他！”

说着小青就要往房里冲，齐霄伸手拉住她，无奈道：“没用的，我刚已为他输过真气，你去了也是枉然。”

“我不信，一定有办法，小白不能没有许宣，她找了他那么久，等了他那么久，如果许宣有任何不测，她定会……”小青一慌，不敢继续说下去。

“别怕……”齐霄认真望向她，向来豪爽大气的面容上，有着特别的温柔，令小青的心一点点安静下来……“你召集手下的小妖，让他们以心火护住这座宅院，如此一来能让许宣多撑几日。”

小青点头：“好，我和他们一起守着宅子，那你呢？”

齐霄眼神无比坚毅：“去九奚山，找青帝，取聚魂灯。”

“什么地方？聚魂灯又是什么？”小青迷茫地皱紧了眉头。

“聚魂灯是一件法器，可以稳住许宣的性命。”齐霄悠悠叹了一声，“这些都是仙鹤仙子的嘱托，我也不知真假。”

“什么？齐霄，你可不能病急乱投医呀！”

“聚魂灯，九奚山，这些念头在我脑中一晃而过，无论仙子所言的用意如何，但我可以肯定，若要救许宣就必须去一趟九奚山。”

齐霄徐声说完，便欲转身离去，小青上前两步，拉住他的手，齐霄回头，略带不解地看向小青。

小青其实也说不清心里到底是何种情绪，只觉齐霄此去定会发生什么大事情，而未来的发展越来越超出他们的掌控，她心跳得极快，最后，只化作唇边怅然若失的几个字：“你一定要回来。”

齐霄疏朗一笑：“放心，我一定会救许宣。白夭夭现在也很虚弱，照顾好他们两人。无论如何，须等到我回来。”

小青缓缓点头，柔声说道：“好，齐霄，我等你回来。”

3

新房之中，白夭夭虚弱地依偎在许宣怀中，许宣缓缓抚摸过白夭夭的发丝，将吻轻轻烙在她的发间，低声说道：“我不过离开了片刻，你就伤成这样，看来日后我得一步不离地守着你才是。”

白夭夭也强作无事地笑道：“相公，我没事，你终于醒了。”

许宣伸手，勾起她的一撮秀发，道：“不是让你好好在房里等我，怎弄得如此狼狈。不过娘子你尽管放心，无论谁伤了你，我都会替你讨回公道。”

白夭夭抚上许宣颈间的伤口，脸上已经一片水泽：“那你受的伤，我也要替你讨回公道，哪怕那个人是我自己，为妻我也绝不原谅。”

许宣低笑着摇头：“娘子不过轻轻咬了一口，不疼不痒的，哪里算得上受伤，你怎能将这种小事放在心上……”

白夭夭强控制住自己，不让自己抽泣出声，可声音中难掩哽咽：“我是妖……我骗了你。”

许宣再度轻轻吻她的秀发：“不错，最美的妖。”

“相公……”

许宣微微笑着说：“我家娘子什么都好，不过以后记得别乱咬人，要咬也只能咬我，哈哈，咳咳……”

白夭夭见许宣气息渐渐微弱，却仍试图不让她担心，而强自说笑着，便稍稍撑起身来，看向许宣，眉间笼上烟雾般迷蒙的愁绪，伸手抚上他带着真切笑意的唇角，低声问道：“你为什么不怪我，就像以前那样骂骂我也好，你这样，只会让我更愧疚难受。”

许宣眼底现出几分揶揄：“见过在新房骂人的吗？新婚之夜就该和和乐乐，以后挑剔你的日子还长着。”

说着说着，许宣的声音便慢慢变小，白夭夭不由慌张唤道：“相公！相公！”

突然间，一道橙红色的小小火苗穿过房门，来到两人床前，白夭夭一愣……

“心火？”

紧接着一道又一道，无数盏心火飘至床前，许宣只觉心口一热，又有了勃然生机，不由伸手捂住前胸，望向那些心火道：“为何我的心头似乎与它们有所感应？”

白夭夭观察片刻，唇边便扯开一丝笑意：“是小青，还有周围的精怪百兽，他们点燃心火，为你护住气息，大家为了你全都聚集而来，相公，你看。”

许宣低头，看着白夭夭，露出虚弱的笑容：“我知道，我明白，以后可不能欺负这些妖了，得好好对待他们。”

“嗯！”白夭夭点了点头，许宣紧紧揽住她，渐渐闭上了眼。

九奚山外，一名仙使似乎早有所料，正在山门下等候，见到齐霄到来，便是浅浅一揖："青帝早就料到你会来，请快快随我入内。"

齐霄有些诧异，但也只是不动声色地还了个礼："小仙童有礼了。"

仙使将齐霄引到青帝跟前，本观察着许宣情形的青帝匆匆一挥，冰镜内的影像便瞬间消失，他转身冲齐霄笑言："该来的终于还是来了，我等你好久了。"

齐霄径直问出："你知道我会来？"

对于他的无礼，青帝倒是毫不介意，哈哈一笑，便带着齐霄往放置聚魂灯的山洞走去。

路上，齐霄解释了自己为何到来："我在骊山与仙鹤仙子有过一面之缘，她曾对我有所提点，说有朝一日，若许宣陷入生死攸关之际，可前往九奚山求援。"

青帝颔首，低声叹道："仙鹤推算得不错，她有心了，看来从司命那儿问了不少消息。她对紫宣，毕竟是不能放下。"

齐霄听得有些懵懂："我不明白，许宣与白夭夭之间，难道另有前缘？否则为何诸位仙尊都会牵扯其中，三番两次插手人间的凡尘俗事？"

"缘聚缘散，一切皆有因果。等时机成熟，你自然会明白。"

"时机成熟？"

青帝停下脚步，齐霄往前看去，只见山洞中幽幽燃着一盏莲花灯，五瓣花瓣已经盛开三瓣，上面各燃着一簇小小火苗，齐霄不禁出言问道："这就是聚魂灯？"

青帝点头认可："聚魂灯可保许宣七日之命。"

"只有七天？"齐霄惊诧不已。

"不错！"青帝抚了抚颔下青须。

"那他身上的妖毒该如何破解才好？"

"解铃还须系铃人。"

齐霄浓眉皱起，迟疑问道："青帝意思是，白夭夭？可她现在只是一介凡胎，没有任何法力。如此说来，许宣此劫岂非全无生机？"

青帝摇了摇头："凡人之命，皆由司命安排，一切自有天意。我等位列仙班，更不可横加干涉。如今，想救许宣性命，唯有蓬莱仙山的灵芝仙草方可解毒。”

“蓬莱仙山？”齐霄唇齿间将这四个字过了一遭，便点头，“好，我这就去。”

“哎，慢着。”青帝摆了摆手，颇有深意地道，“蓬莱仙山不是你一个人就能进去的地方。我方才说过，解铃还须系铃人。”

“白夭夭？可她……”齐霄愣了一瞬之后，便是明白过来，“青帝言下之意，唯有白夭夭拿回法力，才能进蓬莱仙山，求得仙草？”

青帝缓缓点了点头：“除了白夭夭，没有人可以救许宣。”

“这就是青帝口中所说的‘命定之事’？”见青帝但笑不语，齐霄的手攥紧，“白夭夭想拿回法力，只有用桃木剑，可这样一来，许宣将会永远忘记她，前尘往事不留一丝痕迹。”

青帝拿起聚魂灯，将燃烧的花瓣阖起，再递与齐霄：“我言尽于此，生死思量，就由她自行定夺吧。”

第十八章
断然舍情

1

太阳被乌云遮蔽，大风刮过，树叶摇晃不止，一股阴寒之气，弥漫于府中。

众小妖已是力竭，纷纷道：“撑不住了，我们尽力了……”

一道道的心火渐渐灭了，许府更显阴冷，小灰勉力撑住，终是退了两步，瘫软于地。心火熄灭，他虽浑身无力，也是不由得惊慌：“灭了……许大夫他怎么办？”

而就连小青的心火也已经忽明忽灭，她抚着心口，神情痛苦，斥道：“这群废物，连心火都护不住！哼！”

白夭夭也是心疼不已，不由劝道：“小青，你们撑了三天三夜，不能再勉强了。”

小青逞强道：“你放心，我好得很！我可是堂堂一方山君，岂是小妖们能比得上？”

白夭夭眼眶已然通红，颤抖着说：“是我不好，若我还有法力在身，也无须让你们牺牲自己的心火，也不会让许宣遭遇这样的折磨，定能抵挡毒丝……”

小青吃力地咬着嘴唇道：“小白，你别怕，齐霄答应过我，一定会回来，等他……”

话还没有说完，心火一灭，小青便已倒下。

“小青！”

白夭夭疾呼一声，撑着要下床去看小青，忽而一道人影飘过，齐霄及时赶到，他一手扶住小青后背，另一手将聚魂灯递给白夭夭：“快救许宣！”

灯火一跳，白夭夭透过火光，看见许宣的脸庞恢复了一些人气，不由激动地抓紧许宣的手：“相公，太好了！”

齐霄望着她激动的模样，虽是不忍，却也只能直言：“聚魂灯只能保他一时，青帝说聚魂灯只有七天的气息。”

“七天？”白夭夭大惊。

将小青送回房间休息后，齐霄同白夭夭详细转述了青帝所说的话。

白夭夭神情逐渐阴郁，最后只余低低一叹：“师父赐我桃木剑，终究还是派上了用场。”

齐霄亦是感慨，却依旧劝说她道：“不管你做何决定，我都会亲自上蓬莱仙山求仙草，白姑娘，你无须勉强自己。”

白夭夭摇了摇头，低眸自讽地笑道：“青帝神机妙算，什么都逃不脱他的眼睛。上次伺机将桃木剑交与你，你未如愿；没想到，今朝却要我亲自动手。”

“白姑娘，你与许宣之间，是不是还有大家不知道的事？”齐霄迟疑着问出了心中的疑惑。

白夭夭闻言，片刻未答，最后却仿若叹息般凄凉地笑着道：“不过就是又忘了一次。我认了，还是赢不了天命。”

见白夭夭神情无限落寞，齐霄亦不知如何安慰，几番欲言又止，最后只能道：“既然如此，请白姑娘早做准备，别忘了许宣的性命只剩七日。”

白夭夭点了点头，眸中逐渐出现了些决绝之意：“再待一日，我尚有一件心事未了。”

待小青休息好后，白夭夭与她 同来到药师宫。

小青潜入丹药房中，面色不善地翻找药柜，终于发现了西域圣蛛，她冷冷一哼：“我看你再如何行凶！”说罢，将一根针轻轻刺进西域圣蛛腹中，西域圣蛛挣扎片刻，而后慢慢恢复平静。

小青唇边勾出得意笑意：“大功告成！”

不多时，冷凝来到，寻了那西域圣蛛后便离去，小青同白夭夭隐于暗处，见到此幕，白夭夭倒是无妨，小青却是喜滋滋的。

二人再度潜到冷凝房前，只见冷凝正将那只西域圣蛛放在掌心修炼。

冷凝唇角是阴森笑意："有了这批西域圣蛛，我的功力很快就能提升，白夭夭，到时就算师兄不忍除掉你，我也会亲手送你上路！"突然间，她的脸色一变，掌心的西域圣蛛竟化成一摊血顺着冷凝的血脉流窜着。

"啊，怎会这样？"冷凝神情痛苦，倒在地上挣扎着，"谁在蜘蛛上动了手脚……"

白夭夭同小青缓缓走入房内，冷凝一见二人，眸间滑过一丝了然，转而便是更加阴狠的神色："白夭夭！是你？你怎么会在药师宫？"

白夭夭悠然道："我大婚之日，你特意前来祝酒。我亲自登门道谢，也在情理之中，冷大小姐，何必惊慌？"

冷凝掌心的血管此时隐隐浮起，已是痛得冷汗直落："你也会用如此毒辣的手段，哈哈，白夭夭，你与我根本没有区别！"

白夭夭用着平时少有的残忍口气说道："我凡事忍让，皆因你是许宣的师妹。难道你以为我没了法力，就奈何不了你？那你也太小看我了，我毕竟活了千年。"

小青也是得意地扬着下巴，嘲笑道："毒液反噬的滋味如何，有我小青在，岂容你四处害人？"

冷凝吸气冷笑："你不过是因为师兄嫌弃你了，不要你了，所以才迁怒于我！"

白夭夭微微一笑："说起此事，我倒要谢你。"

冷凝十指在地上揪紧："少在我面前演戏，师兄的脾气我比谁都清楚，你骗了他，你是妖，他今生今世都不会原谅你！"

白夭夭俯身看着她，笑容十足温柔："他待旁人如何，我无法干涉，可他也确实待我一片赤诚，那晚他搂着我一直不曾松手，自那天起，我与他之间没有任何秘密。"

冷凝想起身，却因为痛苦无法爬起，在地上狠狠地怒目而视："白夭夭，我不信，师兄不可能无动于衷！"

小青笑意娇媚地补刀："看来你还是不懂，你呢，不过是个旁人罢了，冷大小姐！"

白夭夭望着她面上隐隐出现的血痕，冷声说道："我只懂有恩报恩，有仇绝不轻饶，你今天好好尝尝毒丝的滋味。从今往后，你若再犯，别怪我不留情面。"

“只要我不死，你不会有好日子过的！”冷凝忽然笑了，唇边挂着的丝让她的面容更显凄厉，她断断续续阴狠地说，“白夭夭，有本事你现在就杀了我，今日你不杀我，来日我定要千倍百倍还给你，啊！”冷凝手上脸上的血痕越来越密，显得恐怖极了。

“你以为我不敢杀你！”小青说着就要上前动手，“竟敢威胁小白！留着也是祸患！”

白夭夭拉住她：“小青，不值得。你不能为了她，背负一条人命。”

说罢，白夭夭便拉着小青转身离开，留冷凝在原地苦苦挣扎。

冷凝望着二人背影，眸间绿光大盛。

窗前风铃声大作，她暂时晕了过去。

2

回来后，白夭夭去照顾许宣，小青将今日所做之事讲给了齐霄。

齐霄倒吸一口凉气：“幸好白夭夭拦住了你，若你手上沾了鲜血，与冷凝有何区别？”

小青扁了扁嘴，有些想不通：“你不许妖杀人，那若是人想杀了妖呢？”

齐霄一愣，有些纠结之色，道：“我……我从前收过许多妖，你可恨我？”

“这怎么能一样呢？”小青马上反驳。

齐霄心内低叹，追问：“有什么不一样？”

小青脸上飘上两团红晕，似也发现了自己不讲道理，便支支吾吾地道：“你……你收的妖定是很丑的，所以你从来不会伤我！”

“其实，哪有什么不同？”齐霄摇了摇头，深深看入她的眼睛，轻笑道，“冷凝杀了红芯，你几乎恨她入骨，可在我手上丧命的妖不计其数，你又为何丝毫不怨恨于我？”

齐霄望着小青的目光，隐含着一丝往日没有的热烈，可撞在小青眼里却令她无所遁形，感到一阵心悸。

她愣了好一会儿，才低着头，轻声开口：“因为……因为你与她不同啊！”

齐霄瞳孔一缩，刚想开口，小青却又抬头看向他，继续柔声道：“我知道，你的父母都是死在妖的手中，所以你才这么恨妖。可是，我跟他们也不同，从今往后有我保护你，不会再叫妖精欺负你了！”

齐霄哑然失笑，戳了一下小青的脑门：“哪个妖这么不长眼，敢欺负我？”

“你笑什么？”小青有些气恼地捂住脑门瞪他，“那你呢？若有一天，有别的人要收了我，你会如何？”

齐霄收了笑容，无比认真地正色道：“我绝不会让别人收了你。”

小青见他一反常态，居然没有讽刺和嘲笑自己，脸上的红晕又起，喉咙口仿佛堵了什么东西，她渐觉心跳如雷，害羞地左顾右盼，嗫嚅道：“许宣平日里看上去不咋样，关键时候的确不错，竟然丝毫不嫌弃小白是妖。也不知我日后能不能碰到这样的人？”

齐霄有些不屑地嘟囔道：“我不是也没嫌弃过你吗……”

小青没有听清，睁大眼睛，好奇地问他：“你说什么？”

齐霄坚毅的唇边微微一扬，站起身来准备离开：“我说你，美貌无双，法力无边，不需要这样的人！”

当她是傻吗？语句长短差得太远了好不好？

小青慌忙跟上他：“你刚刚明明不是说这个的，到底是什么，告诉我呀……”

齐霄不愿再说，只高深莫测地摇头，小青不断用手指戳他的背，他抓住她春葱般的手指，低声一笑，却是半晌才舍得放开。

3

得了聚魂灯，许宣终于有力气下床稍作走动，白夭夭陪着他到了雷峰塔旁的桃花林中，他望着前些日子种下的桃树，不由得叹道：“短短几日光阴，竟恍如隔年。”

白夭夭扶着他的手，低眸叹道：“你气息不稳，如今身体还是很虚弱，得多加休养才是。”

许宣宽抚地一笑：“闷在屋子里，不如多出来走走，我是大夫，自己的身体自己清楚。”

白夭夭驻足，伸手轻抚许宣颈间的伤口，眸间哀伤之色更重：“俗话说医者不能自治，你体内的毒除了蛇毒之外，更有西域圣蛛的毒液，两者混合在一起，当今世上无药可解。”

许宣伸出手来，轻抚她柔美的面庞，目光更是无限情深，在白夭夭快要无法呼吸之时，他忽然问：“夭夭，桃木剑不见了，是你拿去的，对不对？”

白夭夭低头一叹：“果然什么都瞒不住你。”

许宣将白夭夭腮边的碎发勾往耳后，抬起她的下巴，道：“我说过，无论何时何地，何种境遇，你我都不需要它。”

白夭夭咬着嘴唇，眸光沉痛：“是，我记得，你说过。”

许宣松开手，向她摊出：“交出来吧。”

白夭夭贝齿在嘴唇上反复刮过，最终无奈地将桃木短剑从宽大袖口取出，双手奉上。

许宣正要伸手去取，白夭夭却蓦然抬头，露出惊喜神色：“这个时节，怎会有桃花绽放？相公，你看，满树都是桃花。”

许宣抬头一看，枝头的桃花片片飘散于风中，竟是漫天花瓣飞舞：“真是桃花……”

白夭夭便趁此机会，手持桃木短剑，迅速刺向许宣心口，扬起的血雾，淋了白夭夭一身，一旁的陶偶也一并溅上。

“你！”许宣露出惊讶与失望之色……

白夭夭泪水迸出，她上前紧紧抱住许宣，在他倒下前狠狠抽出了他胸口的短剑。

许宣神态冰凉，眸中却满是恸色：“夭夭，你不该这么做！”

“我知道……可我没有选择，相公，原谅我！”白夭夭的眼泪如珍珠散落，坠落在许宣苍白的脸上。

“我不会原谅你，也不会忘记你，我不会……”许宣声音渐弱，本欲去帮白夭夭拭泪的手也无力垂下，终是失去了意识。

白夭夭拥紧他，将脸贴在他的脸上，二人的泪水交杂在一起，温热到灼人的地步。白夭夭不禁喃喃道：“这一次是我先找到了你，是我先爱上了你；下一次，换你来找我，记得一定要爱上我，别再让我等那么久，一千年实在太长，太孤单了。”

小青幻化出的桃花于两人间飞扬，许宣胸前的血渐渐退去，伤口也慢慢愈合。白夭夭只是抱着许宣，压抑悲凉的哭声，令一旁的小青看得心痛不已。

半晌，小青才沉痛地劝道："姐姐……"

白夭夭抬头："我知道了……"

二人一同飞身回到许府。白夭夭将许宣安置在床上，手无限留恋地停留在他的脸上，最后方深深呼吸一下，毅然决然地转身出门。

她掩好房门，伸手一挥，便有一道透明结界笼罩整个许府。她对门外的小青与齐霄叮嘱道："我已设下结界，谨慎起见，你二人留下保护聚魂灯。我现在立刻前往蓬莱仙山，五日之内，必会带着仙草回来。"

小青摇头："看守聚魂灯一个人就行了，不如我跟你去蓬莱，总算有个照应。"

"不可！"齐霄断然否决，"就凭你那点儿法力，怕是没帮上忙，反而拖累了白姑娘，还是我去！"

白夭夭却是摇头拒绝："你们都不许去。私闯蓬莱仙山，本就是重罪，犯了九重天的大忌。小青法力微弱，我不放心，而齐霄更是万不能违了九重天的规矩，他求来聚魂灯已经是帮了大忙，实在不必再蹚这潭浑水……"

见她神色郑重，齐霄无奈，只得交给她一颗晶莹剔透的珠子："这是传音珠，若在蓬莱仙山遇上危险，它会及时传信通知我们。"

小青拉住白夭夭的手，眉眼间几番担忧不舍，还装作无事地拍着胸口道："小白，我不怕得罪九重天！若你遇上意外，就算拼死我也要闯进去！"

白夭夭上前抱住她，低声道："你放心，拿回了法力，闯入蓬莱仙山绝非难事。替我照顾好许宣，一定要等我回来。"

小青眼眶微红，郑重地点了点头："你放心，有我小青守着，就算许宣真的忘了你，我也绝不会让任何女人将他抢走！"

齐霄也忍不住叮咛道："你此去蓬莱仙山千万小心，若非逼不得已，万万不可与蓬莱众仙起冲突。"

白夭夭点头，松开小青："齐霄，我将小青和许宣托付给你，保重！"说罢，白夭夭又深深看了一眼面前紧闭的房门，飞身离去。

第十九章
千年心魔

1

蓬莱仙山依旧是一片春色，山门之外仙鹤正焦急等待，一见白夭夭身影就慌忙道："小白，蓬莱仙山早有戒备，你还是别进去了。"

白夭夭翩然落地，摇了摇头："姐姐应该知道劝不住我。"

"唉，小白，青帝之所以让你来取仙草，一则逼迫你生生了断与许宣的情缘，二则让你纵是救下许宣，也要遭受天罚。他这是想要你的命啊。"仙鹤凄然地说。

白夭夭也是慨叹："他的算计我早有体会，妖终究还是斗不过天，处处被上天玩弄于股掌之中。"

仙鹤忙趁机劝道："你现在回头还不算晚。"

白夭夭却是神态坚决："就算明知如此，我还是要闯蓬莱仙山，替许宣求得仙草。不过这一回，我不会再拖累任何人！仙鹤姐姐，得罪了！"尚未说完，白夭夭便趁仙鹤不备放出捆仙索，将仙鹤紧紧缚住。

仙鹤不住挣扎："小白，你放开我，你不能去！"

白夭夭神态淡然又决绝地一笑："姐姐可还记得这捆仙索？当日里你用它来捆我，阻止我去找紫宣。之后你放了我，我便一直带在身上。姐姐，这千年来，我承你诸多恩情，姐姐三番两次被我连累，修行上千年，终于得到在蓬莱仙山修仙的机会，不能因为我毁了前程。"

"你！"仙鹤泪悬于睫，"小白，你准备得如此周全，当真是想孤身闯蓬莱吗？”

白夭夭点了点头，也是眼眶通红：“我知道，仙鹤姐姐平日里虽然总是骂我，可心地善良，最看不得别人有难处，你镇守蓬莱山入口，若我开口苦求，必定会放我入内。但这次，是我一意孤行，绑了姐姐，你身为守卫尽忠职守，这一切的错都在我！”

“小白！”

“白夭夭今日偏要硬闯蓬莱仙山，不得仙草绝不善罢甘休！”白夭夭微微一笑，飞身越过仙鹤。

仙鹤忍不住提醒道：“小白！此去九死一生，你多加小心啊！”

白夭夭回头喊道：“多谢姐姐提醒，白夭夭为救许宣，虽死不悔！”

进得蓬莱，白夭夭便专心致志地寻觅起了仙草，忽见山岩缝隙之间生有一株灵芝，正被晶莹光线包裹，白夭夭大喜过望，赶紧飞身而上。而那仙草竟眨了眨眼睛，神情恐惧地从土中跳起，朝着山巅奔去。

白夭夭一急，赶紧追上，终是在山巅之上，将仙草一把抓在手里。

可还来不及笑，她却讶然发现手中的仙草竟然变成了平凡无奇的野蘑菇。而与此同时，四周的景象竟开始剧烈摇晃，仿佛要碎裂一般。

“啊！”白夭夭惊呼一声，脚下山崖碎裂，她跌入了万丈深渊。

许府新房内的传音珠不断鸣叫，许宣则神志不清地捂住耳朵，面容痛苦地喃喃：“不要去，危险，快回来。”

“许宣，许宣你怎么了？”小青看看许宣，又看看不断鸣叫的传音珠，心慌意乱地道，“齐霄，究竟怎么回事？小白是不是遇上危险了？”

齐霄却讶然看向许宣：“奇怪，许宣只是一个凡人，连半点儿法力都没有，为何能听到传音珠里传来的警告？”

“废话少说！”小青心急如焚地跺了跺脚，“我现在就上蓬莱仙山救小白！”

“站住！”齐霄喝住她，“你去了也是添乱，乖乖留下照顾许宣！”

“可是小白她……”

“不好，聚魂灯要灭！”

小青一瞥那聚魂灯中一明一灭的灯火，更是骇然，一把抓起灯冲到许宣床前：“许宣！许宣你别吓唬我，我答应过小白不会让你死的。你撑住啊！”

许宣忽然伸出手紧紧握住聚魂灯，火光猛然大盛，许宣抬起头，看神情已然换了另一个人，他看向齐霄，低声说道："小白有危险，她陷入了幻境中。凌楚，替我救她，凌楚，我现在只能将希望寄托在你身上。"

齐霄看着许宣，头如被闪电击中，像要炸开一般，他抱着疼痛不堪的头缓缓蹲在地上。

"齐霄，许宣他在说什么，齐霄！"小青匆匆回望，只见齐霄神色不对，忙上前扶住他，"你别吓唬我，怎么连你也成了这副鬼样子？"

齐霄摇了摇头，声音喑哑："不知道，我的头好疼，好像有些东西要窜出。"

此时传音珠发出越来越大的声音，不断振动，小青牙关紧咬："小白真的有危险了！我不能让她独自应对！齐霄，你照顾好许宣！他若有任何差错，我饶不了你！"

小青刚准备起身，就被齐霄一把拉住。

"你留下，我去！"

"齐霄！"

齐霄不留间隙，一跃而出。

许宣缓缓闭上眼，再度睁开眼，却是一脸茫然状，小青急忙俯身道："你终于醒了？许宣，你刚才说的话是什么意思？"

许宣脑中一片混沌，眼神空洞地问了句："你是？"

随后便扶着脑袋再度陷入昏迷。

2

白夭夭跌入幻境，此时又回到了九奚山上的丹药房，她手指被炼丹炉划破，鲜血滴在地面，金光大作，锁妖塔有所异动。

白夭夭暗道：锁妖塔？不行，千万不能让蛟龙逃脱！

她赶紧施法想要加固锁妖塔，蛟龙却如一阵烟，穿过她的身体，向窗外飞去。

白夭夭赶紧大喊："不可以，你不可以走，这样下去会害死紫宣！"

一路追蛟龙追到西湖之上，只见锁妖塔带着毁天灭地的红莲烈火而来，白夭夭看着四周，竟觉惊喜，太好了，她回来了，这一次可以由她来祭锁妖塔！她终于有机会改变这一切。

忽然，一抹紫色身影护住白夭夭，她抬头，颤抖道：“紫宣？真的是你……”

紫宣怒斥：“经过千年，你仍不知轻重吗？这里不是你该来的地方，快走！”

锁妖塔红光直达天际，白夭夭拉着紫宣的衣袖，神情焦急慌乱：“紫宣你快走，离开这里，这一次，无论如何，我都不能再让你魂飞魄散，千年前我没有做到，千年后，我定要弥补，让我替你挡下这一劫！”说罢，她狠狠推开紫宣，“以身祭塔，只要我献祭自己，你就可以活下来，紫宣，走啊！”

红莲烈火瞬间将白夭夭包围，白夭夭一身白衣已是血迹斑斑，而魂魄撕裂的痛楚更是让人几欲疯狂，可她望着远处的紫宣，竟生出一丝安慰。

突然间，一杖劈来，锁妖塔碎裂，白夭夭抬头，只见紫宣伤痕累累，神色痛苦。白夭夭不由想要伸手抓住紫宣，面前却突然现出一人，拦住去路，冲她呵斥道：“住手，他不是你要找的人！”

她讶然问道：“齐霄，你怎会在这里？”

齐霄使劲摇她：“这里是蓬莱幻境，白夭夭，你快点儿清醒！”

白夭夭摇头：“不，千年前的错误我终于得到机会可以挽回，我不能眼睁睁看着他再度为我牺牲，我要赎罪，我要救他！凌楚，这千年来，我心中的痛苦你应该很清楚。”

齐霄怒吼道：“这全是你的心魔，若你不能战胜心魔，你就永远无法走出这个幻境！难道你忘了，许宣还在等着你回去。”

白夭夭心头一惊，但再抬头间，却见到满身伤痕的紫宣，脚下不由又向前迈出两步。

“别过去，他不过是个幻象，他在骗你！”

白夭夭摇了摇头，力大无穷地推开齐霄，固执地朝着紫宣一步步走去。

只见那紫宣神色一凛，厉喝道：“若不是你，千年前，我不会魂飞魄散！”

白夭夭浑身一震，泪眼婆娑地道：“紫宣，我不该留下，我应该早点儿离开九奚山，你就能升仙渡劫。”

幻境之中，天地间一片赤红，白夭夭满脸水泽，而“紫宣”却声音冷厉地训斥道：“若非你放出蛟龙，我不会散尽仙力，以身祭塔，这一切皆怪你让我动了情，你难道没有一丝愧疚？”

白夭夭哭成泪人，拼命摇头，将藏于心中千年的话，哽咽着问了出口：“你……会原谅我吗？”

“紫宣”凄凉一笑，天乩直劈向白夭夭，她不避不闪，淡淡道：“我明白，这是我欠你的，我今日就将这条命还给你。”

剑带起血花，白夭夭睁眼，却见齐霄替自己挡了这一剑，正与紫宣拼搏。

齐霄疾言厉色地道：“白夭夭你清醒一点儿，这全是假的。你明知世上不可能会有第二次机会，为何还要执迷不悟，这些幻境都是用来蒙蔽你心智的手段，你快醒醒！”

白夭夭恍若未闻，只是反复喃喃道：“是我欠了紫宣……是我欠他的。”

齐霄一杖打死了“紫宣”，怒道：“邪魔歪道，扰人心智，我齐霄今日就替苍天收了你！”

白夭夭疯狂地冲上前去，要与齐霄拼命，却见他提起天乩，转身一剑刺向白夭夭，白夭夭肩头吃痛，而幻境中的一切，都变为碎片，分崩离析。

眼前哪里还有“紫宣”？只有一条奄奄一息的黑色巨蛇匍匐于地。

齐霄终于松了口气，杖指那黑蛇道：“白夭夭，你自己看看，这一切不过是心魔作祟罢了！”

白夭夭一身是血，几近虚脱，咬着嘴唇后退几步：“这是我自己养出来的心魔，纠缠了我许多年，它吞噬着我内心的愧疚、痛苦、软弱，我始终无法挣脱它的折磨，今日若不是你出手……”

齐霄摇头叹息：“凡事因果轮回皆有定数，你又何必执着于过去，自困于心呢？”

白夭夭脸色苍白，闭口不言，半晌才道：“走吧，我们继续去寻仙草。”

二人寻寻觅觅，到了一潭湖水前，只见湖水碧绿似上佳翡翠，湖面萦绕着薄薄仙雾，石壁上一挂纤细瀑布，源源不断地将水注入碧潭，水珠飞溅，美不胜收。

齐霄不由赞道：“蓬莱山上竟有如此绝美的景色。”

白夭夭则稍皱眉头，满目警戒：“这是忘月潭，忘月潭之美，天上人间罕见，乃是九重天中数一数二的美景，但听闻潭中有上古异兽，危机重重。我一路循着仙草气息前来，便是在这里了。”说着，她抬头看向齐霄，“闯蓬莱是我的主意，本就与你无关。你助我逃出幻境，已属不易，若再涉险前往，只怕……”

齐霄打断她，正色道："许宣还等着仙草救命，眼下哪有工夫考虑其他事情，我既然来了，就要跟到底。你也别再同我提什么九重天，什么天罚重罪，我不在乎！"言毕，他便带着白夭夭一跃，又低声道："咱们的行踪暴露了，后面有一股强大的气息。"

白夭夭回头观望："是仙鹤姐姐，除了她似乎还有其他人……该是镇守这蓬莱仙山的其他仙使吧……"

齐霄神色一凛："来者不善，我们速速进入忘月潭，免得与他们纠缠不清。"

白夭夭意味深长地看向齐霄："齐霄，你答应我，不管一会儿发生什么，你绝不能与天界众仙发生冲突。"

"我说了，我不怕。"齐霄也是神色郑重。

白夭夭摇了摇头："我同许宣，命中注定遭此一劫，但你不同。"你总有一天会以凌楚的身份回归仙位，我不能连累你……白夭夭吞下这句，没有说出，只切切地叮嘱："总有一天你会明白，现在我还暂不能告诉你。"

齐霄叹息："我们先躲过追兵再说！"

3

此时许府新房之内，竟是寒冷异常，窗台上的花草竞相枯萎，小青冷得浑身不住战栗，小灰搬了不少火盆进来，但她依旧冷得不住跺脚。

小青皱眉："这才刚过了端午，天气怎会如此寒冷。快将火盆放到床前去，多准备几床被褥给许宣。"

小灰捂着冻得通红的长耳朵，道："山君，此事有蹊跷呀，外面日头正旺，一点儿都不冷，唯有这间屋子寒气逼人，呜呜呜，你看，都快结冰了。"

小青看向四周蒙上碎冰的家具，伸手往许宣额头上摸去，却被冰了一下，急忙抽回手："啊！好冷！寒气是从许宣体内散发出来的。"

"山君小心啊！"小灰上前一摸许宣，手上立刻染了一层霜。他忙冲到火盆前，边烤自己的手边皱眉念叨："山君，许大夫这是怎么回事？他就像一块千年冰山，连碰都碰不得。"

"我也不知……再这样下去，等不到小白回来，许宣就该被冻死了！"

"我再去多烧几盆炭火！"小灰赶紧又跑了出去。

小青却焦急地在房里不住打转：“小白，你究竟在何处啊……你再不回来，许宣怕是受不住了……”

此时许宣的神识之中，亦是茫茫大雪，天地苍茫，许宣几乎要迷失在这雪境之中，胸口隐隐抽痛，仿佛被利剑穿透，却不见血不见伤。

许宣捂着心口疑惑：这究竟是何处，风雪皆如利刃般穿心刺骨……

忽然，他见到前面大雪中竟有一盏灯摇摇晃晃，便赶紧追去，而待他吃力地穿越眼前的风雪，唤住那行走的人，却见那人转过来的面容，竟和自己一模一样。

许宣浑身一震，紫宣面上却荡开笑意：“我等了你很久，你终于来了。”

许宣警惕地问：“你究竟是谁？你是人是妖，为何要化作我的模样？难道……将我困于此处的是你？”

紫宣却没回答，只将眼前的灯在许宣面前晃，声音冰冷地道：“你我本就是一人，你就是我，我就是你。”

许宣脑中有些东西，似乎隐隐要炸开：“我不明白你说的话。啊，我的头！你要做什么？”

没想到紫宣一探头，竟将手中灯火吹灭，天地瞬间化成黑暗，许宣头似乎要炸裂，跪倒在雪中，却隐隐听见小青的声音回荡着：“火要灭了，聚魂灯要灭了，赶紧想办法啊！许宣，许宣！”

众小妖在小灰的召集下纷纷赶来，看着忽明忽灭的灯火都是一筹莫展。

而许宣更是神色痛苦，身上寒气不减。

小灰急道：“山君，这样下去不是个办法，咱们要不要给他请个大夫来？”

小青揪着他的长耳朵，斥道：“你是不是傻？全临安城最厉害的大夫就躺在咱们面前，上哪儿去再找其他大夫来救他？”

忽然，许宣嘴角渗出一丝血丝，脉搏渐弱，小鹿着急道：“许大夫吐血了！山君怎么办哪？”

小青立刻施法，冲许宣焦急喊道：“许宣，你可是说好会护小白一生一世的！你可不能死！她为了你连九重天都闯了，我不许你让她心血白费！啊！”只见许宣身上笼罩的白色寒气太盛，小青输入的法力悉数被挡了回来，不禁吐出一口鲜血。

小灰赶紧上去扶住她：“山君！”

小青摆了摆手，示意自己没事，再反手抹掉唇边血迹，懊恼不解道："他明明是个凡人，为何我的法术对他无法施展？"

盯着聚魂灯的阿福都快急哭了："山君，聚魂灯真的要灭了。"

"你们护住灯火！不能让它灭了，聚魂灯一灭，许宣必死无疑！"

"是！"众小妖齐呼一声，围成一个圈，将聚魂灯包围其中，聚集妖气罩住灯火，生怕火灭了。小灰也跟着上前，却看见一只蛾子飞向灯火，一下子落了下来，化为漆黑的灰烬。

小灰急忙抓着小青："山君，这灯不对劲啊！"

"你说什么？"小青离开床前，走向聚魂灯，只见小妖们的力量逝去，生命之力流失，浑身逐渐变黑，小青顿时现出骇然神色，疾呼道："快住手，别靠近那盏灯！"

语音刚落，众小妖便已纷纷倒地。

锦鼠叹道："这灯有古怪，我们的身体忽然一点儿力气都没了。"

"死气……"小青扶起锦鼠，盯着聚魂灯，唇间缓缓吐出这两个字来。

"死气？"小灰不解地问。

"这聚魂灯中散发出一股死亡的气息，稍有不慎就会变成他们这样。"

"可……可这是聚魂灯啊，理应充满生机，且源源不断才对。"

小青神色沉重："只怕许宣现在也遇到了我们难以预料的险况，所以才会呈现出一股死气。"

小灰急得跳脚："那……那咱们该如何是好？"

"我已黔驴技穷……"小青缓缓摇头，一向娇媚的眼中，此时闪过一丝决绝，"你们把宝物给我守住了，我去趟乱石岗，找黑山老妖。"

小灰大惊失色："山君，你去找他做什么？"

小青抿了抿唇："这附近道行深厚的妖怪，只有那黑山老妖一人了。我若不冒险一试，小白回来之前，许宣哪里保得住！"

"不行啊，山君，你与他素有过节，就算他知道稳住聚魂灯的方法，也不会告诉你啊！"小灰急得抓耳挠腮，两只长耳朵都耷拉了下来。

小青强作镇定地摇头："你们听我的就是了，我总能有法子！"

"小心啊，山君！"目睹她飞身离去的身影，小灰有些想哭，却也要担起大任，叮嘱逐渐恢复体力的众小妖，道，"快去再找几个火盆来！许大夫都要凉透了！"

山林之间，一团黑雾从背后向斩荒击来，斩荒却丝毫不为所动，冷声问：“你我之间，难道已到了倒戈相向的时候吗？”

饕餮冷哼一声，落地成形：“许宣身陷危机，这是除去他的最好时机。斩荒，今日你若不给我个交代，你我之间，也就谈不上什么情谊了。”

斩荒转过身来，唇边是颇有深意的笑容：“我几时说过要杀他？”

饕餮凶光毕露：“既如此……”

斩荒冷笑一声，打断他：“我会亲自出手，不过不是杀他而是救他。”

饕餮全身黑雾暴涨，杀意毕现，似是随时准备动手。

斩荒却不慌不忙地继续道：“五处结界，是紫宣散尽元神才封印而成。耗尽千年，许宣才得以再世为人。一旦他身死，那封印将会永远无法解除。”

“以你之能，难道破不开五处结界？”

“你为破结界肉身尽毁，元神也毁得七七八八，我若能破，你的颜面何在？”

饕餮利爪击向旁边树木，树木应声而倒，饕餮冷哼一声：“一方妖帝，只会逞些口舌之快吗？”

斩荒摇了摇头：“我也不欲与你多言，眼下只剩两处结界，你只须记得，若是杀他，坏我大业，也别怪我无情。”

饕餮目光凶恶：“你这是威胁于我？”

斩荒盯着他红色的眼眸，又转而一笑，另有所指：“我们二人相识何止千年，我对你，向来是知无不言。你难道不想放出黑蛟龙，迎回龙族守护之神？”

饕餮一听，隐隐露出兴奋神色，再不多言。

而此时逆云忽到，在斩荒耳边低语一句，斩荒眉心一皱，便原地消失了。

第二十章
盗得仙草

1

九奚山山林间依旧是积雪处处，青帝信步山林，查看林木，白帝又一度赶来，心急火燎地说：“你怎么还这般清闲自在？”

白帝摇了摇头：“去而复返，这次又是所为何事？”

白帝斥道：“你少装糊涂！聚魂灯中藏有紫宣的神识，你却将它轻易交与齐霄手中，究竟是何用意？”

青帝淡淡一笑：“紫宣下凡历练，命中注定有此大劫。我不忍他就此撒手离世，所以才会赐齐霄聚魂灯，用来救他性命。”

白帝急得面色发红：“何止是救他性命？难道你不知道如今紫宣与许宣神识相通，已经相互影响，这样下去迟早要出大乱子！”

“这也是我没料到的，紫宣气息居然如此强大，竟能突破聚魂灯，与许宣经神识相互交流。”

“我丑话说在前头，聚魂灯虽是齐霄取走的，但错不在他，日后若有何闪失，你可别指望赖在他身上。哼，你自己给你的好徒弟紫宣收场！”

青帝苦笑：“说来说去，绕了这么大的弯子，还不是为了给凌楚脱罪。”

白帝轻叹：“救人一命胜造七级浮屠，他何罪之有？倒是紫宣，你真该替他担心，一旦许宣真的想起以往的种种，咱们该如何是好！”

青帝沉思一番后，正色道：“慎重起见，唯有拿回聚魂灯，将它打碎，彻底封印紫宣的神识，以免节外生枝。”

白帝得到了满意的答案，点了点头，随后又问："那白夭夭前往蓬莱盗取仙草之事，你觉得有几成把握？"

青帝摇头："此事却是难料……"他自然是想一箭双雕，既救得紫宣性命，又令白夭夭上诛仙台，但……"这条白蛇不是太好对付。"

忘月潭中，水光千顷，仙草盈盈生在潭面，晶莹皎洁，从缥缈雾气中脱颖而出。

白夭夭指给齐霄看："你看，那才是真正的仙草。"

齐霄却将注意力放在四周的潭水上："这里的水透出阵阵清澈透心之气，不同于寻常潭水，百草仙君会将仙草放在此处，必有深意，待我探察一番，以防有诈。"

白夭夭听见身后脚步声逼近，便皱眉道："来不及了，咱们动作得快，速战速决！"说罢便要上前，齐霄却挥动法杖，将潭水扬起寸许。白夭夭感觉不对劲，急忙后退："这竟然是……"

齐霄锁眉点头："潭中是化妖水，你方才若是大意，沾了这水，眨眼间便会化肉蚀骨，被溶为一摊血水。"

"我会小心，你……"白夭夭欲赶走齐霄的话还没说出，空中突然飞来的一道五彩绸缎已经将齐霄的法杖卷在其中。

蓬莱仙山镇守仙使鹿童的声音严厉地喝道："大胆妖孽，竟然闯蓬莱盗仙草。白夭夭，你明知天规森严还敢来犯，今日我绝不轻饶！"

白夭夭回身，语带恳切："我求仙草只为救人，还望蓬莱众仙开恩。"

鹿童不屑地轻哼："九天至宝岂是你一句话就能要的，何况你还伤了仙鹤，罪上加罪，我劝你速速伏法，免去皮肉之苦。"

齐霄压低声音对白夭夭道："少跟他们纠缠，我来对付他们二人，你速去盗仙草！"

白夭夭见状，知齐霄暂时是逃脱不掉了，只得点头："你自己小心。"齐霄挡在白夭夭面前，法杖幻为一把长刀，与鹿童和仙鹤的五彩绸缎纠缠在一处，刀刃极刚，绸缎极柔，一时难分上下。

白夭夭小心翼翼滑过潭面，轻盈地夺下仙草："到手了！"

齐霄暗自催动法术，一刀撕裂丝绸，漫天碎片，齐齐落下，鹿鹤双童，退了几步，身上虽不见伤，额上却流下赤红鲜血。

"仙鹤姐姐！啊！"白夭夭回首见到这一幕，担心仙鹤，一分心，便没注意到潭水迅速涌动、跃起，一下缠住她的脚踝，哧哧两声，便是一声痛呼。

“白姑娘小心！”齐霄出声提醒。

白夭夭拼命一跃滚落潭边，脚踝却是鲜血淋漓，齐霄赶紧过来将她扶住。

鹿童捂住额上的伤处，吹起怀中鸣笛，厉喝：“你们欺人太甚，我已发出警告，蓬莱上下正赶往忘月潭，今日你们休想离开！”他稍稍调养气息，五彩绸缎便再度袭来，白夭夭将手中仙草交给齐霄：“你带着仙草，速速离开！”

齐霄却不放开她的手臂，一边单手迎战鹿童，一边道：“撑着点儿，我们一起走。”

白夭夭垂眸看一眼自己鲜血淋漓的脚腕，连站立都是不能，心底知道，自己今天是逃不掉了：“别管我，快走！”

齐霄断然拒绝，一刀劈开鹿童手中绸缎：“不行，要走一起走，我答应过小青，要带你回去！”

鹿童喝道：“白夭夭，蓬莱山上下已布满结界，我看你往哪儿走？”

天空中闪过金色的光芒，缓缓将蓬莱山罩入其中，白夭夭匆匆一推齐霄：“我伤势太重，这样下去只会拖累你，仙罩一落，你我都脱不了身。许宣还在等着仙草救命，你快走，我来拖住他们！”

“荒唐！你留下只有死路一条，我岂能看着你被擒？我来开路，你速速想办法脱身。”齐霄说着，横刀面向鹿童。

鹿童冷哼一声，不屑地嗤道：“齐霄，亏你还是佛门弟子，居然与蛇妖串通一气，本仙童今日便要替你师父清理门户！”

齐霄挥刀直上：“哼，一只雄鹿，不过侥幸得道成仙，也敢在我面前猖狂，看招！”

“放肆！”

鹿童的五彩绸缎再度攻向齐霄，二者纠缠打斗在一处，白夭夭抬眼，见仙罩就要笼罩整个蓬莱，立刻大喊：“齐霄，你再不走，我就跳下忘月潭，宁可全身腐蚀而亡，也不愿拖累你一起被擒！”

齐霄一边与鹿童打斗，一边紧张地觑向白夭夭：“这种时候，你居然威胁我？你跟许宣真是一家人！”

白夭夭声如泣血，仓皇不已：“走啊！快去救许宣，再晚就来不及了！快走！”

鹿童一声冷哼：“想走！没那么容易，仙鹤，你我一同夺回仙草，对付他们不必手下留情！”

仙鹤再度加入缠斗，白夭夭勉强跃起，用剑与二者斗在一起，向齐霄怒吼道：“走！”

齐霄犹豫之际，仙鹤用五彩绸缎缠住齐霄，将他拉到一旁，压低声音问：“齐霄，你可还记得我是谁？”

齐霄点头：“记得！骊山上种月白花的仙子！但你不必劝我，白夭夭不走，我也不走！”

仙鹤冷冷喝道：“你再不走，许宣性命不保！”说罢，她又以秘音入耳，对齐霄低语几句，齐霄渐渐露出惊讶神色，仙鹤向他点了点头，故意败在他手上，缎带一甩，齐霄便落到了仙罩之外。

鹿童见状追了上去：“留下仙草！哪里走？”

仙鹤吐出鲜血，拉住鹿童：“救我！不然我就要落入忘月潭了！啊！”

“仙鹤！”鹿童一犹豫，只得紧紧拉住仙鹤，二人缓缓落在岸边。

仙罩刚好落下，整个蓬莱山笼罩其中，鹿童见到齐霄消失的身影，跺脚急道：“糟了，让他跑了！来人啊，快给我追！”

2

乱石岗上，小青“扑通”一下，双膝跪在黑山老妖面前，只是脖颈梗着，面上尚是不服之色：“这样，你总可以告诉我了吧！”

黑山老妖浑身罩在黑色斗篷之中，面上还扣着一副面具，披着一头长发，声音却雌雄莫辨：“我常年居住阴间，这聚魂灯一事你算问对人了。只是我凭什么告诉你呢？”

小青眸中掩饰不住愤怒：“我跪都跪了，你还想如何？　只说出来，我没有不从的！”

黑山老妖阴笑道：“你这一跪，跪的是当年占我山头，将我驱出百里之事！如今你我从头清算，难道山君你不知道，我这乱石岗，从来容不下生灵吗？”

黑山老妖话音刚落，便飞身朝着小青掠去。

小青大惊，就地一滚，避了开来：“你也是修炼千年的妖，竟然言而无信！”

黑山老妖桀桀怪笑："那又如何？今日我将你生吞活吃了下去，附近山中，再无人敢对我置喙！"

小青握了握拳，咬牙道："这聚魂灯之事对我十分重要，黑山，若今日你告知于我，我将山头还于你又如何！"

"你？心火燃去你不少妖力，眼下凭什么与我谈条件？"黑山老妖向小青攻去，招招皆是杀招，小青频频退守，眼见不敌，被黑山老妖擎制住肩头。

黑山老妖张开血盆大口，一口就要吸走她的生气，此时，却有一道紫色光芒闪过，将黑山老妖弹开。小青也受到冲击，向后跌落，一道暗紫身影翩然而至，将她接在怀中，叹道："来晚了一会儿，竟叫你向这么个东西下跪，你可莫要怪我。"

小青怔愣看向眼前这个丰神如玉的紫衣男子，只觉他五官生得毫无瑕疵，神态中俱是魅惑之意……可是，他们认识吗？

小青怔愣之间，斩荒已将她松开，缓步走向黑山老妖，冷声道："半妖半鬼的气息，也敢占山为王，作威作福。今日你大限也将至了。"

只见斩荒脚下紫色光芒破土而出，一招便将黑山老妖牢牢钉在地面。

小青忙道："别杀他，聚魂灯的事我还未问清楚！"

斩荒回身看向小青，妖魅一笑："你想知道什么，问我便是。这天下，还未有我不能助你之事。"说罢，便对黑山老妖痛下杀手，一道黑色雾气蹿过，黑山老妖惨叫一声，便化成碎片消失。

斩荒转过身来，笑着向她走来，小青只觉这人气势迫人，狂妄自大，但真的不明他的来路。

斩荒看清她目中的好奇与怀疑，也不多言，只径直将心法教授给她："你听好了……"

小青懵懵懂懂地听了，生怕自己忘掉，口中念念有词地往前走去。

斩荒微笑着注视她，始终落后她半步走着，片刻后，方问："怎样，这口诀你可记住了？"

"记是记住了，"小青停下步子，蹙眉回望，"只是你究竟是何人？为什么要帮我？"

"我？"斩荒笑了笑，却颇为神秘地答道，"我只是个真心助你的人。"

小青狐疑地望着斩荒："你通身毫无妖气，定是法力极强的。可这方圆百里，我从未听过有你这么一号人物。此时你突然出现，可是有什么图谋？"

斩荒听到她这样直白的问题，双眼一弯，两手一摊："我如今空口无凭，说什么你也不会信我。只要你回去，试过我这心法，日后待许宣好了，再来谢我也不迟。"

小青闻言，更生警惕："你怎会知道，我要救的人是许宣？"

斩荒不答反问："你出来也有不少辰光了，那许宣可还撑得住？"

小青一慌，正欲施法离开，却又定住脚步，直直看向斩荒，警告道："不管你是何人，若是这回有所欺瞒，我定要你好看！"

说罢，小青飞身离开。

"小青……"斩荒望着她离去的那道青色光芒，眸中渐渐现出些惆怅之意。逆云不知何时来到他身边，拱手道："恭喜主上，终于找到了小青姑娘。只是……她与属下想象中的人，似乎有那么些许不同。"

斩荒摇首轻叹："二十几年了，总该有些变化了。"

许宣只觉头痛欲裂，身上更是冷得厉害，在一片黑暗中，他苦苦挣扎着，可眼前是无尽的黑暗，他终究是力竭，跌坐在地。

忽然，他隐隐听见了紫宣缥缈的声音："白夭夭有难。"

"白夭夭？"许宣在唇边低低念过这个名字，捂着头摇晃站起，只见紫宣手中的聚魂灯再度隐隐亮起，他问道，"谁是白夭夭？"

紫宣清浅一笑："总有一天你会想起的。"

聚魂灯中的灯火摇摇晃晃，紫宣将灯微微提高至许宣面前，神情担忧地道："有朝一日，这盏灯会被人打破。记住，灯碎之前，你务必要烧了灯芯，只有这样，才能找回你失去的一切。"

许宣接过灯，疑惑地看着："这盏灯怎会如此眼熟？你我之间到底是何关系？"

许宣久久不解，而风雪之中，只见紫宣的身影渐渐模糊，他忙上前一步，唤道："兄台，你去哪里？风雪正大，你千万别乱走呀，兄台！"

紫宣声音远远传来："回去吧，此处不宜久留。"背影逐渐消散于风雪之中。

许宣抓着灯，心头疑惑丛生："这到底是怎么回事？"

可风雪中只有他一个人的声音在回响。

3

许府之中，狂风大作，飞沙走石，小灰不住地在房间中走动，焦急道："山君去了许久，为何还不见她回来？难道是那黑山老妖暗算了山君？"

小灰快步走出房门，狂风中几乎睁不开眼。

小鹿惶恐说道："小灰哥哥，许大夫怎么办？"

小灰心中慌乱，便没好气地回："我怎么知道？咱们一定要撑到山君回来！"

小鹿有些委屈地说："山君……山君不会出事吧……"

小灰回首，看向被风吹得呼呼作响的窗扇，皱紧眉头道："咱们快将门窗堵住，千万别让这些阴风灌入房中！"

小妖们闻言，赶紧拼了命地将门窗封上，只余门板仍被吹得啪啪作响，他们抵住门窗，不时回望聚魂灯，却见灯火依旧越来越小了。

小青突然推门而入，小灰跌倒在地，可小青还来不及扶他，便见到因为狂风灌入，聚魂灯上最后的一丝火苗灭了。

"山……山君，快将门关上！"小灰挣扎着爬起来，继续去抵住门。

小青则蹿向床边，一摸许宣，顿时便是脸色青白："气息全无，他不会已经死了吧，许宣！"

小灰在旁边道："山君！聚魂灯是方才才熄的，许大夫应该才断气不久。"

小青看着许宣毫无生气的面容，想起斩荒所教的口诀，一咬牙："事到如今，也管不得有没有诈了，许宣，你可给我撑住了！"话音一落，小青便运起青色妖力，直向许宣胸膛中灌去。

众小妖大惊。

小灰更是想要上前拉住她："山君啊！你的妖气，凡人可受不住啊！"

"闭嘴！给我把门守好了！"小青瞪他一眼，勉力强行将妖气灌入，许宣面上青光不定，众人皆是提心吊胆，却见聚魂灯一闪，竟然真的重新燃起了微弱火苗。

小鹿惊喜道："成了成了，许宣活了。"

"没想到还真管用！既然如此，我再加把劲，将你唤醒！"

小青惊喜之余，闭上眼睛，嘴巴嘟起，欲要将妖气灌到许宣口中，却觉得不对劲，气怎么都灌不进，一睁眼，见到齐霄一脸鄙夷样，而他的掌心，正放在许宣嘴上。

小青眼中带上纯净笑意，惊喜地跳起来，道：“齐霄！你终于回来了！”

齐霄嫌恶地在衣服上擦了擦手：“许宣英名一世，险些被你的妖气给玷污了，唉，晦气！”

“我的妖气最是精纯了！”小青鼓着眼睛瞪他一眼，又急声问道，“仙草呢？”

齐霄闻言，面上也尽是喜色：“有我出马，当然到手了！”他举起手中的仙草在小青面前摇晃。

小青雀跃拍掌。

忘月潭上，此时也正呈现出凡间景象，只见许府之中，齐霄与小青扶着许宣，灌下仙草熬制的汤药……

仙鹤一挥手，镜像消失，忘月潭恢复平静。

鹿童愤愤道：“可恶，算他逃得快，居然已经将仙草熬成药汤。”

仙鹤低头掩饰眼中的喜悦，轻声一叹：“咱们身为仙使，若无九重天的命令，无权私自下凡干涉人间。齐霄既已逃出蓬莱，再生气也是无济于事。”

鹿童满是怒火的目光瞥向白夭夭，哼了一声：“好在白夭夭已被擒住，她身为主犯，这次死罪难逃！”

白夭夭脚踝上早已血肉模糊，此时在一旁动弹不得，却低声喃喃：“太好了，齐霄终于赶上了，只要许宣平安，一切都值得。”

仙鹤眉间微蹙，拿出药水，欲上前替白夭夭医治。

鹿童拉住她：“你在做什么，这妖孽罪有应得，先前还重伤了你，为何要替她医治？”

仙鹤解释道：“她这副模样，只怕撑不到百草仙君归来。仙草丢失，你我都有责任，若犯人再有个三长两短，咱们该如何向仙翁交代才好？”

鹿童却是不信，冷笑两声：“你口口声声为咱们着想，实则在替白夭夭开脱。难怪她能悄无声息地溜进蓬莱，依我看，分明就是你存心包庇，故意放她入内！”

“你！”仙鹤一时竟然找不到话来辩驳，白夭夭见状，不愿拖累她，便奋起挥袖打翻了药瓶。

白夭夭故意凶狠地说道："仙鹤，你少在我面前惺惺作态。假情假意，白夭夭受不起！"

鹿童忙大声斥道："大胆妖孽，你再敢猖狂，我便将你沉入忘月潭中，以儆效尤！"

天空忽然飘来祥云，几名天罡卫落下。

当先的那名冲白夭夭严厉喝道："大胆白夭夭，盗取仙草，藐视天规，我等奉命前来押解，听候九重天发落！"

仙鹤低眸望了一眼白夭夭，眼底俱是担忧之情。

第二十一章
聚魂之灯

1

金山寺竹林间，齐霄正在打坐，青帝轻轻落在他身前，齐霄起身向他深深躬下腰去："见过青帝。"

青帝向他伸出手去："你很清楚我来找你的目的。"

齐霄抬头，微微一笑："多谢青帝赐聚魂灯，救了许宣一命。有借有还，本是天经地义，但许宣刚刚醒来，我想再借几日，待他完全康复。"

青帝神色一凛："齐霄，你可知道聚魂灯对九重天来说，是多重要的法器？"

齐霄点头，但也不卑不亢："我当然明白，不过俗话说，救人救到底，送佛送到西……等过几日，齐霄定当亲自前往九溪山，将聚魂灯完好无损地交还青帝。"

青帝背过手，冷声道："这么说，你是不打算乖乖归还了？"

齐霄丝毫不惧地神秘一笑："实不相瞒，聚魂灯已不在我手中。待许宣康复，它自会出现。"

"不自量力，别以为你那点儿小伎俩能瞒过我的法眼！"青帝边说边施展法力，扫过天地，怪的是居然在三界之内，完全感受不到聚魂灯的气息。心下明白齐霄定是受人指点，有所准备。

见青帝面色几变，齐霄却装傻，故意问道："不知青帝可有其他要事？"

青帝冷哼一声，拂袖而去。

“恭送青帝！”确定青帝离去，齐霄捂着胸口，松了一口气，脑中不禁浮现仙鹤提醒自己的话——

“救回许宣后，记得用妖气灌入灯芯，隐去聚魂灯。必要时，将聚魂灯交给许宣，只有他才能保住白夭夭。”

为何是许宣？他与聚魂灯有何关联？

齐霄想不明白，只知幸好，他早已安排小青保护聚魂灯，一时半会儿，应该不会被青帝所察觉。

齐霄深吸一口气，看看远处的金山寺。

虽有仙鹤提点，藏住了聚魂灯，但靠许宣救人，齐霄怎么想来都绝非上上之策。他心下决定去金山寺中查一番古籍，看能否找到去往九重天救人的办法。

将心火灌入聚魂灯中的小青，看着灯火已成妖艳的青色火焰，心头微松，可脑中却突然袭来一阵眩晕。

小灰慌忙扶住，为她递上参汤。

她何尝不知众小妖担心，既担心她的身体，也担心留住聚魂灯会惹怒青帝，从而招来大祸。

但她能有什么办法呢？

近日为了许宣和白夭夭的事，她终归消耗得多了些，但她心知以自己的能力，去九重天救人是万万做不到的，眼下，只能依齐霄所言，将聚魂灯守住。虽然齐霄也对为何聚魂灯能救小白一知半解，因而跟她说得模糊不清，但这是白夭夭唯一一线生机，就算豁出她的性命，她也要守下来。

心中一定，小青将手中参汤递给小灰，准备去探查一番许宣的情况。

虽然白夭夭临行前特意叮嘱她不许告诉许宣冒死盗药一事。

白夭夭宁可许宣忘掉自己，可小青却决意要替白夭夭守住许宣。

小白就是太傻……

低低一叹，小青起身，吩咐众小妖：“众妖听令！”

众妖齐声道：“小的们在，请山君吩咐。”

小青目光缓缓扫过众人，倒真有一番威严：“我要你们几个不分昼夜，守在聚魂灯旁，一刻都不得松懈，没有我的命令，任何人都不得靠近！”

小灰等人慌忙点头。

小青正色道：“我要去帮小白守住许宣，有任何风吹草动，你们立刻让小麻雀或者锦雀前来通传于我，知道吗？”

小灰面上是前所未有的郑重之色：“山君放心，我们誓死守在聚魂灯旁，灯在妖在，灯灭妖亡！”

小青飞越山林，正要往许府而去，却忽然碰到了锦雀，锦雀落地化为人形，叽叽喳喳地道：“山君，大事不好了，小的奉山君之命，在药师宫监视……那冷凝，康复后似乎一直用西域圣蛛监视许府情况，刚刚竟然派人将仍昏睡着的许宣接回药师宫去了！”

小青心头顿时一紧，飞身前往药师宫。

2

此时药师宫中，许宣高坐正位，居高临下地看着清风，手中折扇轻轻晃动：“我一觉醒来，才发现我已不是宫上，清风，你来说说，这事该不该问个清楚呢？”

清风神色惶恐，摸了摸脑袋，冷汗直冒：“这，这其中的缘由，你方才醒过来时，大小姐不是都解释过了嘛……”

“哦？果真是因为我大病了一场，其间神志不清，以至于无法处理宫中事务，最后才不得已将药师宫托付给了师妹？”

“对，就是这样的。后来，你就离开了药师宫，昏睡至今！”

“荒谬！”许宣扇子一合，打在清风头上。

清风捂住头，一脸可怜模样：“哎呀，宫……你干吗打我呀，清风所言句句属实……”因为心虚，越说声音越小。

许宣皱眉，扇子在手上轻敲：“我既已怪疾加身，神志不清。那身体必定格外虚弱，你们居然还逼着我通过迷雾之桥的试炼？”

清风更是憋屈：“你走迷雾之桥的事真的不能怪罪于我们，你是为了白……”清风知道自己说错了话，赶紧捂住了嘴，眼中满是惊恐，恨不得把自己舌头给咬断。

许宣眸中精光闪过，追问："白？白什么？"

"师兄有所不知，当日你病重，江湖中流言蜚语四起。你自愿离开药师宫是不得已而为之，碍于宫中门规，所以才会……"冷凝从房外行来，将手中汤羹放下，边说边上前握住许宣的手。

许宣轻叹一声："师妹，难为你将药师宫大小事情全扛住了。"

冷凝无限柔弱娇媚："如今你能痊愈，实乃不幸中的大幸，这些日子实在苦了师兄。如今你才刚刚转醒，有许多事不记得乃是人之常情，赶紧将这汤喝了，就住在这药师宫，慢慢调养一段日子。"

许宣依旧有些狐疑，问："你说的都是实情？"

"我何时骗过师兄……"冷凝端起那汤，低低柔柔地说道，"你不在的这段日子，我真是心如刀绞。"

冷凝正说得动情，忽然出现一只手，将冷凝的手硬生生地从许宣手上拉开。

冷凝抬眼瞪去，便见到小青一脸不屑地冲许宣道："她在骗你，千万别信她的鬼话！"

冷凝冷眼看着小青，正要发火，小青却紧紧握住许宣的手，动情说道："难道你忘了吗？你醒来时，只有我在你身边，药师宫的人都是骗子，全临安城的百姓都可以做证。"

许宣皱眉："你是……"

小青有些伤心地捂住额头："夫君，你竟然忘了吗？你说了你不介意我是妖，你重病在床的时候，只有我守着你，照顾你……"

许宣想起初次醒来，时间虽然短暂，但眼前之人……似乎……的确便是他那时迷糊之中所见之人……可是……许宣站起身来："你不就是大闹了药师宫的蛇妖小青？"

"对啊，就是我。你记得我，对不对？"小青仍紧紧黏着许宣，假装亲密地拉着他，"咱们早就在城中置了宅院，药师宫对你来说，已是过去的事。我们一道回去吧！你才刚痊愈，得好好休养。"

许宣皱眉，慎重地点头："你说的事情，我倒好似隐约有点儿印象。"

小青举起手来："我发誓，都是实情。"

许宣深深望了小青一眼，转身便往外走。

小青偷笑，急忙追上，在走过冷凝身边时，当然也不会忘了在她耳边嘲讽道："就算他不记得小白，我也不会让你轻易接近他。你那些谎话，留着说给自己听吧！"

冷凝双拳死握，恨恨地看着两人走出了药师宫。

回到许府之中，许宣忽然一副深情模样，望向身边一路紧随的小青，微笑满面地道："小青姑娘。"

小青只觉浑身起了若干鸡皮疙瘩，但还要满面堆笑，硬接道："呵呵呵，许公子。"

许宣面上是款款深情："我病倒以来，你一直守在身旁，不离不弃，难道你我之间果真有情？"

小青忍住反胃，拼命点头："你忘了吗？我还是一条小青蛇的时候，你曾经救了我。救命之恩我念念不忘，所以拼命修炼，化作人形，特意前来报恩。"

"可我只记得，你曾大闹药师宫，偷盗库房草药，最后被齐霄赶走了，那时还张牙舞爪地扬言要找我们的麻烦。"

"我这叫欲擒故纵，为了吸引你的注意嘛。哈哈哈，你看这许府都有了，还能有假吗？你昏迷太久，许多事都忘了，世人皆置你不顾，唯有我对你不离不弃。"

许宣唇边笑意有些牵强，但依旧是似水般温柔："你对我是真心实意？"

"再真不过，实实在在。难道你要我把心掏出来给你看？"小青努力攥拳，逼迫自己忍住。

许宣唇角微扬，眸中星光跳跃："有个方法，能证明你对我的感情。"语音未落，许宣一把捧过小青的脸庞，想要吻上小青。

小青花容失色，一把推开许宣，惊叫道："啊，变态，你想干吗？我可是个冰清玉洁的妖。"

许宣冷笑一声："呵，演不下去了吧！你眼底对我没有半分情意，却装出一副情深意重的样子，我就想看看你能演到何时？"

小青张着嘴半天说不出话来，结结巴巴地问：“你、你、你看出来了？”

许宣点头。

小青不明白了：“既然知道我在骗你，那你为何还要跟我回来？唉！这许府实实在在地存在，我可没有说谎。只不过，有些事，太过复杂，我无从解释，你也最好别问。”

许宣神色有些黯然：“大家都有事瞒着我，连你也是。”

“药师宫那群人鬼话连篇，怎能跟我相提并论？”小青不服气地跺了跺脚。

“哦？”许宣扬了眉梢，淡淡说道，“那你为何要装出副情意绵绵的模样？什么遇蛇报恩，你当我是三岁孩童不成？”

小青慌忙摆手：“不对不对，这些都是真的，只是那条蛇不是我罢了。”

许宣目光深沉，认真盯着她：“那你说说，那位报恩的蛇妖是何许人也？”

小青望着许宣，愣了半晌，才纠结地说：“你别逼我了，小白交代了不能说，否则就要与我断了姐妹情！你以为我愿意陪你演这种无聊的话本戏文呀，我堂堂一个山君，脸都丢光了！”

许宣微微错愕：“小白？你方才说的人是谁？”

小青深知失言，捂着嘴赶紧跑开。

冰镜之前，青帝露出笑容。

“与齐霄关系最亲近的妖便是你了，若是找到你，便等于找到了聚魂灯。小小蛇妖，看你还有什么手段。”青帝边说边向镜中施了一道法术。

3

许宣回到房中，自清醒之后，他第一次这么认真地打量这间房子。

忽而，他在床边寻到了自己的医书，便是一笑。

看来那小青至少有一件事没有说谎，这里确实是他的家。

可他为何一直想不起这期间发生的事……

许宣搁下书，忽然又瞥见了角落里散落的喜帕，更生狐疑……

他竟然真的娶过亲？那他娶的究竟是谁呢？

“小青！你先前提起的小白，到底何人，难道我娶的人是她？”许宣急匆匆追出门去，却见到一条青蛇，张着血盆大口向自己扑来，许宣退了两步，脸色苍白地跌坐在地：“蛇！”

脑海中忽然闪现出新房中白蛇张大嘴巴扑向自己的画面，看着眼前的青蛇，目光更是惊恐：“白蛇，蛇妖……它要吃我……”

小青匆匆将上半身变为人形，急急地爬向许宣：“许宣，你听我解释。”都怪那个青帝，在府中设了什么鬼结界，害她出不去，才想着化作原身逃走的！

许宣见到半蛇半人的小青，更觉恐惧，转身奔出。

小青赶紧化作原身去追。

青帝在冰镜前更是惊慌：“糟了！紫宣。”他一心去对付青蛇，居然忘了给许宣设下结界。

许宣奔跑至桃花林中，蓦然停下脚步，看着桃花林，忽觉得眼熟：“这里好熟悉。”

小青慢慢化成人形，试探着接近他：“我不是故意吓你，你别跑了，听我解释……”她到得许宣面前，却忽然见到许宣眼中泪光闪烁，霎时便是一愣。

“我仿佛想起了很多事，这些桃花，是我替她种下；这只陶偶，是我为她捏制……”许宣环顾四周，渐觉心口抽搐，“可她是谁，我怎么也想不起来，她是谁……”

小青张了口却半天说不出话来。

许宣指着自己的心，自讽道：“我想不起她的模样，连她的名字都忘得一干二净，可我心底的痛却是真实的，这颗心像被掏空了一样，那样那样深的痛。”

青帝在冰镜之前也是看得唉声叹气：竟然连桃木剑都无法彻底斩断他二人的孽缘，如此下去，许宣或许真会想起白夭夭。

不行，他得先灭了小青的心火，抓紧找到聚魂灯才行。

青帝定了定神，向着冰镜施法，小青霎时间捂着心口倒下。

见小青委地，许宣难掩惊慌，赶紧接住她：“小青姑娘！”

此时小青洞府之中，聚魂灯上的青色之火也是一瞬间熄灭。

众妖皆是大惊。小灰急着抓过聚魂灯仔细察看：“山君的心火怎会灭了？”

小鹿怯生生地问：“山君她不会遇上危险了吧？”

“咱们赶紧续上，快过来，用咱们的心火点燃它！”小灰急忙招呼众妖围上来，复又将聚魂灯小心翼翼放在石桌上。

众妖聚集心火，却无法点燃聚魂灯，脸色越发慌乱。

阿福凑近了去看：“奇怪，咱们为何点不亮这灯？”

锦鼠咬了咬嘴唇：“莫非是修行不够，比不上山君厉害？”

小灰也停止运气，紧张道：“现在不是讨论这些的时候，没了妖气遮掩，聚魂灯的气息很快就会被察觉，九重天找来是迟早的事。”

众小妖面面相觑：“那咱们赶紧逃命才是呀。”

小灰一把抓起聚魂灯，咬牙不语。

第二十二章
天雷刑罚

1

齐霄先去金山寺寻了一遭，又想到元一大侠留在伏魔山庄中的笔记，便匆匆回到伏魔山庄的炼丹房中。

忽有惊雷回荡于山间，齐霄抬头看外面，顿生疑惑。

外面日头高照，分明是个大晴天，怎会忽然生出如此惊雷……

他隐约记得元一大侠曾对他提起过。

手下迅速翻动笔记，蓦然见到“晴天霹雳”四个字，齐霄心道不好。

他渐渐想了起来，元一大侠曾经说过，若——

“晴空潋滟却雷声大作，表示九重天上有人犯了戒，正受天雷之刑。”

年幼无知的自己还曾问师父，天雷活活打在身上该有多痛，为何九重天要用如此残酷的刑罚……

元一大侠的回答是：“痛彻心扉，生不如死！但凡违反天条，私盗法宝，乱闯禁地，或是犯下滔天大罪者。重则入诛仙台永世不得超生，轻则遭天雷之刑碎骨断筋。”

齐霄望向晴空，眸现哀恸。若按元一大侠的说法，这天雷之刑八成与白夭夭偷盗仙草一事有关。

齐霄念及此事，飞奔前往金山寺中。

永安师叔一见到他便是念叨起来：“齐霄啊，最近怎么老是闷在伏魔山庄的炼丹房中面都不露，最近金山寺有众多法会。”

齐霄打断他的唠叨，急急问道：“师叔，你听见雷声了吗？”

永安师叔白他一眼：“我又没聋，这大白天的，当然听见了！”

“这是天雷，说明九重天上正在行刑。”

永安师叔点头：“必有妖孽作祟，所以才会遭受天谴。”

齐霄赶紧一把拉住他：“那师叔你可知道，有何办法能化解天雷，替人承受这天雷之苦？”

永安犹如在看一个神经病一样看着他：“你成天无所事事，怎么总琢磨些异想天开的问题？”

齐霄就差给他跪下了：“师叔，我是真心求教，没有半点玩笑的意思。”

见他神色慌张又严肃，永安认真思考片刻，终是淡淡回道：“也罢，看你心神不宁，想来也无心留在寺中分担。这样吧，苏堤旁有一处内湖，名唤明心湖，明心湖上有一块巨石，名唤明心台。师兄在世时常说，那是一处风水宝地，与九重天中的仙池相连，有缘者自可从中窥见天机……”

永安还没说完，齐霄就跑了出去，永安招着手，嘟哝道：“跑这么快干吗，不过是传说罢了，还从未见过有谁成功的。说不定呀，都是无心编出来的。”

永安正说着，天边又是一道响雷，吓得他立刻闭嘴，赶紧念经：“阿弥陀佛，师兄莫怪，师兄莫怪！”

九重天上，冰雪之巅，入目皆是万年玄冰，狂风卷着雪粒子在山间打着旋，呼呼作响，而此时的冰山之上，一片雪白之中，竟有点点鲜血滴落，瞬间在冰面砸出猩红色花朵。

空中所悬的万年冰笼内，白夭夭正吃力地站着，脚踝上的伤，令人触目惊心，而她因此伤而身形不稳，一旦晃动着碰到牢笼，身上立马便会再添一道血痕，极为恐怖。

但她仿佛不知痛一般，虽是面色苍白，身形憔悴，她满心念着的都是许宣……不知他眼下是否一切安好？

忽然又是一道天雷落下，白夭夭蜷着身子，几乎无法喘气，疼痛蔓延至全身，身上的血缓缓滴落。

她已经数不清这是第几道天雷了。

但她也知，若不是她师父骊山老母上九重天为她求情，怕就不只是承受这七七四十九道天雷之刑，而是要上诛仙台永世不得超生了。

白夭夭虚弱地支撑着自己，眼中却是清亮神色——

“只要他能好好活着，便已足矣！”

2

青帝袍袖一挥，冰镜中隐隐出现了聚魂灯的样子。

他怒道：“果然是被这群小妖藏起来了！”桃花林中，许宣扶起脸色惨白的小青，想要替她把脉。小青却摇了摇头：“这不是病，许宣，你听我说，青帝追来了，他不会放过我，不能让他找到聚魂灯，你要救救小白！”

许宣皱眉：“你别再胡言乱语了，省点儿力气，我带你去医馆。”

“他一定会去洞府找聚魂灯！”念头电光石火般闪过，不知哪里来的力气，小青勉力站起，抓起许宣，便施了个法诀，飞往洞府。

“不自量力！”青帝冷哼一声，飞身跃入了冰镜。

洞府之内，小灰额上汗水大滴滚落，他死死抱住怀中的聚魂灯，正是不知如何是好，虚空中突然伸出一只手，将聚魂灯一把夺走。

“谁活得不耐烦了！敢抢……”小灰正要破口大骂，小青的身影却逐渐清晰。

小灰声音一软，险些跪下：“山……山君！你可算回来了！”

“别废话了，我们快撤，青帝那个老狐狸追来了！”小青一手将聚魂灯抱在怀中，另一手紧紧拉着许宣。

“什么，青帝下凡了？”众妖俱是大惊。

小灰慌忙一个个推过去：“小的们，快逃！”

洞中一时喧杂不止，突然间洞内灯火大亮，青帝拦在小青面前：“哪里走？”

见到青帝，小青面色更是苍白，呼吸沉重。

她将手中聚魂灯交给许宣，悄声道：“保护好它，千万别落到这个人手里！”

许宣一头雾水：“你想做什么……这又是什么？”

小青没有搭理他，只挡在他前面，大义凛然地迎向青帝，没有丝毫退让的迹象。

青帝挑了挑眉：“怎么，还想抵抗？”

小青低声一笑：“小青区区千年的道行，在青帝面前不过一颗小小的尘埃罢了。我知道自己绝对不是您的对手，聚魂灯是我偷藏的，与其他人无关，更不敢奢求青帝宽恕，只求您给小白留一条生路！”

青帝义正词严地说道：“白夭夭犯了天戒，理应按九重天律例惩处。此事一了，她的劫数自然就过去了。你若真心为她着想，更应该交出聚魂灯，免得连累她罪加一等。”

小青摇了摇头：“小白没有错，她不该白白受苦！”

青帝不愿再与她废话，伸出手去：“交出聚魂灯，否则休怪我无情！”

小青却将许宣猛地推向小灰，大喊道：“带着许宣赶紧离开。”

青帝轻轻一叹：“唉，你这么做不过是白费力气。”

小灰慌忙拉着许宣离开。小青则唤出双剑，向着青帝挥去，她眉间现出厉色：“我宁可鱼死网破，也绝不会坐以待毙！”

只见青色剑光一闪，同另一柄长剑打在一起，刀剑声回荡在洞府之内。

而一众小妖则护着许宣从另一洞口匆匆跑出。跑着跑着，许宣忽然停下，小灰不由得急道：“快跑呀，山君那点儿法力哪能拦得住青帝。咱们得赶紧跑，能躲一刻是一刻。”

许宣却望着手里的聚魂灯，抚着额头道：“我的头，忽然好疼，这盏灯，这盏灯我在哪里见过，为何有着熟悉的感觉……”他话音未落，天地间竟蓦地一暗，原本的白昼，竟忽然变成了伸手不见五指的黑暗。

众妖惊呼：“天突然黑了，怎么回事？”

而聚魂灯中忽然燃起一簇灯火，从中溢出大片白色气息，迅速汹涌翻动着，渐渐将许宣笼罩其中。

许宣抚着头，大口喘着气，脑中快速闪过许多片段——

一袭红色的嫁衣，盖头下朦胧的脸庞。

许宣眼角已然湿润，出声唤道：“娘子……”

“她是我的娘子，她的脸，为何我始终想不起？”

忽有一只手握住了许宣手中的聚魂灯，他抬头，只见青帝正在灯火之下望着自己，眸中倒不是方才对小青时的冰冷不近人情，而是有着些许温暖的神色。

许宣匆匆站起：“是你！”

青帝声音慈祥：“将聚魂灯还我，这些记忆不属于你。”

许宣捂住头，神情痛苦地问：“你是谁？这一切到底是怎么回事？”

青帝声音仿如蛊惑一般，哄劝道：“学会放手，这一切都会过去，许宣放手吧。若你执迷不悟，只会惹来更大的灾难。”

许宣犹豫着，思考着，竟缓缓放开了手。

小灰大喊：“不能给他，给了他，白娘娘就完了！许大夫！住手！”

青帝接过聚魂灯，露出微笑。

而在听到“白娘娘”三个字时，许宣眼神忽然一变，以迅雷不及掩耳之势，将手伸进了聚魂灯中，用烈火将灯芯燃了个精光。

转眼间，聚魂灯内的白色气息再度大盛，将许宣密密包围在其中。

青帝神色凛然，痛惜、挣扎、悲凉……这些情绪依次在青帝面上过了一遭后，他低低一叹：“难道这劫数真的躲不过吗？”

白色气息逐渐消失，许宣抬头，眼神一点点变化成了紫宣历经世事的大慈大悲。

黑暗散去，阳光再度洒落，许宣跪下，朝着青帝淡淡开口——

“师父。”

3

明心湖虽小，但湖面如镜，精致如画，特别是湖中那块被称为明心台的大石，生得光华皎洁，奇巧无比。

齐霄起身一跃，落在了大石之上，他环顾四周，希望传说为真，不然他真的不知该如何救白夭夭了。

齐霄低头看着湖面，寻找玄机，可除了他自己的倒影之外，根本看不到九重天的任何影像。他用法杖轻拨湖面，也不过泛起了一点儿涟漪。

齐霄有些泄气地抓着头，到底要如何做，才能看到九重天的景象呢……

他随即又俯身，一眨不眨地盯着湖水，将曾经元一传授的咒法挨个试了一遭，几个时辰之后，明心湖依旧同其他地方的湖一模一样，看不出半点儿区别，更何谈看到九重天了。

他终于自暴自弃一般，紧闭双眼，面色虔诚地朝着湖水祈求道："师父，您的在天之灵帮帮我吧，徒儿这次真的无计可施了！"

当他睁眼再看湖水，还是那样清澈。他郁闷地坐下，念叨道："师父，老糊涂了，连您也不肯帮我……"说着说着，齐霄忽然停住，倒抽了一口冷气，湖中多了小青的倒影，"小青？你怎么会在湖里？"

小青伸手打他脑袋："你傻了，我在你身后！"

齐霄转身看着小青，失望地叹了一口气："你来明心湖做什么，不是让你守着聚魂灯吗？"

小青面上滑过一丝低落："聚魂灯……落到青帝手中了。"

齐霄愤愤骂道："这个老狐狸，居然暗中动手脚！"

"青帝说看在我对小白情深意重的分上，留我性命，希望我好自为之，然后就去追许宣了。"

齐霄哀叹着摇头："许宣区区一个凡人，你给他聚魂灯，同样无济于事。"

小青拍了拍他的肩，安抚道："虽然灯回到青帝手中，但至少许宣也因此拿回了记忆，对小白来说，总算是一件好事。"

"他终于记起白姑娘了？"

"不只是人间的事，他还想起了千年前天界的往事……唉，跟你解释也没用，反正他们的事与你无关。"

齐霄一脸迷惑，思绪万千，但眼下最紧要的是白夭夭的安危，便问道："那许宣现在人往何处，仙子说过只有他能救白姑娘。"

小青摇了摇头："他最后跟青帝一道离开了，不知去了什么地方，不过临走前，托小灰转告我，来明心湖找你，帮你开启它。"

说罢，小青将双手平举于湖面，随着绿色光芒流转，整片湖面像是被倏地点亮一般，焕发出碧绿色的荧荧光芒，大石之上浮现出六角印记，湖面上的画面也慢慢转换，竟是白夭夭在千年冰笼内浑身是血、勉强支撑的样子。

小青望着湖水，微微一颤："小白！原来她受了这样的苦！"

冰雪之巅，白夭夭摇摇晃晃，神志已逐渐不甚清晰。

天边忽然飘来一朵祥云，白夭夭抬头望去，只见仙鹤正隔着冰笼望向自己，便苦涩叹道："姐姐，你不该来这种地方。"

仙鹤十足关切地道："你在这里受苦，我岂能坐视不理？你放心，我求了百草仙君，是他出面求情，所以我才能来见你。"

白夭夭终是稍微安心，便问道："许宣……他好吗？"

仙鹤见她伤成这样仍不忘许宣，便心疼地点头："如你所愿，活了下来。"

白夭夭面上浮现一丝笑意："这样甚好！只要他能活下来，对我来说就是最好的结局。"

仙鹤心内低叹，又见白夭夭身上伤痕累累，目不忍视，便自怀里拿出一瓶仙药，试探着伸进牢笼内："我这里有些药，你先疗伤……"

"别过来！"

"啊！"

只见仙鹤手中的药瓶刚伸入牢笼一点儿，便结冰碎裂，仙鹤捂住手，退了几步。

白夭夭见仙鹤手上无事，心中稍安："千万别碰，仙鹤姐姐，这牢笼是由万年玄冰炼制，一旦碰上，犹如万箭穿心，眨眼间便可碎人筋骨，有仙气护体，也难免会受伤。"

仙鹤泪悬于睫："你一直被关在里面，是如何忍下来的？"

白夭夭轻巧一笑："听说他还活着，我心里只有喜，没有痛。仙鹤姐姐，虽然我知道他已经忘了我，忘了一切，可是我还是想知道他现在的样子，仙鹤姐姐，你告诉我，他如今好不好？在凡间可有开始新的生活？"

仙鹤看着白夭夭，欲言又止，挣扎着，依旧不知该如何告诉她，许宣虽拿回了所有的记忆，却随青帝回到九奚山，绝口不提她的事。

她真的怕，怕许宣这一次不会再为了白夭夭违背师命了。

那她劝齐霄掩藏聚魂灯，等待机缘巧合令许宣拿回记忆去救白夭夭，竟也是都算错了。

白夭夭见仙鹤久久不说话，便追问道："仙鹤姐姐？他怎么了，他是不是遇上了麻烦？"

仙鹤将所有的失落与担忧隐藏起来，摇了摇头道："不，他很好，他忘了你，仿佛过去的一切不曾发生过，他一如既往地活着，你不必替他担心。"

白夭夭闻言，面上神色平静，眼眶虽是微湿，却悄悄绽放着笑意。

她捂住疼痛不已的心口，告诉自己要知足。

只要许宣能平安活着，对她来说便已经足够了。

忽然，一道天雷闪过，白夭夭闭上眼睛，面上一派从容之色。

可疼痛却久久没有降临，她睁开眼，天雷已过。

她不由得诧异地望向四周。

而此时明心湖上，小青眼见天雷将至，一时心急，便跳入湖中去寻白夭夭，再浮上来时，却见齐霄身上已是血迹斑斑，痛得几乎说不出话来。

第二十三章
血洒天乱

1

“你怎么了？眨眼的工夫，你，你就受伤了？”小青既是担心又是疑惑，更愤怒地看向四周，“是谁？谁在暗中偷袭！给我滚出来！”

齐霄吃力道：“别大吼大叫，这里没有别人，只有你我两人。”

小青一愣，翻上大石，扶起齐霄：“你就别逞强了，光天化日不是被偷袭，这身伤难道是自己摔的不成？”

齐霄额上不经意地跳起几道青筋，他没好气地指向脚底：“你看脚下。”

小青蹲下身，抚摸石头，看来看去也没有什么不同：“不就是石头……”

齐霄忍住脾气，耐心解释：“这块灵石叫作明心台，位于阵法中央，石中所绘的符咒能……将天雷之刑，转到其他人身上。”

“那你刚才是被雷劈了？”小青紧张地站起，看出齐霄虽然硬撑，但受伤颇重。

齐霄闷哼一声，调转真气。

小青见状，满面担忧：“你伤得很重吗？这天雷竟是这般厉害？”

齐霄缓缓吐纳，睁开双眼：“我问你，这明心台为何能转移天雷，你当真不知道吗？”

小青跳着脚辩解道：“我若知道，哪能瞒着你，害你受伤！许宣只说能看到九重天，从没提过转移天雷的事！”

齐霄皱眉盘算：“他既知如何开启明心台……难道是故意不提……”

小青恍然大悟道：“小白的天雷之刑落在了你的身上，说明许宣早就知晓其中奥妙，他故意不说，就是想借你的肉身替小白挡一挡！”

齐霄没好气地重重喘了几口粗气，怒骂道：“这个可恶的许宣！我为救他，不知道搭进去多少！他直言于我，难道我会不帮吗？竟要这样算计我？”

小青掩唇偷笑：“想是他怕你贪生怕死？”

齐霄一把将她掀开：“你闪开些好好看着，看我是如何对抗天雷的，回去好讲与他们二人听。”

“刚刚一道已将你劈得脚步不稳了，还要逞强！你放心，我最讲义气了，不会让你一个人受苦的！”小青说着，便挡在他身前，气沉丹田，对天空大喊，“来吧，我不怕你们！”

齐霄赶紧拉住她：“你想干什么？”

小青哈哈一笑，双手叉腰：“当然是替小白挡天雷啦，这英雄好汉总不能让你一个人当了吧！”

齐霄面色变得极为严肃，凌厉训道：“别胡闹，这可是天雷，再纯净霸道不过，你是妖身，哪受得住！”

小青妩媚眼波一荡，自豪地挺胸道：“我活了千年，你不过虚度二十来载，谁受得住谁受不住，不如来比比！”见齐霄不语，只是皱眉看向自己，小青有些不满地问：“你看我干吗？”

齐霄低声唤道：“小青……”

小青全身心准备应对天雷降临，所以只漫不经心问：“干吗？”

“得罪了！”齐霄一只手用力紧扣小青的手，另一只手缓缓拿出定身珠。

小青惊恐万分，想要挣脱他的手：“你想干什么？我可以的！你信我！”

齐霄手中定身珠闪闪发光，他一扬手，将其钉在了小青身上，随后，他将她缓缓放入水中，轻叹道：“你们蛇族最精水性，待上一会儿应当无虞的吧……”

“不要！”小青沉入水底，眼睁睁看着齐霄的面容隔着水波变得模糊起来。她想挣扎，却是无可奈何。

齐霄同样望着她隔着水波的明艳面容，低叹道：“你若有个三长两短，我替白夭夭受的天雷，岂不白受了。”

说罢，齐霄在明心台上打起了坐，全力恢复生息，准备迎接第二道天雷。

九奚山的漫天风雪之中，许宣跪在地上，与青帝对峙着。

“求师父成全！”

青帝缓缓摇头：“我不会容你一再犯错，你休想再做出任何忤逆叛道之事。”

许宣眉目间却是异乎寻常的坚定不移：“徒儿心意已决，就算没有天乩剑，也一样会去。”

青帝疾声斥道：“天乩剑在我脚下，我已将它封印，难道你要与我动手不成？”

许宣薄唇紧抿，神色痛苦，却依旧丝毫不肯退让。

青帝见他模样，上前一步，终究是不忍心，将他扶了起来，只低声问他：“难道你忘了与蛟龙大战前一晚，我是如何训诫你的？”

“徒儿记得，师父说的每一句话，我都不曾忘记。”

许宣的神情一如千年前，青帝的眼中，渐渐现出千年前紫宣的形貌，一时那颗历经万年本来已是水火不侵的心中，竟是百转千回，他只有紫宣这一个徒弟，千年的教养、陪伴，他一向冷静自持，出类拔萃，青帝虽然不及白帝那样好面子，但他也知，紫宣从不让他失望。

可事情，从白夭夭出现，便一切都变了。

青帝闭眸，眉间俱是沉痛之色：“那时的你，元神受损，为师百般相求于天帝，方为你寻来一瓶九重天上的灵泉，只望能修补你元神的裂缝，可你竟然轻而易举地给那蛇妖喝了！”

许宣面上出现了与那时相同的愧疚，却依旧无悔：“徒儿那时只怕若自己遇劫，小白便无人管教，灵泉之水能助她修行，让她能早日修炼成仙。”

青帝缓缓睁开双眼，皱眉直视着许宣，带着一点儿期盼：“你知愧对我的苦心，让我处罚你。可那时我便告诉你，若你真心悔悟，为师对你的唯一要求便是远离那条白蛇。”

许宣知青帝重提此事的深意，却断然拒绝：“徒儿千年前做不到的事，千年后，也一样无法允诺。”

青帝厉声说道："若你当时喝下灵泉，又岂会被锁妖塔逼得走投无路，最终灰飞烟灭！"

许宣神色倔强："徒儿命中本就有此一劫，灰飞烟灭不是任何人的过错。"

"你还敢狡辩，为师处心积虑要替你渡劫，你却偏偏栽在那小白蛇手上。千年前的事，为师可以不追究。可如今，你为何还要执迷不悟？你能拿回仙力，乃是百年难得一遇的机缘。只要把握时机，很快便可回归天界！"

许宣低低一笑，望向青帝的眼中是根本不容置疑的决绝："徒儿心中有一人，牵挂千年，为了她，这九重天的仙君不做也罢。"

青帝被震得后退两步："紫宣，难道你打算继续为了她，违背天条，与九重天作对。"

许宣眼底是一派从容坦荡："除非徒儿再度魂飞魄散，否则只能应劫，或生或死，由天不由我！"

呼呼作响的风雪声中，天边忽又是一道天雷闪过，许宣眼底现出深沉之色："师父听见了吗？道道雷声震耳欲聋，落在她身上，渐渐蚀去她的法力，若是我去得晚了，恐怕连她的性命都保不住。"

青帝斥道："盗取仙草，咎由自取。这天雷之刑对她来说，已是宽恕。"

许宣摇了摇头："师父，你别骗我了，九重天上何曾有过宽恕。在他们眼中，小白只是一条微不足道的蛇妖，一道道天雷应声落下，从一开始，就没有打算为她留下活路。"

青帝苦笑道："你只听见了天雷，又可曾考虑过为师的一片苦心？"

许宣低头，徐声说道："我与白夭夭在人间已结成夫妻，她是我的妻子，世间至亲至爱之人，若袖手旁观，看她受苦，徒儿岂不是成了一个无情无义之徒。她盗仙草，是为了救我性命，所以这天雷之刑，也理应落在我身上才对。"

青帝听得心寒，冷言道："看来为师是阻止不了你了。"

"天地浩大，此心不改。千年前如此，千年后亦然。"许宣手掌拂过冰壁，"今日，我定要取走天乩！"

许宣手上放出阵阵仙力，只见地上金光一闪，青帝脚下的万年玄冰隐隐震动着，缓缓裂开了一道口，透着浅浅的光芒，天乩剑感受到许宣的气息，便开始蠢蠢欲动。

青帝长袖一拂，怒道："紫宣！你当明白，天乩剑是你千年前设下的金之结界。若是你执意取出，三界之中仅剩一处结界能够困住蛟龙。如今你虽是凡骨，可七杀格还在你身上！那是天下苍生，是三界安宁的重任啊！"

许宣神情清淡却又倨傲："师父所言，许宣都明白！徒儿能再世为人，便已想好了，小白要护，三界更要护，那最后的一处结界，我就算再散一次元神，也不会让它破除！"

青帝冷哼一声，手上结出一道冰刃："今日我若不应，难道你要对我动手？"

许宣眉心死锁，急声道："师父，小白已没有多少时间了！"

青帝不言，只是怒目直视许宣，屹立在玄冰之上，毫不退让。

许宣眉心一动，双手结印，那裂出的冰缝深处，竟然涌出一道金光，金光化锁，将青帝困住。

许宣跪地，深深一拜："此锁只留得住师父片刻，徒儿……不孝……"

"你当真太叫我失望了！"青帝二指一挥，仙力直穿许宣心口，许宣当即吐出一口鲜血，顺着玄冰上的裂缝，直直落在天乩剑上，鲜血瞬间沸腾起来，又即刻消失。

地动山摇之间，地面金色法阵流转，天乩剑带着杀伐之气，将寒冰绞得粉碎，一跃而出。

许宣手一挥，天乩便落在他掌上，剑身发出激动的嗡鸣。

许宣面色苍白，勉力说道："以心头血为祭，方可唤醒天乩，徒儿此次实属情非得已！多谢师父成全！"

青帝满面大恸之色，接连后退几步，方稳住身形道："如今三界之中，谁还拦得住你！但你记住，天乩剑既出，金结界既破，将会带给你无法承受的业果！"

"徒儿不悔。"

许宣举着剑朝着青帝深深一跪，转身而去。

2

青帝面色难看地回到房间，一踏入房门，便见到白帝一脸怒容：“你竟然还敢回来？”

青帝低低一叹：“这是我的九奚山，我自然要回来。”

白帝急得在原地打转：“我问你，你为何放手让许宣离开，还了他天乩剑？”

想到许宣，青帝已是满心疲惫：“他不再是紫宣了，如今白夭夭对他而言，重过性命。我教养他数千年，难道要与他兵刃相见吗？”

白帝愣了一瞬，声音稍低：“就算如此，你也不该这样轻易放手，那可是封印蛟龙的结界！”

青帝激动道：“何止如此？七杀命格至阴至寒，天雷则至刚至烈。他若受了天雷，必会遭受反噬，许宣不过凡人之躯，如何受得住？”

白帝愕然：“那你还……”

青帝面上是许久不见的颓然：“我知他性子，他要做的事，无论生死，定会完成。”

白帝也一同忆起了当日紫宣散尽元神之事，不禁一时伤怀。

泄气坐下后，白帝低声道：“可眼下有难的，不仅仅是你的好徒弟……连齐霄也被他牵扯其中。”

青帝摇头：“齐霄修行，正果未成，就算许宣有心，也不可能带着他闯入九重天，何来牵扯一说？”

“哼，那真是你低估了他。难道你忘了，凡间还有一个明心台。”

“什么，难道齐霄他？”

“不错，”白帝面上亦是满满的痛惜和为难，“齐霄受了许宣的点拨，此刻正于明心台受难，已经替白夭夭挡下了两道天雷。”

青帝一震：“就算破军命格不惧天雷，可齐霄的凡胎之躯，万万受不起第三道！”

白帝头痛不已：“所以许宣传讯，让我定要救下他来！”

明心台上，齐霄受过两道天雷，身上已是伤痕累累，衣服犹如浸了一层血，滴落于石上，可他犹自逞强，轻声笑道："咳咳，这天雷的滋味，也不过如此嘛，呵。"

好在天雷一降，湖水巨震，冲掉了小青身上的定身珠。小青一身狼狈地从湖中爬起，直勾勾看着齐霄："说到底你也只是凡人而已，天雷一落，你哪受得了。你让开，我来。我这副妖体，可比你的凡体好太多了。"

齐霄张了张口，却因浑身力竭而吐不出字来。

天空再次传来雷声，小青正想将齐霄推入湖中，他却紧扣住她的手。

"你松手啊！齐霄！再不走，你会死的！"小青拼命甩手，又想伸手去推他，又怕用力太大，触及他身上伤口，两人相持不下时，湖中天雷落下。

小青见状，猛然抱住齐霄，要替他挡下天雷。

忽然一道白色身影落于两人面前，轻轻化解了天雷。

齐霄与小青惊呆，齐齐抬头。

齐霄先吃力地问出声来："你是……昆仑白帝？"

白帝冷声斥道："天道无情，岂容你恣意妄为，妄以凡胎之躯硬接三道天雷，汝命休矣。"

小青好奇地打量着白帝，喃喃问道："白帝？"

白帝冷冷瞥了一眼小青："我自然是为凌……不，齐霄而来。"

齐霄抬眸望着白帝，虽是虚弱，亦是倔强："私盗仙草，白夭夭有罪，齐霄也难辞其咎。这天雷之刑，我本就有份，与旁人无关，还请白帝明察。"

白帝心中又急又怒，在齐霄头上敲了两下："哼，青帝能放纵他的徒弟，我却不能！"

不等齐霄反应，白帝翻手覆上齐霄的额头。

只见齐霄额上涌出清淡的白烟，眼神渐渐转换成凌楚。

"你要对他干什么？快住手！"小青面露惊恐之色，准备上前阻拦。

白帝抬手一挥，小青被重重摔落在岸边。

"齐霄，齐霄！"小青挣扎着想要爬起，却一时只能疾声呼唤。

白帝缓缓收手，对齐霄沉声道："这是你最后一次弥补过错的机会。"

齐霄抬眸，声音亦是一沉："师父。"

白帝将千年前凌楚所用之剑交还给齐霄，齐霄手中拿过剑，剑光冷冽，层层将他包围。

白帝郑重嘱托：“千年仙力，能助你拦下紫宣！”

岸旁小青半爬起身，浑身一抖，险些又是软倒在地，不由满是震惊之色地喃喃：“这究竟是怎么一回事？怎么齐霄的师父成了白帝？”

3

明心台附近，逆云向斩荒恭敬道：“第四个结界已经破除，眼下只剩最后一处。主上，可要传令下去，令大家准备？”

斩荒眼神微凉，倒是轻叹一口气：“白帝亲临，齐霄已取回仙力，凌楚再世，恐怕更不容易对付了。”

逆云皱眉道：“既如此，主上为何还不离开？若叫那白帝发现了……”

“她还没走，”斩荒目光远望明心台，缓缓摇了摇头，“以她的性子，定会为白夭夭挡下天雷。”

逆云闻言便是慌乱不已，跪地请求：“主上！此时可万万不能出手啊！”

斩荒却是置若罔闻地一笑：“逆云，你不知晓，她与二十年前相比，的确变了许多……”一边说着，一边便提步朝着明心台走去，“可是她唯有一点未曾改变，那便是固执。”

斩荒渐远，逆云紧张地握住了双拳。

明心台上已没有人影，湖面恢复了平静，小青呆呆地望着天，神情说不清地复杂。

原来，竟然连齐霄也是九重天上的人。

如今白帝亲自将他带走，那以后还会回来吗？

许宣去了九奚山，小白被困在九重天，如今连齐霄也走了，这凡间又剩下她一人了吗？

“山君，山君！”

“小灰？”

小青找回意识，侧眸看见小灰带着几个小妖，兴高采烈地跑过来。

小灰喜笑颜开地道："总算找到山君了，小的们都在担心你的安危，特意来明心湖探望。咦？怎么不见齐霄少侠？"

小青眸中空洞，摇头道："他走了。"

"走了？"小灰诧异地问，"不是还要救白娘娘，他去了哪里？"

小青苦笑了一下，指了指天空。

众妖捂嘴一惊："上面？"

小灰小心翼翼地问："山君，齐霄他……他归西了？"

小青笑意更深："他回了属于他的地方，他们都走了，这人间也许不会再回来了。"

刚一说完，小青便转身飞上明心台。

小灰诧异地问道："山君，你站在石头上干吗？"

小青菱唇紧抿。

他们都走了，可总有些事是要继续的。

空中，忽然又有雷声轰轰，众妖皆不约而同捂住了耳朵。

小青垂首，看向湖水，微笑道："我要留下，替小白挡下天雷。"

"山君，不可啊！"小灰大惊失色，"天雷落下，你千年修为可就……"

他说话之间，一道天雷已经落下。

只见一道人影跃向石上，将小青紧紧拥在怀中，小青一惊，抬头却见到斩荒邪魅面上难得和煦的笑意："是你！"

一道雷霆从天劈落，直直击中斩荒后背，斩荒将小青搂得更紧。

旁边的众小妖直愣愣地看着，呆了眼神。

第二十四章
千年之战

1

齐霄望着昆仑山上熟悉的一切，不由低叹道：“昆仑山还是当年的昆仑山，我在凡间走了一遭，更觉恍然如梦。”

白帝望着齐霄的神情严厉中带着慈爱与不舍：“你为了救紫宣，不惜触犯天条，借助聚魂灯之力，保住了他的性命。他入凡间历劫磨炼成了许宣；而你也因此受到牵连，化为齐霄，世上妖魔一日不尽，你便一日无法重返天界。”

齐霄神色却依旧是不羁又洒脱：“只要能救紫宣，纵使在凡间经历千难万劫，徒儿也不后悔，我的命，是他救下的。”

白帝长叹道：“你昔日实在太过莽撞冲动，聚魂灯一出，何止是紫宣，连天地浊气万世魔物都被聚集而来，人间注定要经历一场巨大的浩劫。”

齐霄低眸，躬身道：“徒儿知错，必会穷尽一生之力来阻止这场浩劫。”

“既知自己责任重大，如今为何又要以己之身去替那白夭夭挡天雷？你一次次地卷入其中，实在太让为师失望了。”

齐霄一扬唇角：“紫宣为了我牺牲自己，以身祭塔。白夭夭是他唯一在乎动情之人，我这么做，只是想弥补往日的愧疚。至少，能替他保护最心爱的人，也算还了他的情……”

“荒谬！”白帝喝住他，“他与白夭夭的这份孽缘本就不容于天地，是对天界大大的亵渎。”

齐霄不解道：“他已经付出代价，如今的他只是一个名叫许宣的凡人罢了，为何不能与白夭夭相守？”

白帝冷哼一声：“你休要再替他狡辩，许宣丧心病狂，意图忤逆天命，从九重天上救出白夭夭。殊不知自己一错再错，将会牵动更大的浩劫。”

齐霄面现紧张之色，看向白帝：“真有这么严重？”

白帝疾言厉色，言辞间不乏敲打：“只怕到时候你们一个个追悔莫及！”

齐霄沉吟片刻，便又是躬身一揖：“徒儿恳请师父明示。”

白帝摇了摇头，道：“你看这昆仑山，当年因为饕餮之乱，数百年间动荡不息，甚至危害凡间，遗祸至今。今朝你若不能帮许宣避过天劫，将来必会殃及池鱼，到时别说许宣和你，连整个昆仑山也不能幸免。”

“师父口中的天劫，到底是什么？”

“你是破军，他是七杀，三星会聚，天下变革。他今日若身死，七杀命格将从此流落，不知所终，若是这命格落到了妖族或是他族手中，祸福难料。到时三界之中，必会再生风波！眼下唯有拦住他，才能阻止一切发生。”

齐霄抬头，终是明了：“师父的意思是，我应该阻止他救出白夭夭，这样才能防止日后将会发生的浩劫？”

白帝点头。

齐霄也是郑重道：“徒儿明白了，这二十多年徒儿任性妄为，浪费了师父一番苦心，这一次我知道该怎么做。”

白帝松了一口气，欣慰地抚着颌下长须：“去吧。”

眼见齐霄飞身掠向远方，白帝凝眉叹道：“徒儿，千年倏忽而过，这次，为师给你救他的机会。”

雪山之上，一片苍茫，许宣身上已结上雪霜，他抬眸望着前方，天乩剑立于胸前，不住发出微微振动。

“剑动，必是危险重重，看来前路不易。”

许宣将天乩剑拔出，一把插入雪中。天乩剑在剧烈振动中，清冷剑身上微微显露出一丝血红，雪中浮现出道道血色印记指向前方。

许宣神色一惊，叹道：“八阵八劫，前面有人设下屏障，看来是在等我入阵。”

然而环顾四周之后，许宣的神色又复淡然，上前两步，他沉声吟道：“风雪依旧，只怕来者是一位故人。”

雪原之上，冰雪竟川流不息地向前流动着，隐隐竟成八卦之势，齐霄环抱着凌楚之剑，站在八卦之中，闭上眼，笑得凄凉："不出所料，你来得永远比想象中还要快。"

风雪之中，许宣的声音依旧清晰传来："我该叫你齐霄还是凌楚？"

齐霄一睁眼，见到许宣带着浅笑站在眼前，便不由戏谑道："你若是许宣，我便是齐霄！"

两人隔着八卦阵相对着，笑意之中隐藏着更多无奈。

许宣唇角笑意不改，眸中亦是难掩与知己好友相遇的激动，可毕竟眼下，其余的皆是无话可说，只余感慨万千："你终究还是来了，我本以为，你不会来。"

齐霄何尝不是相同感受，千年后再见，本当取最烈的酒来醉饮一番，高谈阔论，可竟然是这样一场以命相搏的兄弟操戈……他定定望着许宣："我可以不来，但为了你，不得不来。"

许宣笑意中掺杂着一丝苦涩："八阵八劫，若我破了这阵，你就算不死也得重伤。"

齐霄一扬浓眉："若非如此，拿什么拦你？"

许宣收了笑容，望着眼前的老友，沉声道："你该知道，纵有千般不舍，万种不愿，今日这阵，我也非破不可。"

齐霄的手抚过剑光凛冽的长剑："我等了你这么久，就是为了今日一战。"

许宣眉间一蹙："看来，你是在逼我出手。"

齐霄不羁一笑："在凡间吃了你不少苦头，不如一次讨回。"

许宣唇边又复扬起真切笑意："你替小白挡下两道天雷，我本该谢你。但眼下看来，这份人情只好先欠下了。"

"那两道天雷就当是我还了你的草药诊金，咱们从此以后两不相欠了。"齐霄坚毅面容上，俱是毫不在乎。

许宣神色复杂，他低声说道："不管是以前，还是现在，你处处帮我，我欠你的太多，岂是一个谢字而已。今日之战虽非我愿，但也避无可避。咱们从前交战，从未分出胜负。倒不如今日全力以赴，定个输赢吧。"

齐霄环顾四周，面色倨傲："八阵依山而设，藏风雪之势，饮地气为源，你想破阵，可没那么容易！"

许宣亦勾出骄傲笑意："那你仔细看着！"

天乱剑一扬，带起片片雪花，大地一阵战栗，半空中雷霆万钧，激起一股焚风，烈火在阵中如火龙缭绕，雪花瞬间成雨，倾盆覆盖。

雪山之上，扬起大片雪尘。

而雪山之巅上白夭夭的牢笼，此时正在剧烈地摇晃着，白夭夭一晃跌倒，吐出一口鲜血来。

天上雷声阵阵，白夭夭身上的妖气几欲散尽，她极力扶着牢笼想要站起身来，掌心被牢笼灼伤。

“啊！”白夭夭再次跌倒。

她只觉自己此时的处境的确已经不能再糟。

灵力散尽，灵珠不稳，她最多只能再撑得住一道天雷。

难道……竟真的要命丧于此了吗……

白夭夭终是勉力站起，眼中却渐渐浮现震惊。

只见半山腰被红色烈焰缠绕，犹如一条巨龙盘旋嘶吼。

白夭夭面露焦灼之色，低声呢喃：“天地异色，地脉震荡，此乃不祥之兆。山下发生了何事，为什么会引起如此巨大的变动……”

2

小青挣脱斩荒的怀抱，质问道：“你到底是谁？”

却见眼前的斩荒失了一贯的悠然，锦袍焦黑，后背还翻起一道深可见骨的伤痕。

小青心下一软，低声再问了一遍，却换了语气：“你为何要这样对我？”

斩荒抬手轻抚上小青的脸庞：“没想到过了这些时日，你还是没想起我。看来，你当初也未曾将我放在心上。”

小青闻言便是一慌：“我……我不认识你，可我也从不欠人家的情。你数次帮我，无论是什么条件，我都会答应你的。”

斩荒摇了摇头，目光痴缠，紧锁住小青面容：“我不要你还我什么，我是来还你的情。”

小青心中一惊：“莫非……你早就迷恋上我了！”

斩荒忍不住轻笑出来，却扯动了背后的伤口。

小妖们忽然指着湖中大喊道：“山君，关押白娘娘的地方，好像发生大事了。”

小青定睛看去，只见湖水沸腾之余，竟染上了一层红。血色弥漫，压根看不清雪山上的景象。

小灰惊道：“啊，山崩地裂，白娘娘还在受刑，这可如何是好？”

小青更是慌得脸色发白：“小白有危险，我必须要去救她！”

斩荒哪里肯让她走，牢牢捉住她的手臂，严厉地说道：“白夭夭所受天雷，哪里是你可承受的！小青，我不许你去！”

“危险又如何，我们姐妹之间，怎能见她受苦我却撒手不管！就算拼了这条命，我也在所不惜。”

“那天雷该怎么办？若无你挡着，恐怕你还没赶到，白夭夭就一命呜呼了！”

小青咬牙说道：“还请你再帮我一次，之后，我一定会全部还你！”

说罢，小青奋力起身，回到岸边，小灰急忙扶住她。

斩荒也是轻盈一跃，离开明心台，再次挡在小青面前，冷声道：“那一道雷，是我不能见你受伤而承受。白夭夭与我非亲非故，我凭什么替她受过？”

小青急道：“你……那你说，要如何才能帮我？”

斩荒随手将小灰捉起一丢，正好丢在明心台上：“你有这么多手下，一妖挡下一道，不正好解决！”

“小灰！”小青惊呼一声，再转过头来怒视斩荒，“你这人到底是好是坏？是敌还是友？”

斩荒望着她隐含怒气的明媚面容，沉声相劝：“小青，你当明白，眼下就算你去了，也救不下白夭夭，那可是天界关押重犯的囚牢，你一介凡间小妖，还未靠近，便会被诛杀在九重天门。”

“就算没有机会，我也要去试一试，”小青咽了咽口水，又回头看了一眼血色湖面，原本那点儿怯意便退得一干二净，“小白生死关头，我一定要去。”

小灰在明心台上，早已吓得魂飞魄散，眼见头顶雷云再次密布，他慌乱大叫：“山……山君……”

小青亦是挣扎与无奈，最终只能郑重道：“小灰，你留在这里，替我继续接引天雷。不管发生什么事，都不许擅自离开。”

小灰双唇止不住地颤抖：“山君，我……我那点儿道行您比谁都清楚，我……我哪能经受得住天雷呀。小的为您出生入死那么多次，咱们这回，还是换个人吧？”

“来不及了，咱们这儿没人，只有妖……你给我顶住，以后这山君的位置迟早轮到你来坐！”小青话音一落，便是转身准备离开。

斩荒双眉凝住，一把抓住小青，隐含着怒意：“若你真想入九重天，我就将方法告诉你，跟我来，没见过比你更固执的妖。”

小灰眼见斩荒带着小青离开，脸色越发灰白，天空传来隐隐雷声，他吓得两腿一软，捂着耳朵蹲在湖心石头上，不住祈求：“老天爷开恩啊，保佑山君和白娘娘平安归来，可千万别再落什么天雷了。”

3

雪山八阵中，许宣同齐霄两人打得难分难解，身上均是血迹斑斑。

许宣手中的天乩剑光芒闪烁，在雪中十分刺目，他望向齐霄，镇定地问：“还不认输？”

齐霄拭去唇边的一丝血，抬眸，沉声说着：“你伤得比我重，就算你刻意掩饰，今日也难逃败局。”

“八阵八劫，暗藏六十四门，而其中的生门只有一道……你觉得我找不到？”

“哼，你这招一千年前能唬凌楚，一千年后却骗不了我齐霄，想套我的话，问出生门的位置，你还嫩得很！”

许宣唇边笑意一勾：“你若不信，就好好看着！”

说完，许宣提剑扫向齐霄，后者立刻迎上。

两人打斗间，许宣变幻身形，佯攻齐霄身后地脉穴眼所在，齐霄忍不住眼神一飘，身体刻意移向生门的位置，许宣与他剑光交接，被他奋力格挡开来。

许宣胸口翻腾，退了两步，却又复露出笑意：“我知道如何破阵了！”

话音一落，他便是一跃而起，带动雪花直直扑向齐霄，自身则乘机冲向生门位置。

齐霄神色一变，喝道：“住手！”

许宣一剑刺向生门位置，空中顿时浮现出一道金光，他眉目间仿佛又是千年前那个潇洒自持的温柔少年：“齐霄，你只知借势布阵，却未识透此处地脉纯阳至刚，与你的阵法相克相左，让我再教你一次，什么叫作因地制宜。”

天乩剑于雪原上画出逆八阵图，顿时，八卦阵图中一条火龙绕着八卦阵盘旋腾飞，火龙所到之处，爆出漫天雪尘。

一阵又一阵地破了，许宣连破七阵，延绵的雪山接连炸出巨大的雪浪。齐霄身上连伤七处要害，吐出鲜血，他倚剑死撑，半跪在地，眼神坚毅：“尚余最后一阵，我说过，除非我死，否则你休想再进半步！”

眼看最后一阵将破，齐霄即将丧生雪海，许宣抓起他，一跃而起，雪暴几乎迷蒙了两人的眼。

天乩剑一道白光挥去，火龙消散，最后一阵被留了下来。

许宣带着齐霄缓缓落下，脚刚一沾地，许宣终于吐出大口鲜血，染红了胸前白衫。

齐霄皱眉长叹：“你甘受反噬，故意留下最后一道阵眼，是担心我？”

此时二人正站在最后一阵上，阵眼散发出一丝微弱的蓝色光晕。

许宣拭尽唇边血沫，沉声道：“最后一阵若破，你便要以身祭阵。”

齐霄苍凉地笑笑：“当年，你为了保我和白夭夭，还不是一样以身祭塔？若今日我的死能让你顿悟，助你渡过天劫，也算还了当年欠你的债。”

“这千年的债，你还是继续欠着吧！我们三个人，到底谁欠了谁，只怕永远算不清！”许宣笑意洒脱，风雪之间，他长身玉立，更显得清冷气质如兰如玉。

齐霄望着他那自如从容的笑，叹息一声：“我输了，你走吧。白夭夭就关在雪山之巅，你沿着前方的通天道一路往前便能找到她。剩下的天雷，你打算亲自替她承担？”

“她这一世的苦和劫，我都要替她受！”许宣笑意不改，眸中的坚毅亦是不变。

齐霄忽地自嘲一笑：“哈哈，当初若我能狠下心，将小白蛇斩杀当场，如今的你我，是否依旧屹立于九奚峰顶，持剑论道，无须经历这么多磨难？”

许宣听罢，竟是神色黯然，眉目间愧疚几转，叹道：“终究是我连累了你……”

风声飒飒，天雷之声，响彻云巅，齐霄眼神一黯，抬眸之间，见到了许宣眼中的痛楚与不舍。

他故作轻松地耸了耸肩：“天雷之苦，痛彻心扉。你想救她，就快走吧，免得我改变主意。”

许宣点了点头，眼底眉间皆是沉静之色：“明知会经历如此多的劫难，未来甚至有更多磨难，但我对她，从未有过一丝后悔。”

齐霄剑起阵破，在许宣与自己擦肩而过时，对他道：“九重天律法森严，救下白夭夭后，你该清楚自己只有一条路可走！”

许宣一跃而起，声音回荡在雪原之中：“自然清楚不过，但，我甘愿承受。”

……

白帝望着冰镜中的画面，脸色越来越难看，怒骂道：“这个凌楚，每回遇上紫宣就坏事，在我面前信誓旦旦，结果，还是让他继续一错再错！”

青帝站在他身旁亦是神色复杂，或许是早明白了一切已是无可挽回，此时他不过是缓缓道：“看来你也管不了自己的徒弟，以后也别指点我如何教导紫宣。”

白帝瞥了青帝一眼，一掌挥向冰镜。

青帝难得地露出慌张神色，急忙收了冰镜：“我借冰镜给你，你倒不客气。这法宝若是碎了，我看你拿什么来赔。”

白帝自是不屑说道：“哼，区区一面冰镜，何足挂齿？我昆仑的镇山之宝，才是真正的上古神器。”

青帝微微一笑：“你那面昆仑镜虽能镇压邪气，却无法窥探天地。否则又何必找我前来？”

白帝故意端着架子：“我懒得跟你争辩这些。当初凌楚若非去了九奚山养伤，也不会无故惹出如此多的事端。哼，说到底，都是你的过失！”

本可说若不是白帝纵容饕餮，凌楚又怎会受伤……但青帝不是好胜之徒，此时亦是不想反驳，长叹一声：“唉，他俩仝拿回了仙力，若回凡间，必有一番动荡。你可有任何对策？”

白帝摇头，一脸无奈，半晌才道：“凡间诸事皆有定数，司命就算知道，也绝不会向我们透露半点儿天机。”

第二十五章

舍命相护

1

送走许宣，齐霄已是力竭，他放纵自己躺在雪原之上，双眼紧闭，身心俱疲，哪怕风雪落了满身，他也无暇去顾。

忽有一双柔嫩的小手颤抖着替他抹去了脸上的雪霜，齐霄睁开眼，只见小青双眼圆睁，正直直望向自己，眼底皆是担忧。

“你还活着？”见他睁开眼睛，小青仿佛松了一口气般跌坐在地，“你不是回去做神仙了吗，为什么会在这里，还一身的伤……”

齐霄顾不得她的问题，只是紧张：“你怎么来了？这地方也是你能闯的？”

小青盯着齐霄的伤痕，眸底俱是心疼，嘴上却强自狡辩：“我自有前来的方法！还有时间数落我，看看你才受了天雷，怎么又弄成这样？究竟是谁敢伤你？”

齐霄听得心中一暖，却兀自摇头：“你休要管我，速速离去，若让别人发现了……”

小青站起身来，拍拍身上的雪，一副理所当然的样子：“我不走，我要救小白，也要将你带回去！”

齐霄讶然，对上小青倔强的眸子，忽然一愣，正色开口：“你……要救白夭夭？”

小青见齐霄忽然变换神情，愣在原地，便是娇俏一笑：“我刚看到许宣上了通天道，他是小白的相公，他去了，自然就不用我了。我要跟着你。”

一边说着，一边捏了捏齐霄的脸，小青戏谑道：“你现在可是有了仙气，不知道咬几口肉下来，我是不是也能得道飞升。”

齐霄翻了一个白眼给她：“哼，整日心中不存正道，果然是妖！”这样嗤笑着，却向她伸出了手。

小青也是灵犀相通般，抓住他的大手，将他自雪原中拉了起来。

齐霄稍稍拂去身上积雪，看着容色明艳的小青，揶揄地扬了唇角：“我看你最近胖了不少，炖碗蛇羹来喝，应该挺滋补的吧。”

小青冲他比了比拳头，怒道：“你别忘了你还住在金山寺中，开口闭口杀生吃肉，难道不怕佛祖怪罪吗？”

齐霄忽而笑了，先是唇角一扬，随后是轻笑出声，仿佛好久都没这样轻松笑过。

小青隔着漫天风雪，望着他唇边的笑意，自己也是心情大好，忍俊不禁，然后娇嗔般轻轻往他肩头敲了一拳。

“呃……”齐霄吃痛，退后两步。

她以为自己伤到了伤痕累累的他，忙又冲上去查看，齐霄一把揽住她肩膀，倚着她道：“走吧。”

“哦……”小青点了点头，脸却不经意地红了，她试探着将手放在齐霄腰上，假装自己亦是体力不支，与他相互搀扶着，往山下行去。

走了几步，她忽然忆及白夭夭，便担心问道：“小白真的没事吗？”

“你那点儿法力，如何与许宣比？别去添乱了。”齐霄说着，就又往小青身上靠了靠。

小青险些站不稳，皱眉念道：“唉，你们金山寺每天的伙食不错嘛，养得你肥肥胖胖的，压死我了。”

“闭嘴！”齐霄轻声呵斥，面带挑衅，“我吃的又不是你家的大米，嫌重，松手就是了。”

小青重重哼了一声，强作对他毫不在意：“要不是看在你替小白挡过天雷的分上，谁要救你下山啊！不过齐霄，你说许宣他……能平安救出小白吗？”

齐霄回头看向远处的雪山之巅，久久不语，脸色却黯然下来。

小青得不到答案，始终心中难安，见他神色黯淡，便更是着急不已：“我问你话，为什么不答。许宣他也是九重天上的人，难道老天爷就不能网开一面，放过小白？”

齐霄苦涩一笑，摇了摇头：“天道无情，他二人前路茫茫，我不敢轻易妄加推测，九重天的律法一向不留情分。”

小青闻言，不免也担心地望向雪山之巅。

2

山顶白雪皑皑，风雪已然平静下来，却是冷肃萧索。

白夭夭白衣上的血新旧交替，闭上眼，气若游丝，风雪已在她身上染上一层霜。

许宣悄无声息地来到，隔着冰笼就这么静静地看着白夭夭，忽然，他伸出手穿过牢笼握住了白夭夭的手。

白夭夭一震，抬眸，对上了冰笼外许宣那沉静又温柔的双眼。

她不由诧异地张大了嘴巴，一个“你”字，连张了几次口，都发不出声音。

倒是许宣先微微一笑，点头道：“是我。”

白夭夭心内慌乱，紧张道：“你怎么会来这里？”

“为夫当然是来接娘子回家。”许宣眉梢眼角，全是对她深深的爱宠与眷恋，他声如和煦春风，哪怕此时身处天下至寒之处，也仿佛能吹开一树桃花。

白夭夭含泪哽咽：“不会的，你明明应该忘了我，你明明应该过着凡人普通的生活，我费尽心力，就是不愿你蹚这潭浑水……”

许宣略带责备地说道：“一道天雷，化去你十年法力，七七四十九道，你已受了大半，一身修为散去半数。你平时贪玩，疏于修行，纵过了千年，法力依旧浅薄，还妄图让我忘记你，真是天真。”

“紫宣……”白夭夭不敢置信地轻声唤出，终于明白许宣拿回了紫宣的法力与记忆，“紫宣……真的是你吗？紫宣，你回来了……”眸中有清澈的泪水夺眶而出，她哭得委屈又放肆，天空中降下暴雨，却在还未落地之时，便化作白雪飘落二人肩头，一时二人宛如转瞬白发。

“对了，你的手……”白夭夭颤抖了一下，本能地想放开他手，怕这寒冰笼伤了他。

“无碍，我本就是至阴至寒的命格……不惧这冰笼。”许宣反手更紧地抓住了她。

白夭夭怔怔然贴面其上，任泪水温柔地淌在他的掌心：“我好想你。”

许宣温柔地注视着她，宛如千年前，轻声说道：“你嫁给了许宣，身为紫宣满心妒火。”

白夭夭睁眸，慌乱地擦去眼泪，郑重其事地看向他：“你们现在是同一个人，根本没有区别。”

“不，”许宣缓慢而坚决地摇头，“他能坦然说出爱你，而紫宣只敢将这份感情藏在心中，直到最后都没能说出，让你在天地间度过了千年孤寂的时光。”

白夭夭望着他，眼中再次慢慢溢出泪水，唇边却带着笑意：“我找你找得很辛苦，再也不愿经历这千年来没有你的时光。以后每一次你都要先找到我，无论经历何种境遇，无论是在九重天上，还是在凡间，你都要先爱上我。不许再丢下我一人独活！”

许宣微微一笑，语带揶揄：“你的要求越来越多了，看来是我把你宠坏了。刚刚还不愿我想起你，学会口是心非了？”

白夭夭笑着，任眼泪缓缓落下，滴在满是血迹的白衣上，明明该是狼狈不堪，她却觉此时的自己，怕是三界最幸福的人了。

许宣握住白夭夭的手，带着宠溺神色：“这牢笼乃是万年寒冰打造，酷寒无比，你伤得不轻，我带你离开这里。”

白夭夭想将手抽回，摇头道：“我不能走，天规森严，雷刑尚未结束，这一次，你不能再忤逆……”

她尚未说完，天乩剑便已划过她同许宣的掌心，血滴落于冰笼中，瞬间，冰笼崩塌，许宣一把将白夭夭拉入怀中，紧紧搂着白夭夭，像是呵护一件极其重要的宝贝。

“许宣！”

许宣抚着她的秀发，心疼道：“小白长大了，居然能一个人吃这么多苦，以前可不是这样的。”

白夭夭心口酸疼，眸间亦是泪光闪烁，却强作无事，淡然道：“我没事的，这些苦跟没有你的日子比起来，根本不值一提。”

许宣终于敢在恢复了紫宣的记忆后，轻声问出心头的困惑：“这千年你一个人到底是怎么过的？”

白夭夭却是不愿再提，只轻松笑着说：“以后不会再有这样的日子了，我们会有很多时间相守相依。我会带你去我曾经走过的地方，看一看我看过的风景，我们二人再也不分开。”

许宣笑意越发温柔，纵是十里春风、四月晴天，亦俱是自愧弗如：“好，这可是你答应我的。可不能反悔。”

“我几时骗……”

许宣低头，深深地吻住白夭夭。

两人头顶上的层层乌云之中，又是雷光隐现，可白夭夭已全然无惧，满心满眼，皆是对许宣穿越千年的重重思念。

而许宣离开白夭夭，猝不及防，剑光一动。

在白夭夭讶异之间，两人脚下升起一道金光结界，将她逼得退了两步，这两步，已和许宣咫尺天涯。

白夭夭神色慌乱，想要破开结界，只是头顶上一道雷光已至，直劈向了许宣，白夭夭凄厉唤出：“不！许宣……你是凡骨，你受不住的！”

结界之内，白光散去，一只手掌贴上白夭夭的手，两人相距极近，近到她能听见许宣凡骨细碎的碎裂之声，只觉方才这道天雷，劈中的应是她的心口，不然为何只有那处疼得如此恐怖……

他靠在结界上，面色苍白，奄奄一息，唇边却是和煦温暖的笑意：“你是我娘子，这一生一世，我总要护你周全。”

白夭夭疯狂地击打着结界，可结界丝毫没有反应，她不由得哭道：“许宣，你给我听着，我好不容易，才将你找回来！绝不能再失去你！”

许宣淡淡一笑，低眸轻叹：“傻小白，你从未丢失过我，这一千年，我都在等着你。”

白夭夭泪如雨下，跪在地上：“许宣，求你，不要再留下我一个人。”

许宣想要扯出一个笑来，天顶的雷光又一次聚集。

白夭夭反复敲打结界，声音已全然嘶哑：“让我进去！求你了，许宣……若你再身死，我要到哪里去寻你？”

许宣神色巨恸，却极轻柔地道：“别寻我了……好好过下去。”

“不！许宣，我要你活着出来，无论神魂俱裂还是伤及心脉，我都要你活着出来。答应我……答应我……”

在她凄凉的哭声中，雷光再次降临，许宣这次，已是全身上下几乎找不出一点儿没有染血的干净地方。

“凡人之身，不过能挡两道，第三道必死无疑……”白夭夭的呼唤已经变成了嘶吼，“许宣！出来啊！”

天雷再度隐隐作响，白夭夭敲打着结界的手，已然隐隐渗血。

她紧盯着阖上双眸、置若罔闻的许宣，一道天雷再度降下，雷光炸裂，结界一晃，消失了痕迹。

一般设结界者身死，结界便会自然告破。

白夭夭不敢上前察看许宣的情况，只是突然地流泪，胸口已经痛到麻木，她也几乎站不起来。

而雷影渐渐消散，她却见到青帝直立当中，臂膀中扶着昏迷的许宣。

原来在她忍不住闭眸的瞬间，青帝已极速赶来，护下了许宣。

“青帝……”

青帝对她并未给好脸色，却将许宣往她手中一递：“尚有一口气息在，还不将他带回去。”

白夭夭找回意识，急忙冲向许宣。

3

小青跟着齐霄上了昆仑山，齐霄经过一日休养，已然恢复些许体力，便在前面当先走着，小青在后面好奇地东张西望，觉得道旁的花草有些特别，便一边努力嗅了嗅，一边准备伸手去碰，唉声叹气地道：“也不知小白他们如何了……半天都没有来找我……”

齐霄听到此问，回头看向她，这一看去，便不禁又是一个白眼：“我要是你就不会碰那朵花。”

“为什么？你不让我碰，我偏要碰。”小青作势便要伸手。

“那是我师父种的食妖花，专以妖魔为食，”齐霄一本正经地望着昆仑的蓝天，道，“你再近一步那只手可就保不住了。”

小青吓了一跳，急忙缩手，跑到齐霄边上，将手抱得紧紧的：“你们昆仑山上就不能种点儿其他东西，为何要针对我们这些小妖怪？”

齐霄觑她一眼，没好气地道：“昆仑山本就是仙境，容不得邪魔外道入内。如果不是因为你非要跟着来凑热闹，我早就办完正事了。”

小青不屑地鼓了鼓眼睛，转动着手腕道：“有什么了不起的？等我以后修炼成功，也要做神仙。到时候什么昆仑山、九奚山的我才不屑一顾呢！”

齐霄忍不住调笑道：“你这种大逆不道的狂妄之言，最好别让我师父听到，否则啊……”真是说曹操，曹操到。齐霄刚提到白帝，便感觉到一股仙气飘然而至，他忙紧张地推开小青，换上正经神色：“快躲起来，我师父来了！”

小青吓得急忙冲到树木后面缩起身。

齐霄一转身，只见白帝不知何时，早就面色严肃地站在自己身后。

他心里暗道要糟，面上却是淡定自若，恭敬唤了声：“师父。”然后便低头等待白帝的责罚，“徒儿有罪，未曾拦下许宣，害得青帝要遭受刑罚。”

白帝怒斥道：“你还知道自己犯了什么错！若不是你，青帝以天帝之尊，哪用插手天罚？眼下他被判沉于弱水之中，十年才有归期！”

齐霄不免一惊：“青帝乃上古五帝之一，这判罚未免太过严苛。”

白帝却是叹息摇头：“三界风云或许因此混乱，这罚再重，也重不过苍生万物将会遭受的罹难啊。”

齐霄闻言，深深一拜，郑重道：“师父，我知错了！”

白帝面色稍缓：“既知道错了，就给我专心留在昆仑好生修行。从此，与许宣白夭夭之流划清界限！”

齐霄却是抬头，坚定道：“我既为齐霄，身为凡人，理应回人间继续磨炼，为自己过去犯下的错误赎罪。今天前来，其实就是想向师父辞行。”

“还想着回人间去？”白帝哀叹不已，“齐霄，千年了，你犯下的错，为师一一替你挡下，莫不是你也要落得与许宣一般，才知道回头？”

“师父！徒儿想替许宣与白夭夭求情，希望师父网开一面，能在九重天上为他们说一句公道话。还有青帝，不过一片爱徒之心，与师父护我哪有分别……”

白帝脸色一沉：“你还知道我是你师父？你一开口就替旁人求情！”

齐霄忍住笑意，恭声道：“师父与青帝少时相识，就如同我与许宣。想来徒儿的心，师父是懂的。”

白帝竟是无从反驳，轻哼一声，斥道：“哼！巧舌如簧！”

齐霄见他面色稍缓，知他是念及青帝，必会为青帝开口，便是安心不少。

白帝却忽然瞥向道旁树木，冷声责问：“你如今胆子越发大了，背着我私自将青蛇带入昆仑，难道也想学那许宣一样不成？”

齐霄笑了一笑："师父不必担心。徒儿在人间修行，起初以除妖为己任，总认为妖就是万恶之源；可后来，我也认识了许多为善的妖族，他们为了帮助我，甚至不惜牺牲自己。徒儿终于明白，万物皆有灵，无所谓贵贱。"

白帝半眯双眸，冷冷一哼："你这番悟道又与私自携青蛇入昆仑有何关系？"休想用大道理迷惑他，他毕竟是有几万年智慧积累的神。

小青旁观到此，心觉该是她出场相助的时候了，便一下子跳将到白帝面前。

白帝竟被她惊得退了几步，小青恍若不知，故意一脸崇拜地望着白帝。

白帝被看得颇不自在，不由得连咳几声："咳咳咳，放肆！仙姿庄严，岂容你这小妖随意打量。还不速速离去！"

小青一脸谄媚地抱拳说道："启禀白帝，小妖早就听闻九重天上有诸仙五帝，其中白帝法力最为高强，而且慈悲为怀，救苦救难。所以才不惜三跪九叩，特意上昆仑来，就为了看一眼白帝你的圣容。"

听了这一席话，白帝内心早已高度膨胀，但还要强装高冷，轻哼一声："嗯，还算你有点儿见识。"

小青继续说道："见白帝一面，能抵百年修行，看来一点儿都不假。你果真与其他神仙不一样，特别是九奚山青帝，刻薄孤傲，一点儿都不知道体恤凡间疾苦。"

在她这一连串的褒扬之中，白帝神色越发缓和，抚着颌下长须道："本帝一向慈爱众生。青帝他嘛，在这一点上，有时确实稍逊一筹。"

齐霄望着小青微微一笑，二人目光相接之间，早已识破对方所想。

齐霄率先趁热打铁："师父慈悲为怀，美名早就传遍人间，小青，对不对？"

小青忍住笑意，只露面上的崇敬之色："那是当然，白帝对众生慈爱平等，还请白帝替小白求情才是。"

白帝一时没转过弯来，还在微笑点头："那自然是……"话说一半，白帝便已恍然大悟，瞪大双眼，正见小青与齐霄一脸坏笑地看着自己。

"你，你们两个！居然敢……"联手侮辱他几万年的智慧积累！

齐霄深深一拜："师父，您可是昆仑上仙啊，出口成金，绝无戏言！"

白帝不答，转身拂袖而去。

第二十六章 重回九奚

1

九重天的弱水，其实便是在九奚山的一处山洞之内。

弱水至黑，能腐万物，之上不可浮物，因而，青帝所受之刑，必须要无时无刻不全神贯注动用仙法令自己悬于水面，稍有不慎，便会受腐伤之痛。

十年之久，的确太重。

许宣得闻此事，便与白夭夭并肩跪在了山洞门口的皑皑白雪之中，二人内心全然为愧疚充斥，任大雪落满浑身，也是绝不妄动。

跪了不知许久，许宣终于有些支撑不住，晃了一下，白夭夭赶紧将他扶住，低声劝道："相公……你伤还未愈，不如先歇息片刻。"

许宣脸色苍白胜雪，却是摇了摇头："师父护我生死，我怎能见他受罚却安之若素？小白，师父在里面一日，我便在外面守一日。"

白夭夭观他虚弱模样，虽是心疼，却亦知他内心负疚，青帝待他不薄，他却为了自己一再辜负他最敬重的恩师……想到此，白夭夭心头酸涩，但也满满当当的……因此点头道："此事因我而起，无论如何，我都陪着你。"

许宣紧紧握住她的手，其实白夭夭的模样，又何尝好过他了？他既是感动，亦是疼惜："娘子的伤势只怕比我更重。"

白夭夭强自浮出一个宽慰的微笑，还未说话，山洞之中，忽传来一声幽幽的叹息："进来吧。"

白夭夭大喜，赶紧起身，扶起许宣，与他一同向洞中行去。一番拉扯之下，许宣伤口又复撕裂，鲜血再度浸湿身上衣服，血缓缓滴落地面，随着二人相依行进，在脚印处开出一朵又一朵猩红的血花。

青帝此时却沉声道：“我只见白夭夭。”

二人对视一眼，皆是不解。

许宣有些担忧，紧紧握住了白夭夭的手。白夭夭却缓缓摇了摇头，压低声音道：“他是你师父，不会伤害我的。”

许宣依旧忧心忡忡，白夭夭却微笑着一点点将自己的手抽了出来，缓缓步入山洞之中，只见青帝正略显狼狈之色地悬于弱水之上，却是依旧不怒自威，白夭夭心头一紧，赶紧深深拜下，道：“此事因我而起，我愿意代青帝受过。”

青帝神色平静地注视着她，徐声道：“许宣视你重过性命，我如何敢罚你？”

“相公他……他……”白夭夭一时竟不知该如何解释。

青帝却摇了摇头：“你不必多言，九奚山开山万年来，唯有他一名传人。他是我一手教养出来的，若真是薄情寡义之辈，我也会失望至极。可是，白夭夭，你知道我为何要见你？”

贝齿缓缓刮过苍白的嘴唇，白夭夭迟疑着道：“青帝莫不是想要我离开相公？”

“非也。”

听到青帝之语，白夭夭大为不解，抬头望向他，只见他面色沉沉，叹道：“你可知他身上的七杀格，正被天雷克制，他勉力受了雷刑，以他凡人之身，寿数不过旦夕？”

白夭夭大惊失色。

待白夭夭自山洞出来，已是掩去了一切情绪，对上许宣满是关切的目光，她微微一笑，再度陪他跪在一起。

许宣想要问她，她却先是开口道：“青帝没有为难我，你放心。他只是有些叹惋我俩凄苦的命运罢了。”

“哦？”许宣自然是不信的，却还要看着她强撑笑颜胡说八道。

“真的！他说，”白夭夭望向他的眸子，模仿青帝干涩的语气道，“若他生来，未具命格，若你此生，不入妖道。你们，倒是一对天成佳偶。”

许宣轻轻一笑，不再追问，将脸色青白的她揽向自己肩头：“睡会儿吧。”

白夭夭轻轻点了点头，终是抵抗不过，昏昏沉沉地睡了过去。

这一睡，便不知是多少时辰，醒来之时，已在许宣怀里，身上搭着他的外衣。他依旧跪着，看向自己的眼神中全是怜惜。

白夭夭迷迷糊糊地摇头："我没事的。"

许宣理了理她额头的乱发："你好好睡一觉，别说话了。"

白夭夭虚弱地摇头，从他外衣下向他伸出手来，似是还想再说些什么，许宣心痛地握住她的手，低声哄道："再睡一会儿，等你醒了，一切就都结束了。白帝亲向天帝为师父和我们求情。师父他老人家很快便可以离开弱水。"

白夭夭心中稍安，又复昏昏睡去。

许宣自己则是早就麻木了，凡人之躯，在雪地上跪得如此之久，又是重伤之后，纵是他拿回了深厚修为，也是早就体力透支。

可是他必须要撑下去，为了师父，也为了此时怀中的重量。

许宣手指轻抚过白夭夭的脸颊，或许因为疼痛，她睡得并不十分安稳，如鸦翼般的睫毛轻轻颤动着，在苍白的脸上投下微晃的影子。樱桃小口此时颜色亦不是十分好看，上面甚至有干裂的伤口。她如今形容憔悴，哪里有在九奚山上初初幻化成人时的珠圆玉润。可这一切，不过都是为了他。

这一千年，她为了他，受尽磨难，孤苦伶仃……跪在这里的这段时间，有时许宣亦会想，是不是若当初，他一切都不点破，顺利升仙闭关，与她千年不见，她会不会已经忘了他，在骊山安心修行，或者在人世间如同小青一般当个无忧无虑的小妖。

可一切都是无法回头，或许最初的确是他的错，他太贪恋与她相处的快乐，却同时不愿相负苍生，才会一步步铸成如此大错。

他不愿去想若是离开她，她会不会过得更好些，他只知，不管未来还有多少艰难险阻，不管最终是不是一个好的结果，他都会如此时一样，将她紧紧护在怀里，只争朝夕地陪伴着她。他要为她遮风挡雨，护她一世安宁。他要为她，为他们，去挣得一个不安天命的团圆结局。

又不知过了多久，许宣抬头，见到青帝走出山洞。

许宣面现喜色，青帝则是无奈又怜惜地看着他："你日日跪在这里，身体如何受得住？"

许宣满是愧疚地说道："我害师父受此等责罚，不敢轻易离去。"

青帝却是摇了摇头："只怕你留下，不光是为了等我。"

"徒儿想留在九奚山上赎罪，求师父原谅。"

“只此而已？”

许宣低眸，看向怀中依旧昏睡着的白夭夭，缓缓道：“徒儿不敢欺瞒，有一事想恳请师父成全。小白因我身负天雷之伤，妖体受损，还请师父网开一面，让她在九奚山上疗伤，休养根源。”

青帝看着许宣，满脸疲惫：“若我不允呢？”

许宣亦是毫无怨言：“徒儿绝不勉强师父，我将娘子送回凡间，再回九奚山上，任师父责罚。”说完，许宣朝着青帝一磕头，抱起白夭夭往风雪中走去。

青帝看着他坚毅的背影，痛声问：“为何如此执着？”

许宣并未回头，仍一步步艰难地朝前走着，只声音清越地传来：“自始至终，徒儿从未改变过，错的是我，她何必替我承担？”

青帝重重叹了一口气：“你既已回九奚山，又叫我一声师父。我怎能不顾及师徒之情？”

许宣停住脚步，回头与青帝相望，薄唇死抿，沉声道：“多谢师父。”他终究是一而再再而三地让师父为难了。

2

仙鹤得知他们留在了九奚山休养，也是又惊又喜，心中安稳，特地携了能助白夭夭恢复的药草送来。

她见到许宣从房内走出的一霎，不由感慨万千：“见到你在此，仿佛这千年的时光，毫无改变，九奚山上的一切就好像回到了过去。”

许宣重逢故人，亦是笑叹：“白驹过隙，眨眼之间，有些东西一直未变。”他伸手接过仙鹤手中的药草，又是诚恳道谢：“多谢你向百草仙君求情，小白才罪不至死。请转告仙君，日后若有机会，我定会前往蓬莱仙山，亲自向他请罪。”

“百草仙君没有继续追究，可不止我的面子。”

“听说骊山老母也为她出面求情。”

仙鹤却是高深一笑：“仙君惜花木如命，对仙草更是视如己出。若不是因他与你早有仙缘，看在你的面子上，才轻放了小白，否则以他的个性，绝不会对小白网开一面。”

许宣闻言，难掩诧异："可我与百草仙君并不相识。"

"其中的机缘巧合，日后你便会明白，"仙鹤不再多言，转而说道，"这些药草可助小白早日恢复，我特意采来赠予你们。"

许宣精通药理，当然知道这些都是珍贵的对症之药，便是再次道谢："多谢美意。"

仙鹤眼神切切地看向难掩喜色的许宣，感慨道："早知道如此，我就该学小白那样，不悔不怨，一直等下去。她守着千年痴恋终于可以开花结果。要知道，千年前，先守在你身边的人，可是我，那时候，我对紫宣又何尝……"

"说到千年前的事，我倒有一事要请教，"许宣微微一笑，打断了她的话，故意岔开话题，"师父虽然恩准小白留在九奚山调养，但他此刻还在气头上，我该如何才能让他原谅？"

仙鹤心中一苦，他这话题转得太是低劣，不过也好，她早已将最初的情愫放下，眼下借他一问，也可对他稍作提点，只望他未来同小白二人可以顺遂无忧。这样想着，仙鹤唇角是略带责怪的浅笑："你这就是明知故问了。这千年来，青帝明里不说，可暗地里对你却是用心良苦，从未有过一句怨言。你去了凡间，青帝时刻牵挂，冰镜从不离身，生怕你有半点儿不测。你以为你入药师宫是机缘巧合，这可是青帝暗中的安排，为了此事险些与司命大动干戈，青帝对你的维护之心，天地可鉴，而你更应该比任何人都要清楚明白才对。"

许宣点头，神色也是有些黯然："是我伤了师父的心。""所以啊，之后也多顾着点儿他老人家，就别再伤他的心了，你与小白，好自为之吧。"仙鹤说完，便转身离去。

许宣心情则更为沉重，或许在这世上，他最对不起的便是这厚重师恩。

3

几日过去，白夭夭终是渐渐好转，她睁开眼睛，看到许宣正守在身旁读书，露出大大的笑容，便想要起身。

许宣不紧不慢地搁下手里的书，看着她："刚刚服了药，还是安安静静躺着，对身体有好处。"

白夭夭眼波也终是再度灵动起来，她看向四周，有些惊喜地道："这里是九奚山？是你的房间。"

许宣故意淡淡地问："不喜欢？"

白夭夭急忙摇头，笑着撑起一半身体，却惊呼一声："啊，好疼。"

许宣赶紧上前将她拥在怀里，低声训道："这毛手毛脚、喜欢乱动的毛病，看来不管花多少时间都改不了。"

白夭夭甜甜一笑，依偎在他怀中，柔声道："我还记得，那时我每天都会替你研墨，而你则会手把手地教我识字念书……我们在这间屋子里，一待就是一整天，那感觉太熟悉了，一切仿佛都还是昨日之事。"

许宣狭长的眸中也现出回忆与怀念之色，他清浅一笑，揶揄道："当初想要让你好好念书练字，可不是件容易的事。"

白夭夭有些羞涩地做了个鬼脸："那时的我，不懂珍惜，现在回忆起来，那却是我一生最幸福的时光。"

许宣似笑非笑地摇了摇头："我怎么记得，曾有人为了逃避背书，不惜变回小白蛇，偷偷躲进山洞里，最后因为肚子太饿，又哭着跑了回来。"

"当时觉得读书苦，后来我才发现做人更苦，"白夭夭面容愁苦地瘪了瘪嘴，"只怪自己那时太年轻，还不懂事，竟没能好好把握那段日子，与你共度人生。"

许宣笑着点了点她的额头："亡羊补牢，犹未晚矣。"

白夭夭杏眸里皆是星星点点的笑意与幸福，她忍痛爬起身来，兴奋地看着许宣道："我现在忽然想出门，再看看九奚山，好不好？"

许宣却是摇了摇头："急什么，九奚山又不会跑。先将伤养好，你我今后有的是大把时光在一起共赏山河。"

白夭夭却是不依，她噘着嘴，拼命摇头道："不行不行，一刻都不能再等了。我想了千年，等了千年，终于能和你重回九奚山，咱们立刻出发，将九奚山逛个遍。"

许宣无奈却又纵容，眸中温柔似海，将白夭夭密密包裹其中。他紧紧搂住她，低声道："好，都依你。"

白夭夭极力露出甜美的笑容，紧紧回抱住许宣，只在他肩头，他看不到的地方，才闭着眼睛露出了一丝恸色。

第二十七章 风波未平

1

白夭夭带着许宣去的第一个地方是温泉。

温泉池与千年前相比一点儿变化都没有，池水上热气蒸腾，池壁的巨石依旧黝黑光滑，也依旧是唯有这儿的四周，才隐有春色。白夭夭的手自巨石上慢慢抚过：“我就是在这儿幻化成人的……”再转过头来，指着温泉池子对许宣微微一笑，“你还记不记得那天，你也在这池里？”

念及此事，许宣有些头痛地扶额：“怎会不记得，水中忽然钻出你这么个冒冒失失的蛇妖，我差点儿当场斩了你。”

白夭夭笑靥如花：“好在你后来一眼就认出了我。我还记得，那天我一路跟着你，见你入水，便也偷偷潜入温泉中，结果不知怎么的，脑袋一蒙，再出水时就已化作了人形。”

许宣闻言一笑：“这么说，你是急着见我，才学会了变化。”

白夭夭点头，脑海中充满甜蜜又温暖的回忆：“那时候，我做梦都在想，要变成跟你一样的人，要用两条腿走路，要说出悦耳好听的声音，还有手，修长白皙，弹琴的样子特别好看……”

许宣双眸一眯，戏谑地问道：“你该不会就是在温泉这儿，对我一见钟情的吧？”

白夭夭脸一红，螓首微垂，摇了摇头。

许宣追问：“不对？”

白夭夭目光本欲含羞露怯地躲闪开来，最后却是抬眸，直直看向许宣，低声道："其实还是条小白蛇时，就喜欢上你了。"还是条小白蛇的她，便已经想要永生永世陪在眼前这个温润如玉的男子身旁，一刻都不要与他分离。

许宣笑了，连丹凤眼中也俱是笑意如星，他伸手刮了刮白夭夭的鼻尖："我在凡间的时候，不是教过你，做人要学着衿持点儿才对。"

好吧，她收回"温润如玉"四个字……至少目前，他的温柔都是完美的外表带来的假象。

真是怪了，白夭夭心里嘀咕着，凑上前望着许宣："你拿回了记忆和法力，可个性怎么回不来了，说话不留口德。"

许宣挑眉一笑："紫宣性格温稳，有时却太显迂腐古板。对付你，还是许宣好些。"

白夭夭咬了咬牙，趁许宣不备，偷偷捧起地上的花瓣泼向他，哪知许宣早看穿她的心思，两指一掐，用法术将花瓣挡了回去，倒弄了她一身落红。

"啊！"

白夭夭呆在原地。

而许宣看着她原地傻掉的可爱模样，忍不住笑出了声。

两人第二个同去的地方，是九奚山的梅林。

九奚山四季寒冷，梅花亦是区分品种全年不间断地盛开，白夭夭走到一株红梅下，伸手轻抚花上白雪，怅然若失地道："你走了之后，我才发现，自己竟从没替你留下一张画像。我分明每次都磨好墨，拿着笔，乖乖坐在这梅花树下看着你，为什么连一张都没画好呢……莫非，是因为我担心自己画不出你的神韵，才不敢下笔？"

"非也非也，"许宣从身后环住她，轻声在她耳边道，"是因为你每次盯着我看，总会忘了下笔，最后只能一无所获。"

白夭夭不解地皱起小脸："可你不是也替我画过像？为何你就不会如此……"

许宣唇边笑意如春风拂过碧波，掀开细微涟漪："因为我定力比你高。"

白夭夭了然地点了点头。

"何况……"许宣将她转过来面对着自己，清风般的笑意忽然就变得有些邪恶，"你姿色普通，若论容貌着实还不若我好看。"

白夭夭气鼓鼓地嘟起嘴来，瞪着圆溜溜的大眼睛盯着他，他说的或许……

就算是真的吧，但哪有这样直白的道理？

而她这生闷气腹诽的样子落在许宣眼中，实在是有些可爱。经过这些日子的调理，她苍白的脸上终于恢复了一点儿血色，再加上此时心中的小小不平，便更是粉腮红润，面如霞光。许宣忍不住低头，轻啄了一下白夭夭的脸庞，柔声问她："还气吗？"

还气什么？身子都酥了好吗？

白夭夭拉过他的手，继续往前走去，还刻意地用力甩了一甩，惹得许宣笑意更盛。

慢慢地，两人就走到了初识的湖畔巨石阵。

白夭夭开心地看着四周，娇俏笑道："这可是我们当初相见的地方，苍茫白雪中，我们相遇，定是老天注定的缘分。"

许宣开口，依旧不忘损她："我记得你当时饥肠辘辘，是为了找一口食才来到此处。如此看来，你那贪吃的性子，才是咱们缘分的开始。"

"哦……原来如此，那我必须继续保持这个习惯，这样咱们的缘分才一辈子都不会断，"白夭夭同许宣相视一笑，又上前几步，感叹道，"当初我想逃出九奚山，同样也是在这里被齐霄给拦了。他当时一剑刺过来，我差点儿一命呜呼，想来真是狼狈。不过现在我可不会再怕他了……"

话音还未落，突然间，便有一剑直指白夭夭的胸口。

白夭夭惊诧抬头，就见到了齐霄与小青。

小青激动唤道："小白！"

白夭夭也是眉目上扬，欣喜地问："是你们？"

齐霄则剑眉一扬，调侃道："如果当初取了你的蛇心，许宣早该渡劫成仙了。哪轮到你在这儿感怀身世？"

许宣上前揽过白夭夭，冷冷看着他道："你再欺负我家娘子，我可要百倍千倍地讨回了。"

齐霄闻言极为不爽，愤愤不平地收剑，怒骂许宣没良心："半点儿玩笑都开不得了，咱们认识多少年了，你就完全不顾朋友兄弟之情？"

许宣淡淡地侧眸，理所应当地道："不顾。"

白夭夭闻言忍俊不禁，小青也是笑着上前抱住她道："还是咱们姐妹情深，哪像他们，见了面就吵。"

白夭夭也挽住小青的手，感念万分地道："这回多亏了你们替我求情，天雷之刑刻骨刺心，你们替我挡下天雷，这份情我永远不会忘记。”

齐霄故作得意地一扬头：“哼，你知道就好，要不是为了眼前这个没良心的，我可不会管你。”

许宣依旧眉目疏淡，对齐霄的讽刺全然不放在心上。

白夭夭笑看了许宣一眼，再拉住小青往前走：“走，我泡九奚山的寒冰雪芽给你们喝。”

“好啊好啊！那茶喝了会升仙吗？”小青整个人都黏在了白夭夭身上。

白夭夭还没回答，小青就被许宣从她身上给摘了下来，他冷冷道：“她不会泡茶，你别赖着我家娘子。”

小青被远远地挤开，眼看着许宣揽着白夭夭上前，便愤懑地连“喂”几声，白夭夭笑着回头向她招手，她跺了跺脚，噘嘴道：“许宣，你连我的醋都吃。”

齐霄揉了揉她后脑勺儿：“我们别跟那个没良心的一般见识，走吧。”

两人并肩追了上去，一路走到了许宣的书房。

许宣烧了水，泡了寒冰雪芽给众人，小青喝了一口，烫得她直呼舌头痛，随后起身在书房走来走去，时不时地深吸一口气。

齐霄目光一直随着她东来西去，终于忍不住嫌弃道：“你一直走个不停真是碍眼得很，坐不住就出去好了。”

“关你什么事！我在吸收仙气，”小青瞪他一眼，又深深呼吸一下，现出一脸浑身通泰的满足，“啊……这就是成仙之后的生活。”

白夭夭掩唇偷笑不已，忙招呼小青：“过来，茶水温了，可以喝了。”

小青乖乖坐回白夭夭身旁，拿起茶水，忍不住又看向许宣，然后碰一下白夭夭：“小白，你有没有觉得许宣现在浑身笼罩着耀眼的仙气，不知道是不是在九奚山的关系，以前在凡间的时候，分明一点儿都感受不到，你还记不记得，他在药师宫当宫上的时候，架子有多大，说话尖酸刻薄……”

话还没说完，嘴却被一大个核桃堵住，许宣冷冷望着她道：“尝尝吧！蛇应该都喜欢吃这个。九奚山的特产，多吃点儿，说不定能早日成仙。”

小青差点儿没硌了牙齿，忙“哎呀”一声吐出来，一脸怒意地斜视着许宣。

齐霄先笑了一阵，又搁下茶问许宣道：“你们今后打算长住九奚山？”

许宣望向白夭夭，再缓缓摇了摇头：“九奚山容不下娘子，师父也绝不会接受我俩的婚事。等她伤势痊愈，我们便离开此地。”

小青将茶一饮而尽，又很自觉地为自己再添上一杯，边放在鼻尖嗅着，边问：“离开九奚山后，你们想去什么地方？”

“你忘了咱们在凡间还有一个家吗？”白夭夭笑得一脸幸福和恬淡。

“对对对，”小青再将手中茶饮尽后，拍手笑道，“咱们回去之后逍遥自在，无拘无束的，比当神仙开心多了。”

许宣同白夭夭相视而笑，齐霄见二人幸福模样，却露出犹豫与不忍的神色。

他这神情落入了许宣眼中，许宣稍稍皱了皱眉，却是什么都没问。

2

齐霄同许宣一同去跟青帝拜别，青帝神情冰冷，显是仍然心情不佳。

齐霄恭敬一拜，直言道自己凡间试炼尚未结束，不日便要返回金山寺继续修行。

青帝颔首，看向许宣，淡淡问道：“那你有何打算？”

许宣亦是一揖：“小白的伤势已大有好转，徒儿明白，是因为师父对弟子宽容大度，才愿意勉强留她在九奚山养伤。今天前来，也是为了道别一事。我凡间修炼未成，留在九奚山是师父之恩，可我不能继续连累师父，未完的修炼，徒儿定然完成。”

青帝神色有些黯然，抚着颌下胡须长长一叹：“师徒一场，师父只望你平安度过这一世的修炼。”

许宣再深深拜下：“多谢师父成全。”

齐霄犹豫地看着，终是忍不住问道：“青帝就再无其他嘱托？”

青帝看向他，脸上有些警告之色：“怎么，你还有什么事想说？”

齐霄垂眸，微微一摇头，急忙拜别青帝：“无事，齐霄失礼了。”

许宣更看出不对劲，因而也随着行礼：“徒儿就此拜别，望恩师保重。”

青帝闭上双眸，再不多言。

从青帝房中出来，走上一段距离后，许宣拉住齐霄，神情冷冽地问他：“师父瞒着我，你也想瞒着我？”

齐霄在他那样的眼神注视下，早就是无比心虚，低声问他：“青帝真的什么都没告诉你？”

许宣知道此事定是不简单，因而神色更冷：“你知道什么，尽管说。”

齐霄沉寂片刻，终是严肃地道：“我从师父那里听说……青帝已说服白姑娘，将七杀格从你身上转移到白姑娘自己身上。”

许宣一愣，随即恍然大悟：“这就是师父一直瞒着我的事，他单独与小白谈话，就是为了……”

齐霄忙解释说：“你别怪青帝，他是为了你好。白姑娘……也是为了你……”

许宣神色大恸：“她意图扭转天命，日后必遭大劫。”

齐霄亦是神色黯然：“她为了你，向来都是无惧与天一搏的。”

“难怪她这几日总是会想些陈年旧事，今天更是带着我重游九奚山，原是有了诀别之心……”许宣想起近日之事，更是神色疲惫，伸手按住眉心，“先别让她知道我已知晓此事，让她安心养伤。至于我师父那儿，更是万万不能走漏风声。”

齐霄郑重地点了点头。

第二日一切如常，白夭夭拉着许宣再度去了梅林，让他在青石上坐好，再摊开画布，咬着笔头一脸认真地打量他：“你别乱动，我这次一定能画好。”

许宣盯着白夭夭微微一笑：“今天再给你一次机会，好好将我画下，记住了，别总盯着我的脸看，若再发呆，可就没人能帮你了。”

白夭夭一脸不服气的笑容：“我和以前可大不相同了，你等着看便是了。”

许宣看着她低头认真作画的样子，心想这样宁静的日子还能继续多久。

这头齐霄坐在巨石阵上打坐，也是心神不宁，不住叹息，喃喃念道：“唉，这一局你该如何去解……”

说着又睁开眼睛，索性起身，在湖畔走来走去。

小青有些奇怪：“你以前打坐入定，不管我怎么闹都没用，今天怎么唉声叹气的，我还没闹，你就起身了？”

齐霄这才发现小青穿着一身碧色衣服正俏生生立在一旁，便不由皱眉：“你几时来的？”

小青故作怅然地摇头：“有些人还说什么好好修行，居然连我大摇大摆地走过来都不知道。”

齐霄没好气地觑她一眼："你且去别处玩闹，我今日没空与你纠缠。"

小青嘟嘴道："你既不开心，我又怎能丢下你不管……喂，你到底为何闷闷不乐？说来听听嘛。"

"你又不是人，哪里知道人的心思？"

"旁人的心思我不懂，你的心思我都明白！"

这句话，终于让齐霄烦躁不安的心情暂获宁静，他努力压抑住嘴角不断想要漾出的笑意，小青则不耐催促道："快说快说！"

齐霄侧眸，静了片刻，方叹息道："有些人的心思你永远猜不透，他对她用情至深，绝不会坐以待毙，可现在到底要如何做，才能与天命抗衡？任他智计无双，怕也没有办法。"说着，他又转过来一眨不眨地凝视眼前容颜娇艳的小青，幽幽说道，"那我呢……我又该如何？"

小青听得真的是一头雾水，又不能承认自己不懂他的心思，便鼓着小脸道："你是不是疯了，我怎么听不明白你在说些什么？"

齐霄有些泄气地抓了抓头，懊恼地打量小青，再道："我明白了，定是因为最近与你这小妖在一起的时间久了，连我的脑子也跟着变笨了。正所谓近墨者黑，近青者蠢。"

小青愤然，一跺脚，便上去捏齐霄的脸："你居然敢如此编派本山君！信不信我真的啃下你两块肉来，助我得道成仙！"

齐霄拍了下她的脑门，趁她吃痛松开手，便揉着自己的脸道："少作痴心妄想，明日咱们就该回凡间了，你回自己的山头好生修炼吧，依你的资质，再用个几万年，说不定就能成仙。"

"你找死！"小青再度扑上去，这次用了两只手，冲着齐霄的脸就是一阵狂揉，齐霄又反过来揉她，二人就在巨石阵上展开了一番你追我逐，齐霄后来用上法术，小青自然怎么都赶不上了，就叉着腰站在最大的一块石头上喘气，再愤愤不平地悄声咒骂。

3

小青见既然追不上齐霄，便转而去帮白夭夭收拾东西了。

她进门的时候，便见到白夭夭正展开一幅画，神情柔软而甜蜜地看着，便忙不迭地凑过去，望见画中的蟠桃，便垂涎三尺："小白，这就是传说中的蟠桃吧？听说凡人吃了可以霞举飞升，长生不老。修仙之人若有幸吃了，可助千年功力……看上去就很好吃的样子，小白，你在骊山修行，见过真的蟠桃吗？”

白夭夭轻轻一笑：“不但见过，还吃过。”

“啊，吃过？小白，你居然吃过王母娘娘的蟠桃，我真是有眼不识泰山。你何时吃过？怎么从未听你提起？太狡猾了吧！”小青问题连续不断，最后想起自己和白夭夭初见时还夸下海口说让她跟着自己有蟠桃吃，便不由觉得丢人，侧头敲了自己一下。

白夭夭笑容始终沉静而轻柔，仿佛陷入了特别美好的回忆之中：“我只吃过半个，而且是与相公分而食之。那时我化形不久，尚不知天高地厚，为了蟠桃还差点儿送了命……”

她还没跟小青讲完自己偷盗蟠桃的故事，门外许宣的声音便已凉飕飕地传进来：“只吃了半个吗？难道是我记错了，我怎么记得我好像只吃了一口，剩下的也不知都落入谁腹中去了。”

白夭夭眨了眨眼，露出调皮神情：“你当时可是心甘情愿让给我的，我从未勉强过你。”

许宣宠溺地摸了摸她的头：“嗯，娘子所言极是，是我心甘情愿才对。”

小青看着二人甜蜜互动，不知为何，就想起了方才只知和自己闹腾不息的齐霄，因而脸上陡然生出一丝落寞之情，连白夭夭看过来都尚且不知。

白夭夭见她黯然失神的模样，便关切地问道：“小青，怎么了？”

许宣又不忘奚落：“怕是想吃蟠桃了。”

白夭夭一笑：“小青，我们回去抓紧修炼，总有机会可以受邀去蟠桃宴的。”

“真的吗？”小青看向小白，有些委屈地瘪了瘪嘴，“可我总觉得九重天的人都看不起妖……总得等千万年后顺利成仙了。可成仙究竟是不容易的，我们妖都盼着有朝一日能做仙，再不用处处躲着或是仰人鼻息，但多少妖挣扎一辈子，也还是以妖的身份老死了。”

白夭夭将她的头靠向自己的肩膀，一时不知该如何安慰，半晌才看了一眼许宣，道：“以前有人同我说过，是人是妖全在一念之间。我们自己心中堂堂正正便罢了。”

许宣唇角懒洋洋地一扬，揉了白夭夭小脸一下：“不错，倒是将我的话记得很熟。”

眼看着他往门外走，白夭夭忍不住唤道：“你去哪儿啊？”

许宣稍稍回头，柔声说道：“去找师父再辞个行，此次一别，毕竟不知何时再见了。你们收拾东西吧，我们明日便下山。”

此时的凡间，冷凝苦经修炼，终是妖法大成，便想去找饕餮算账，终是在一天夜里，于林间，用手中毒丝将饕餮黑影牢牢缚住。

饕餮不慌也不忙，只望着她阴冷笑道：“人心果真比妖心更加歹毒，你以身化妖，研习邪术事半功倍，如今修为竟不在我之下。”

冷凝恼怒道：“你们这些妖怪，没有一个好东西。若不是白夭夭刻意陷害，我心中怎会有妖性残留；若不是你百般蛊惑，我又岂能沦入妖道，终日与魍魉魑魅为伍！”

饕餮任脖间被缚之处血流如注，也没有挣扎，只讥嘲道：“看来冷大小姐始终不明白，这世间从没有任何一个人，任何一种能力，能让一个普通人甘心化妖。要怪就只能怪你自己，心存邪念，堕入邪魔外道。”

冷凝手中丝线拉得更紧，冷哼道：“我今生已无退路，错便错到底罢了。就算日后五雷轰顶，天谴加身也绝不回头。唯独你这孽障，我绝不能放过！”

突然间，冷凝心头一震，宛如雕像一动也不动，不可思议地看向饕餮。

她身后的藤妖神情寡淡地将手从她背后收了回来，对饕餮道：“我已将种子植入她的心口。”

饕餮冷冷一笑：“是该让我们的冷大小姐试试这种子的滋味了。”

藤妖恭声应是，随后被藤蔓覆盖的绿色手指微动，冷凝便疼得跪在地上，凄厉大喊，几乎无法呼吸。

饕餮笑意更盛，抬起她冷汗淋漓的脸来：“你自认为邪术大成，已无惧于天下。可我总有办法让你低头。我看这药师宫人杰地灵，倒是修炼的好地方呀。”

冷凝睚眦欲裂，咬紧牙关说道：“你有什么……冲我来便是，若敢动药师宫，我……做鬼也不会放过你。”

饕餮丢开手，仰天大笑而去，而藤妖冷冷看了冷凝一眼，再度动了动手指，冷凝只能痛得在地上打滚。

藤妖声音冷清，仿佛听不见她的惨叫一般：“你省省力气，这不过是刚刚开始。”

第二十八章 三件礼物

1

青帝正修剪着梅枝，听了许宣所言，手上剪刀一顿，难掩震惊之色：“你当真下定决心了？”

许宣稍稍低眸，脸上一派平静：“徒儿心意已决。”

青帝长吁出一口气来，却亦是感慨万分：“当断不断，其心自乱。你肯回头，为师自然欣喜。只是不知你为何突然做此决定？”

“师父定知道我以七杀命格、凡人之躯承受天雷之刑，已是命不久矣，”许宣神色凛然，缓缓地道，“徒儿一来不愿她因我命丧黄泉而难过，二来，也想在自己大限将至之前，去了结与饕餮的这一段千年之怨，以免他放出蛟龙，再度为祸人间。”

青帝望着他如此慨然言及自己生死，毕竟心痛：“你勉强烧了聚魂灯灯芯，取回记忆，法力尚未完全恢复。何况凡胎肉体，想要有一番作为，恐怕也不到时候。”

“可是徒儿已经没有多少时间再等下去了。毕竟当初聚魂已是逆天而行，若是此身一死，徒儿亦不知还有没有机会再谋来世，更不知即使有来世，又有无机会重得法力，何况若真等待这么多年，怕是天下已然大乱！虽然当初饕餮之祸起于白帝纵容，可剥去他仙根令他成妖成魔的却是徒儿当时一念之差，徒儿必须手刃此妖孽，方能安心赴死，请师父成全。”许宣深深一揖，毅然决然到丝毫不容人置喙。

青帝收回目光，继续剪下一枝花枝，徐徐道：“也罢，便去把你和饕餮的千年之怨了结了吧，为师依然盼着你能顺利渡劫归来。你方才说的要送白夭夭三件礼物……”

“是的，只要送她那三件礼物，徒儿便将她送回骊山修行，从此天涯陌路，两不相见。”许宣眼神淡然如清风，仿佛在说着和自己没有关系的事情。

青帝见他如此平淡，料想他此次定然是下了决心，便点了点头：“西王母与我也算有些交情，你肯迷途知返，为师自会替你安排周全。”沉默片刻后，又道：“但你对白夭夭用心至深，一个情字，终究误了你终生啊。”

说罢，青帝携着花枝而去。

许宣望着他孤高绝然的背影，心中终究是愧疚难耐。

青帝脸色郁郁地回到房中，一抬首，便见到正坐在椅中的白帝，皱眉道：“今日没有心情下棋，还请回吧。”

白帝却是神情漠然道：“我听闻你去求西王母，替你那徒弟斩断情根，看来你始终是打算拆散他们。”

青帝走到书桌边，径直整理案上杂物，并不理白帝。

白帝冷哼一声：“五帝之中，向来数你宅心仁厚，如今我才看出你也是智计深沉之辈。为救你那徒儿，先诓白夭夭盗仙草，一计不成，又想借她之手，将七杀格从许宣身上剔除。眼下你更是釜底抽薪，索性抽了许宣七情六欲的根本，好叫他两人再不能见，好深的成算！”

青帝面色不愉，瞥他一眼：“你此次来九奚山，就是为了教训我的吗？”

“那蛇妖与许宣如何，与我毫无干系，”白帝脸色却是越发深沉肃然，“但你有没有想过，白夭夭是妖！若承受不住七杀格也罢，若她成功了，七杀格就等于落入妖族手中。”

青帝沉默一瞬，也是叹惋：“若不是为了许宣，我安能做下如此错事。他是凡身，又受了天雷，唯有此法，才能保住他的性命。至于白夭夭，无须你担心，自有骊山老母看护，七杀格绝不会脱离仙界掌控。眼下我只有先瞒住许宣，他如今自愿斩断情根，亦是好事一件，届时没了七杀格，又忘了白夭夭，自然能安度这一世。”

白帝忍不住打断了他："哼，原来你早有应对之策，枉费我一番苦心前来提醒。"

"你我都是一片爱徒之心，我知你懂。"

"这九重天上，也不是你一人心疼徒弟，当心日后骊山老母来寻你讨要个说法。"

青帝听他所言，自是愁容满面，而白帝想到自己徒儿，亦是神色不佳。

2

白夭夭等人回到凡间，便听说了冷凝为着冷回春生祭，要大开药师宫大门义诊三十日一事。

许宣最先叹道："义诊三十日……药师宫的账目怕是承受不住。"

白夭夭拉住他的手，知他依旧牵挂药师宫，也不知从何劝起。

小青却嘟着嘴抢着说："那冷凝肯定是故意要做这事来收买人心的，毕竟她上位以来，外界多有传她医术不高，药师宫终将没落。"

齐霄打了她头一下："关你什么事？只要有益于百姓，也算是功德一件，总好过你这整日好吃懒做的小妖。"

"我……"

小青正要冲着齐霄发怒，齐霄却刻意不搭理地转过目光看向许宣："走吧，还是办你的正事要紧。"

许宣眉间一松，点了点头，又对白夭夭温言道："我同齐霄有些事情要做，你和小青先收拾一下吧。"

白夭夭没再多问，点了点头。

小青几番欲言又止，目送他俩离去，再凑到转身去整理书桌的白夭夭面前："小白，你怎么不问他们去干什么呢？你就不好奇吗？看你都没问，我也就不好意思问了。"

白夭夭浅浅一笑："他愿意说的话，自然刚刚就已经直接说出来了，他不愿意说的话，我问了又有什么意思？"

"这么高深？"小青不太明白地转了转眼珠子，随后又盯着白夭夭侧颜叹息一声，“我怎么觉得小白你此次受了雷刑之后，性格变得更安静了呢？该不会被雷劈傻了吧？”

白夭夭闻言，手上动作一顿，随后，她伸手刮了下小青鼻梁：“以后你就懂了。”

小青噘嘴：“唉，真不明白你们这些人说话说一半有什么意思。我先回去看我的小妖们了。”

眼见小青无忧无虑地跑掉，白夭夭眸中的光芒逐渐黯淡。

她要如何跟小青说，也许同许宣这样宁和相处的日子已经不多了呢？若是知道很快就要分离，哪怕有一点儿可能会难堪，她亦是不愿的。

可这几天许宣却没有回来，白夭夭正是有些焦急和担忧之时，却收到了许宣的传音符，而几乎是同时，小青也飞身而至，惊叫着跑了进来：“小白！你收到了吗？”

白夭夭还没从震惊中回过神来，愣了许久才点了点头。

小青满面喜色：“我说他们干啥去了，原来是为了此事！说到底，许宣肯用这么大的谢礼来答谢我们，还是因为小白你哪，定是因为我们那日一说，许宣便记到了心上，这是不是就是叫用心啊？话本里都这样写的。”

白夭夭又惊又喜，眸中泛起泪光，却也是叹息一声：“真不知他二人是如何说动白帝在蟠桃林举办寿宴，又是如何可以邀得众小妖前去的。”

小青撞撞她肩膀：“这就不用我们操心了，反正已经邀了我们一众小妖前去蟠桃林，这可是大大的风光。小灰已经带着锦鼠他们先去了，我们也是时候出发了吧？”

白夭夭点头，二人便飞身去了瑶池。

此时蟠桃林中已是一片喧哗之声，小妖们开心地上蹿下跳，睁着大眼望着蟠桃林，不时闻闻嗅嗅蟠桃。

小鹿睁着圆滚滚的大眼睛，笑道：“我们不是在做梦吧，这里就是传说中的蟠桃林吗？”

锦鼠瞪他一眼：“没见过世面的，你看这桃子多水灵，不是蟠桃林能有这样的桃子吗？”

阿福身后的小翅膀一个劲儿地扑腾：“难怪都说做神仙好，连平日里吃的水果，都比咱们山头上的强上百倍。”

小青见他们叽叽喳喳，脸上也不由自主扬起大大的笑意，却轻咳一声，故意端起架子：“咳咳咳，你们几个给我过来，不过是蟠桃林而已，大惊小怪，成何体统？”

众小妖忙凑过来齐齐一拜：“山君教训的是。”

小青其实也是第一次来蟠桃林，难掩兴奋之色，此时强迫自己忍住不看蟠桃，摆出一副威严正经的模样，点头道：“嗯，毕竟是仙家重地，尔等可不能丢了我山君的面子，否则回去之后，看我怎么收拾你们！”

众小妖忙排成一排，做昂首挺胸状，小青满意地挥了挥手：“散了吧，不许再大声喧哗，听见没有？”

众小妖齐声应是，再次毛手毛脚地散开，小灰则双眼含泪地上前，拉住小青的袖子，抽泣道：“山君啊……”

“你哭什么？”小青揪住兔耳朵，训道，“大喜的日子，少给我丢人现眼！”

“山君有所不知，小的这是喜极而泣啊，”小灰弹去自己脸上的泪水，叹道，“咱们做妖的，修了几辈子的福分，才有机会入此圣地吸取仙界灵气。白娘娘她真是选了个好夫婿，不但不嫌弃咱们妖的身份，为了答谢咱们，还特意借来蟠桃林设宴，小的太感动了。”

小青硬装出不屑一顾的模样，却终究在小灰的啰唆之中，没忍住去看了看树上的蟠桃，再得意道：“当初咱们用心火护住许宣，救了他一命，没想到他竟如此惦念，甚至在蟠桃园设宴，算他有良心。”

“这何止是有良心，简直就是咱们的再生父母。”

“你有点儿出息好不好？吃里爬外！”眼见小灰又欲开始抽噎，小青赶紧正色道，“你替我叮嘱那些不知轻重的小妖，就说等会儿大家切不可贪心，一人一颗果子，谁若敢贪吃，我回去第一个砍了他！”

小灰忙应道：“是，小的明白。”

小青想了想，又嘱咐小灰：“还有，记得交代下去，这回是用了白帝祝寿的名义前来，待会儿他老人家来了，可别忘了得大大地向他贺喜。”

小灰拼命点头，小青满意地笑了笑，又看向四周，寻找了一番，才问：

“奇怪，你见到齐霄了吗？方才我和小白过来时，还看见他站在边上呢。”

小灰指向小青身后：“我看见齐少侠尾随白娘娘他们往那边去了。”

小青露出些狐疑神色：“他也会行窃听之事？”说罢便好奇地向小灰所指的方向行去。

她悄声靠近齐霄，只见他正凝视着远处许宣同白夭夭的两个小小身影，神色竟破天荒地有些哀伤。

小青不明所以，便陪他站着，望见许宣正在桃林下，替白夭夭轻轻梳理头发，神色比这桃花满树更加温柔，只是听不清在说些什么。

小青便又看向侧脸弧度冷毅的齐霄，眼神中多了分落寞。

齐霄回过神来，却见到一旁的小青愣愣地看着他，脚下不由退了两步，皱眉道：“你何时站在我身后？为何不吭声？”

小青也是找回意识，叉着腰瞪了回去：“鬼鬼祟祟的，我倒要问你，为何要偷窥小白他们？莫不是……”

“莫不是什么？”齐霄端着手看向她，眼睛一眯，便将话题转了过来，“我倒是觉得你最近看我的眼神不对劲。”

“有什么不对劲的。”小青反手摸了摸自己的面颊，目光飘移，支支吾吾许久后才问，“齐霄，眼下你已拿回法力，听说又是白帝的得意门生，以后想升仙更是不在话下……”

齐霄见她久久不语下文，便追问道：“你说话什么时候这样吞吞吐吐过，到底想说什么？”

“我……”小青纠结片刻，还是不能直言，便转过身往一边走去，直到走到一棵桃花树下，花瓣轻轻飘落在她面颊之上，她驻足，伸手去接，“这桃花倒真是与凡间不同，我听人说，人面桃花相映红，齐霄，你瞧我好看吗？”说着，便又回首对齐霄嫣然一笑。

齐霄微微一愣，板着脸道：“正经的诗句你不学，偏生学这些乱七八糟的。”

小青困惑地歪了歪头：“乱七八糟？这诗不好吗？是一位书生同我说的，还说自己是什么有名的才子呢，原来都是骗我的吗？”

“什么书生？”齐霄听得神色紧张起来，“你几时认识的书生？”

小青回忆了下，道：“左右是两百年前吧。山下桃花盛开，我便去玩，恰好碰到那人在路旁直勾勾地看着我，我还以为被他瞧破了真身，可吓坏我了。”

齐霄装作不在意的样子，冷哼一声道：“以前的事我没兴趣听，往后你好好修行，年轻后生无事与你攀谈，必有图谋，休要中了他们圈套，记住了吗？”

“哦……”小青先是应下，后来忽然又忆起一事，便稍稍蹙眉，喃喃道，“也不知那人图谋些什么。”

齐霄刚刚放下的心转瞬又悬到了嗓子眼：“还有何人？你给我一次说清楚了！”

小青不知他为何突然这么凶，便愣愣地解释：“那日你从明心湖走后，有个极为厉害的人，替我接了一道天雷。这人三番五次地助我，我……”

齐霄上前一步，追问道：“这人是谁？”

小青呆了一瞬，摇了摇头。

齐霄怒气腾腾地攥拳：“你平日里蠢就罢了，难道这样的道理也不明白吗？他跟你非亲非故，却频频出手相帮，定是怀揣着一肚子的阴谋诡计。枉你修炼千年，竟是如此蠢笨！”

“你做什么这么凶我……”小青委屈地扁了扁嘴，“要我心怀善念的也是你，要我提防别人的也是你。你到底要我怎样？”

“我要你不许同他人亲近！”

他这话一出，小青便是瞠目结舌，完全不敢相信自己的耳朵，而齐霄自己也愣住了，渐渐面上有些发烫，他顿觉尴尬，急忙转身，掉头就走。

小青连忙追上，见他板着一张脸，又是有些怯懦，走出几步才敢小心翼翼开口：“齐霄……方才没来得及问完……你回到金山寺，是不是要剃度做和尚？”

齐霄停住脚步，静了片刻后，才轻声道：“不会的，佛门清净，想来不适合我这六根不净之人。”

小青还待再问他，究竟是如何看自己的，仙鹤却已翩翩来到，齐霄笑着迎了上去："多谢你上次在蓬莱仙山相助。"

仙鹤也是一笑："你该谢的人是我家百草仙君才是。"

齐霄颔首，又四下打量一下，问道："说到百草仙君，怎不见他老人家的身影？"

"说来话长，许宣在凡间与仙翁自有因果，待日后有缘，由仙君亲自向你们解释。"仙鹤神秘说完，又环顾四周蟠桃林，"许宣这招倒是高明，以白帝祝寿的名义借来蟠桃林，可最后颜面增光的人却是白夭夭。"

"说到白帝……"小青迟疑着开口，"他会不会看不起我们这些小妖，借故缺席，那小白岂不尴尬？"

齐霄神色笃定地一笑："师父的性格我最清楚，走着瞧好了。"

3

许宣替白夭夭梳好头发，往她发髻之中插上了朵粉色桃花，更衬得人比花娇。

他握住白夭夭的手，柔声说道："之所以用白帝寿诞的名义，请来这些小妖，是想替你我二人感谢他们。这一路，他们不但用心火护住了我的命，也多次在危难中助你。"见白夭夭点头，他神色越发温柔，凝视着白夭夭的眼神仿若一汪春水，缓缓说道："更重要的是，我要这九重天上个个都明白，世间的人、仙、妖并无不同，没有贵贱之分。而你是我心中最珍惜的娘子，绝不允许任何人低看了你。"

白夭夭怎会不懂他的思虑周全和甘愿为她所做的一切。可相较起来，她能为他做的，似乎太少了。只这一次，她即使豁出性命，也一定要将他的七杀命格安全无虞地接过来。

想到此，白夭夭眸中隐隐泛红，颤声说道："你为我处处考虑，而我却一直连累你。你可知道，我心中有多不甘，多害怕。从遇见你的那一刻开始，我就一心要做个配得上你的人……"

许宣轻声断掉她的话，手指抚过她的面颊："虽然你不够努力，常常偷懒，但我就喜欢你这个样子。我们之间，不需要外人来评论。"

白夭夭闭了闭眼，再睁开时，又复全是笑意，戏谑道：“但你却费心办了这个蟠桃宴，只为让我在九重天上不被众仙轻贱。”

“你不是想吃蟠桃吗？”许宣伸手捏了捏她小巧的鼻头，“我可以保证，这一次，不会再有人要与你分而食之，整颗蟠桃全都是你的。而且，我特意为你备了三份礼物，这不过是第一份罢了。”

白夭夭笑得既惊喜又甜蜜：“那剩下的两样又是何物？”

许宣故意卖起了关子：“你慢慢等着，便知究竟了。走吧，我们出去同大家一起庆贺。”

许宣牵起白夭夭的手，白夭夭立即反握住他的，两人甜蜜依偎着走向蟠桃林中的众人。

两人刚到桃花林中，恰好青帝与白帝也并行而来，白帝面色阴沉，显是不快到了极点，青帝温声劝道：“枉你还是昆仑白帝，这点儿气量都没有吗？”

“我气自己居然被这两个小子愚弄！”白帝冷哼连连，看着蟠桃林中的众小妖，更觉不堪入目，败坏了他的千古盛名。

小青远远看见了，不由咋舌：“看来我猜得没错，白帝好像一点儿也不开心……”转过来，便赶紧对小灰使眼色，一众小妖赶紧扯上笑颜，排成一行，齐齐向白帝呈上寿桃。

小青率先一福：“白帝慈爱宽容，不忘天下百姓，这白帝庙前香火鼎盛，普天之下五谷丰登，全都仰仗白帝您的庇护。”

小灰立马续上：“天下人都知道，九重天上数白帝最为体恤百姓，对苍生照顾有加。”

锦鼠也忙不迭地道：“对对对，连我们这些小妖平日里也受白帝恩惠，被白帝的精神感染，一心积德行善。”

小妖们七嘴八舌的恭维话，令白帝脸色渐渐明朗，许宣见机上前一步道：“多谢白帝邀宴款待，与众生同乐。你摈弃成见，宣扬平等，眼光卓越长远，实乃九重天第一人。”

现场响起一片欢呼之声，白帝虽然脸微不可察地抽搐着，却不得不笑道：“啊，哈哈哈，你这许宣。”

此时，青帝微微一笑，长袖一挥，蟠桃林中顿时点亮了一盏盏灯火，灯火与蟠桃相互辉映，小妖们都是又惊又喜，上蹿下跳。

青帝故作严肃地微微一咳，道："白帝赐宴，尔等还不拜谢。"

众人赶紧拜下："恭喜白帝，贺喜白帝！普天之下，皆沐大恩！"

白帝不得不展露亲和笑容，挥手让大家起身入宴了。

随着宴席渐入佳境，众人皆是欢笑玩闹，连白帝也放松了心情，同一旁的青帝对饮起来。许宣捧着一颗极大的蟠桃走到白夭夭面前，白夭夭忙欢喜地笑着问："这回还是一人一半？"

许宣摇了摇头："方才已经说了，全是你的。"

白夭夭接过蟠桃，用法术将它化为两半，递了一半与许宣："我不会独占，更何况今日盛宴你花了不少心思。"

许宣怜爱地抚着白夭夭的头："当年为了替我求蟠桃，你私闯圣地，被天罡卫所伤。今日我希望能弥补对你的亏欠。"说着便又将蟠桃递还给白夭夭。

白夭夭摇头道："你不欠我什么。只要是为了你，再难我都不怕。"

许宣轻叹道："偏我最怕的，便是你一脸无所畏惧的模样。"

白夭夭没有听清，正待追问，青帝却走了过来，对二人道："你们随我去趟九奚山吧。"

到得九奚山，青帝挥了挥手，二人面前便现出一面与冰镜相似的圆镜来，白夭夭有些诧异地看向青帝，青帝淡淡地说："这面镜子叫作心镜，虽比不上冰镜能通三界、知虚空，但也是经天池圣水淬炼而成，能够映射出你心中所思所想之人……眼下，这面镜子便送给你吧。"

白夭夭闻言，惊喜不已，绕着镜子细细察看了两遭，又伸手抚上镜面，有些受宠若惊地说道："多谢青帝，白夭夭感激不尽！"

青帝一挥手，心镜便又变成了掌中镜的模样，他将镜子轻轻放入白夭夭手中，不经意地看了眼许宣，道："许宣向我问询了淬炼之法，亲手为你造了这面镜子，他的苦心……希望你能明白。"

白夭夭激动地看着手中的镜子："相公亲手打造的法宝，我定会倍加珍惜。"

青帝别有深意地看向许宣，并不与白夭夭多作言语，便叹息着转身离开。

白夭夭一福身："恭送青帝。"

待确定他远去后，白夭夭又望着手中镜子，欣喜地同许宣说道：“我要将它挂在家中，日夜守着才好。”

许宣神色中有白夭夭看不懂的复杂，他徐徐出声问：“喜欢吗？这是我送你的第二件礼物。”

白夭夭连忙点头：“自然喜欢，有着这面镜子，以后不管你去了什么地方，我都可以随时看到你，对我来说这简直是世间最好的礼物。”

许宣唇角有轻微的颤动，眸如墨色深沉，他伸手摸了摸白夭夭的头：“喜欢便好。我送你心镜，也正有此意。”

白夭夭没来由地感觉到一阵心慌，她挽住许宣的胳膊，道：“我才不会离开你呢。就算……就算我们二人分离了，你也一定会找到我，对不对？”

许宣并不回答，只牵起她的手，侧过目光道：“我带你去看最后一样礼物。”

“对了，”白夭夭扬起唇角，“我险些忘记，还有最后一样礼物。”

许宣视线余光瞥见了她唇角甜蜜的笑意，心中越发不舍，却依旧带着她一跃而起。

落地时，白夭夭望着四周，发现有些不对劲，她惊诧地看向许宣：“你说的第三样礼物，难道在骊山？”

许宣手指在背后紧攥成拳，可面上不过云淡风轻地道：“第三样礼物便是我亲自将你送回骊山，你从此好好修炼，假以时日定有所成。”

白夭夭几乎不敢相信自己所听到的，她僵硬许久，才缓缓摇头：“相公，你别说笑了，我们才刚刚成亲，我不会离开你的，更不会回骊山。”

许宣轻轻一挥，心镜从白夭夭怀中飞出，变化成一面浮空的透明镜面，镜面折射出白夭夭被囚于黑暗中，形容枯槁的景象。

白夭夭蓦然一震，喃喃道：“原来你都知道了，所以，才会安排这一切。”

许宣面色如同千年玄冰，他直直望着白夭夭，手一扬，心镜霎时间碎成三片，镜中影像也随之消失。

白夭夭往后退了一步，不敢置信地望着许宣，一直在不停地缓缓摇头，似是想要抹去眼前所发生的一切。

许宣则极力克制着悲伤情绪，冷冷说道："你若是终究落得这样的下场，那我们还不如不再相见！纵有心镜传情又如何，阴阳相隔，永难相逢。"

"难道我要眼睁睁地看着你一生孤寡吗？"白夭夭的眼泪已晶莹地悬于眼睫，她恸道，"这样的苦，我愿意替你承受！"

"那是我命中注定！"许宣声音越发严厉，"七杀格何等危险，以你的法力，还想将它转嫁在自己身上。你以为你活在黑暗之中，我还能安心度过这一生吗？"

白夭夭仰首望着他，倔强地咬着下唇，缓声说道："原来你的每一样礼物都是精心安排，你最想做的事情，就是逼我回骊山。既然如此，你送我的，我一样都不要！"

许宣眼底一冷，质问她："那你送我的又是什么？用你一身骨血换我从此平安，万一你妖身难以承受，难道真打算留我一人苟活于世吗？"

白夭夭上前一步扶住他的手，摇头道："不会的，你不会一个人活着的，我能花千年找到你，你也定能找到我的。"

许宣一时语塞，片刻后方缓缓道："你若信我，就不该做这样的决定。"

"相公……"白夭夭神色凄苦地唤他一声，黑白分明的眼中泪水早已决堤。

许宣紧闭双眸，不再去看她。白夭夭却于电光石火之间忽然出手，封住了许宣的心脉大穴，许宣一时竟无法动弹。

许宣睁眸，怒言："白夭夭！你要做什么？"

白夭夭背过手，缓缓拭掉面上泪痕，决绝道："我不能眼睁睁地看着你就此身死。"

"不过是孤寡之命，我怎会身死？"

"青帝已同我说了，天雷对你命格反噬极大，以你如今凡人之身，撑不了多久。若非如此，以我的道行，费尽心机也无法制住你。相公，我已经失去过你一次了，这噬心之痛，不能再遭第二次了。"

许宣怒视着她，愤然道："当日你以桃木剑斩断情缘之时，我就告诉过你，此生不许再做第二次！此次，你若敢换我七杀格，行此鲁莽之事，千年万年，我都不会再见你！"

白夭夭心中已是痛极，连指尖都在不住颤抖，但她却依旧坚定地望着许宣，轻声说道："你我之心，日月可鉴，相公心中有我，小白知道。"说罢，她踮脚吻上许宣嘴唇，腮旁滑落的一滴泪水，恰如明珠。

许宣体内金光飞速向上涌动，他察觉到有什么东西在从他体内剥离，许宣瞪大眼睛，却见到白夭夭胸膛之中也隐隐有着金光闪烁。

这是……

她体内竟然也有七杀碎片。

难怪……难怪！

许宣顿时大急，用尽全力冲破了心头穴位。

白夭夭被逼得后退两步，再看许宣，更是直直吐出口鲜血来。

许宣勉强稳住身形，质问道："你的灵珠为何能吸取我的命格？你的体内又为何会有七杀？"

白夭夭想要上前扶他，却又停住脚步，眼泪已全然失控，她低声道："我千年前寻得你元神碎片，放在心口温养了五百年，那时，便留下了这命格。"

"白夭夭！"许宣已是气得目眦欲裂，"你体内有七杀格，还敢受天雷！你为何不告诉我？既如此，你我今生不必再见！"

许宣的手捏紧了掌中的心镜碎片，血顺着指缝一滴滴落在地上，白夭夭见状赶紧欲上前去夺，却撞上了心镜所释放出的仙障……眼见许宣转身离开，白夭夭奋力拍着仙障，凄然道："我不走，我不会离开你，相公，你便叫我试试吧……或许……或许上天见怜，我们的结果会改变呢？你承了七杀数千年，为何我就不能？"

眼见许宣竟是头也不回，白夭夭停止了拍打仙障，只倔强地扬起下巴，勉力忍住眼中泪水，声音逐渐缓了下来："从一开始，你就做好了决定。为何从头到尾，我就不能有选择的机会，就如同你以身祭锁妖塔，留下我一人……我要换去七杀格，为何你就不能同意……"

说着说着，便再难继续，眼见许宣早已没了身影，白夭夭跌坐在地，痛苦而压抑地啜泣起来。

第二十九章 百草仙君

1

许宣一下凡间，便径直去了金山寺找齐霄。齐霄正在竹林中打坐，见他神色中隐藏着悲痛，知他已将白夭夭送回骊山，只是一切都无从劝起。

竹林中风吹叶摇，许宣静静立了许久，方对齐霄徐徐道："若非你及早告知我真相，只怕师父的计划早已成功。"

齐霄停了片刻，才劝道："青帝所做之事，无不是望你保下命来，你万不可迁怒于他。"

许宣摇了摇头，自讽一笑："师父为苍生大道，为师徒之义，并无不可。夭夭为百年鸳盟，为夫妻之情，亦无错处。我恨的，唯有我！千年前伤她至深，她为我温养元神，自此深陷泥潭，一生错付。"

齐霄低眸，长叹一声："如今你已将她送去骊山，不若早日忘掉情缘，一心修仙……"

"修仙？千年苦修方能位列仙班，我等不起了。"

"你这是何意？"

许宣正色望向齐霄："千年前你二人究竟如何为我聚魂？你可知她因此分担了我一半的七杀格？"

齐霄闻言大惊，仔细想来更觉恐惧异常："难怪你师父断定她能够吸取七杀格而不伤你性命……原来，她早已承担了一半。"

许宣大怒，上前揪起齐霄衣领："你当年为何不拦住她？"

齐霄负气挣脱他的手，退后两步，移开目光冷声道："你心里难受，说出来便是，又何必到金山寺与我撒泼。要说错，最错的那个人分明是你自己！千年前就那样散尽元神，留她孤独在世！当初我们一心要救你，谁能料想，她竟会分担了你的命格。"

许宣痛苦地闭上双眸，半晌才开口："昨日种种，我并不后悔。"

齐霄冷笑一声："昨日种种，你不曾后悔；今日斩情，又何须困顿？"

许宣唇边笑意越发苦涩："是呀，你说得不错。万般孽障皆在我身，我要将那一半七杀格拿回来。"

齐霄毫不犹豫地斥道："胡说什么，你不过是肉胎凡体，就算拿回来也是一死。"

"所以，我等不了千年苦修，"许宣神色越发坚毅，掷地有声地道，"唯有立即蜕去凡胎化为仙骨，才能不负天下不负她。"

齐霄神色一凛，上前抓住许宣："蜕骨乃是邪道，后果你承担不起！况且仙体虽能承受七杀格，但孤苦之命，始终无法化解。你又是何苦？"

许宣冷冷一笑，浑然不在乎地说："不过就是生与死……若活着回来，我便能守着她生生世世，哪怕注定无法白头到老，也好过让她替我承担危险；若我不能活着回来，就劳烦你来替我超度！"

齐霄眼神犀利，仿佛要在许宣身上捅上一刀一般，恨声道："若你执意如此，我定会想尽办法阻止你。"

许宣反过来抓住齐霄："你当初能成全白夭夭，如今为何却不能帮我？"

齐霄一推他，两人各自松了手，往后退了两步。齐霄扶住旁边的竹子，稍微缓了声音劝道："你别再胡闹了，这次我不会看着你去送死。"

许宣却依旧毫不退让："你应该清楚，若你不愿帮我，许宣此去绝无活路！"

齐霄一愣，声音严厉地斥道："你这是逼我！"

"我是求你！"许宣眼中，俱是决绝之意，见齐霄闭眸不语，他又补上一句，"何况，我亦要取了饕餮性命！这个忙，你是帮还是不帮……"

齐霄睁开眼，重重喘着粗气，一眨不眨地看了他许久，方疲惫地问："说吧，你要我怎么帮你？"

许宣终于是松了口气，走到他面前，徐声说道："半个月后，是血月之夜，饕餮必然会借此良机修复其肉身，我要设阵困住他。"

齐霄渐渐睁圆了眼睛。

白夭夭呆坐在雷峰塔边的桃花林中，眼前满满的都是许宣的身影。

他在这儿为她种下桃花，他的笑意比春风更加温柔，这儿还有他为她捏的陶偶。

为何，转瞬之间，一切都变了……

白夭夭耳边响起了青帝在山洞中的话："白夭夭，紫宣本注定位列仙班，担当天下重任！当日就是你一意孤行，将他命中劫数激发，如今连累了这许多人，你为何仍不迷途知返？"

她是不是真的害了他……她是不是真的该迷途知返？就此与他形同陌路，再无瓜葛……

可她如何能眼睁睁地看着他去死啊……如他留下性命，哪怕真的是忘了她，经过千年的修仙，他总能重新位列仙班的。

可她要如何做呢？他眼下连她的面都不愿意见了。

小青眼见她如此失魂落魄的模样，便欲上前劝说，却被小灰拉住。

小灰将她拉到一边，低声劝道："白娘娘她为情所伤，眼下最需要的恐怕就是独处，让她静一静吧。"

小青跺足怒骂道："许宣这个忘恩负义的混账，小白为了他不顾性命，闯蓬莱盗仙草，他竟如此无情，逼着小白离开。"

小灰摇了摇头："正因为用情至深，才会如此狠心呀。"

小青狠狠打了小灰一下："吃里爬外的东西！一颗蟠桃而已，居然学着帮许宣说话。"

小灰揉着脑门叹息："山君哪，将心比心，难道你愿意眼睁睁看着白娘娘偷换命格，散尽修为，败坏妖身吗？咱们都明白的道理，许大夫又岂会不明白。他这么做，实在是迫不得已啊。"

小青一愣，望着白夭夭瘦削的身影，喃喃道："没想到相守比相爱更难，他们一起经历了那么多，明明深爱彼此，却要天涯相隔。难道世间情爱到了深处，不是朝夕厮守，而是宁愿自己痛苦，也希望对方安好？"

此时，竟有几只蝴蝶翩然飞过，而桃花树上的枝丫于瞬间枯黄，小灰见状，便是惊讶无比，扯了扯小青的袖子："山君你看，这蝴蝶有古怪。"

小青看过去，蝴蝶刚好从视线中消失，只留下两棵枯萎的桃花树。她亦皱眉道："怎么回事？"

小灰一拍手："白娘娘这个样子，倒令我忘了跟山君你说，前两天锦雀来报，说药师宫外的花草树木悉数枯萎凋零，甚是异常。"

"什么？"小青敏锐地觉得此事非同一般，便对小灰低声吩咐道，"快给我去查！我现在就去找齐霄。"

眼见小灰领命而去，小青再深深看了一眼白夭夭后，便转身往金山寺去了。

2

许宣同齐霄二人也早查起了此事。

因而小青带着小灰絮絮叨叨地讲说药师宫中新来的女医蝶蔓是只蝴蝶精时，便惨被齐霄讽刺："区区一只蝴蝶精，凭你的本事，只消一口便能吃了她才对。"

"那是，只需本山君一张嘴……"说到一半，小青回过神来，怒视齐霄，"本山君哪能一张口就随口胡吃，我来找你，是为了商量正事。这只蝴蝶精混入药师宫必定另有所图，我敢拿山君宝座跟你赌。"

"你也不用打赌了，"许宣凉凉地断掉她的信誓旦旦，"这件事还是我来解释吧。二十余天前，这蝶蔓医治了在山间采药却突然晕厥的清风，自此获得了药师宫的信任。药师宫要义诊之事已经告于天下，蝶蔓和她的师兄自称略通医术，愿助药师宫一臂之力，宫中无人反对。"

"原来这事你们早就知道，难怪方才我说的时候，你们都是毫不奇怪的样子。"小青嘟哝一阵后，又问许宣，"那药师宫的人现在还蒙在鼓里？"

许宣点了点头："那蝶蔓一入宫，便开始协助冷凝为百姓义诊，据说经她之手的病人，片刻间便可恢复，甚至无须用药。"

小灰暗自心惊："那她用的肯定是什么邪门的法术。"

许宣微微一叹："她所习妖术颇为诡异，应该是借着蝴蝶将求医者体内的病源转移至百草之中，所以才会导致药师宫附近的树木大量枯黄。"

齐霄沉默一瞬后，亦是道："虽是邪法，但似乎并未伤及百姓。但她背后之人，却绝不像会做善事的。"

"背后之人？"小青抓住关键，神情急切地追问，"她是受谁指使的吗？"

许宣同齐霄一并沉默，小青又看向小灰，小灰忙害怕地捂住自己的耳朵："山君，我真的不知。"

最终还是许宣率先淡然说道："是饕餮回来了。"

"啊！"小青和小灰一并发出惊呼，小灰更是脸色灰败，吓得话都说不出来。

小青则目光涣散地嘀咕道："饕餮？他不是被烧……"说到半途，她恍然大悟，"诈死！他太卑鄙了，居然用诈死这招骗过了我们所有人！"

许宣眼中闪过落寞："不是所有人，小白曾经提醒过，那时我太过大意，并未听进心里。是我错怪了她。"

小青白了一眼许宣："哼，你居然还有脸提小白？"

许宣不再搭理她，转向齐霄同小灰："如今我们还是先调查出他的图谋以作防备，小灰，此事便再拜托给你了。"

小灰面色怯怯，最终却咬着牙点头应下。

小青倒是不服气："喂，你凭什么指使我的手下？"

许宣望向她，稍稍一扬唇角，其中却无半分笑意："我还有事指使你。"

"你伤了小白的心，我是绝对不会帮你做任何事的！"小青挺直背脊，说得义正词严。

许宣却对她的拒绝恍若未闻，继续说道："我要你明日之前，帮我将她送回骊山。不管用骗的，还是用绑的。"

"我凭什么要帮你把小白送回骊山？"小青急得跳脚，"小白不愿做的事，我也绝不强迫她，小青第一个站在她这边！"

许宣望着她，忽然开始轻念咒语，小青觉得浑身不对劲，捂着胳膊后退至齐霄身后，齐霄想要护她，但望着神色冰凉的许宣，却止住了口。

小青只能瞪着许宣，怒道："你在施什么法术？你到底想怎样？"

许宣停止念咒，冷冷看着她："知道咒法的厉害吗？"

"难道你想对我施咒法？"

"若你明日之前还未能带着她回骊山，便可亲身体会这咒法的滋味。"

许宣说完，便立刻转身离开，小青望着他的背影跳脚大骂："喂！你讲不讲道理啊？你有本事怎么不下咒在小白身上？我，我不会怕你的！"再看一眼神色无奈的齐霄，打了一下他的胳膊，"你快帮我把这咒法解开！"

齐霄有些头痛地挠了挠头："这咒法……我真无法解……我看你，还是将白夭夭送回骊山比较妥当。”说罢，便也是迅速溜号。

“喂！”小青看着他逃之夭夭的背影，再看向护住自己耳朵的小灰，终是气虚。

3

第二日一早，小灰便已查到了真相，气喘吁吁地奔赴药师宫附近山头找到正在探察的许宣与齐霄：“许大夫，我找到了，终于找到了。”

齐霄早已急不可耐，问道：“快说！”

小灰拍了拍胸口，努力平复呼吸，道：“我按许大夫的吩咐，去打探经蝶蔓医治过的病人。奇怪的是，其中有些人康复之后，便离开了本地。有的举家消失，有的说去了外地做生意，理由各异，但全都再也没有回来过。”

许宣颔首：“这便是了，治病不过是幌子，失踪的人，才是关键。”

小灰补充道：“那些下落不明的人，有男有女，胖瘦高矮皆无规律可循。这一次，他们做得实在太狡猾了。”

齐霄捏碎手上的枯枝：“原来这就是他们假借义诊的阴谋。方才我看到林间残留的磷粉，可控制人心。她必定是在替病人诊疗时，趁机让病人吸入这些磷粉，以此操控他们的意识。而为了避免惹人怀疑，便只从大量病人中挑选几名饕餮看中之人，事后操控他们，随便找个理由离开本地，若我推测得不错，这些失踪的人，多半已遭毒手。”

许宣深吸了一口气，对齐霄微微点头：“不错，他们混入药师宫，就是为了挑选合适的人。无论饕餮想做什么，必定离功成之日不远了。”

“他所做之事，必定是他最想要达到的。”齐霄思忖着，终于了然，“千年前，饕餮被斩断仙根，化为孤魂野鬼，只余一魄在人间游荡，他最想得到的东西就是一具属于自己的肉身！”

许宣轻叹道：“这也正是我最担心的一点，饕餮抓去的人，恐怕早就被他炼化，用以修炼肉身。莫非他竟不会等血月之夜了？”

齐霄哪里还顾得上什么血月之夜，只急道：“事不宜迟！眼下我们出手还来得及，尽快阻止饕餮！”

许宣也是眼神一凛，正要与齐霄商量对策，忽然惊觉不对劲，看向药师宫方向，只见药师宫正上空，有一道金光自云海中洒下，天空中仿若出现了一道旋涡。

齐霄顺着他的视线看过去，也是奇怪："怎会有一股莫名的仙气？"

"赶紧下去，看个究竟！"

许宣同齐霄一并飞身而下，小灰却趁隙溜走。

药师宫祠堂内，冷凝跪在冷回春的画像前，神色悲切。

方才有一名女童见她不开心，便将自己的糖丸分给了她一颗。这不由让她想起，小时候她每次哭闹，冷回春也会给她一颗糖丸来哄她开心。冷凝将女童拦下，亲自诊脉开药方，帮女童逃过了一劫。而这粒小小的糖丸，也终是唤起了冷凝的忏悔之情。

冷凝望着画像上慈眉善目的父亲，不由悲从中来，泣道："女儿不孝，愧对父亲，为求自保，置药师宫百年声誉于不顾，任由蝶蔓与饕餮放肆行凶。我明知真相，却不阻拦，与帮凶无异，这双手早已染满鲜血。"

冷凝正说着，饕餮便邪笑着走进来："冷回春一生行善积德，若不是有他留下的名声，我的计划又岂会如此顺利。哈哈哈，可惜你父亲早已是黄泉枯骨，你这番话，他听不到了。"

"我成妖之后，心中尚存最后一丝人性，你可知那是什么？"冷凝背对着他，迅速将眼泪抹去。

饕餮满是不屑地嗤道："妖就是妖，哪儿来的人性，你不过是痴人说梦罢了。"

"这几日我翻来覆去，日日难眠，脑中不断浮现的都是父亲生前的教诲。我玷污了父亲留下的盛名，就算是死，也无颜面对他老人家。"冷凝站起身来，冷冷看向饕餮，声音却比眼神更冷，"倒不如趁这次机会，再替我药师宫做最后一件事！"

冷凝话说到一半，手便猛地一扬，一张巨型的网从天而降，兜头罩住了跟在饕餮身后的蝶蔓。

蝶蔓惨呼一声，脸庞顿时染上了灰败之色。

冷凝走近两步，低头俯视着蝶蔓，微笑道："你长得颇具西域风情，的确与众不同，能魅惑人心，可惜再美的蝴蝶落入蛛网，也是死路一条！"

"主人救我！"蝶蔓捂住喉咙，声音已是极度微弱。

"你！"饕餮瞪着冷凝，手上已然聚集浓浓黑雾，怒吼道，"你竟敢背叛我，当真活得不耐烦了！"

“今天就算豁出这条命，我也要守住父亲的名声！”冷凝手一挥，一根银丝射向饕餮，饕餮一手抓住，然而毒液却顺着银丝流向饕餮和蝶蔓体内。

饕餮冷声道：“你别忘了，自己心口还有一颗种子，我会让你求生不得求死不能！”

冷凝捂住胸口，眸中绿光大盛，然而银丝却死死扣住饕餮，毫不松懈，她凄楚一笑：“这蛛丝上的毒无人可解，连我亦没有解药，纵是妖类可自愈，你们也等不及了。今天我根本就没打算活着出去，你们两个妖孽乖乖陪葬吧！”

“藤妖！出手！”饕餮大喝一声，身后两道碧绿藤蔓忽然而至，瞬间将饕餮与蝶蔓包围，阻断了蛛丝，而冷凝胸口更是长出了绿色的长藤，在空中飞扬……冷凝又痛又骇，体力不支，晕厥过去。

藤妖松开藤蔓，饕餮咳出一口乌血，大怒着走出，扬起利爪便欲对冷凝下杀手，却忽然从天而降一道仙气，将他隔开，转而把冷凝抱在怀里。冷凝迷迷糊糊地睁开眼，虽是视线模糊，却依旧看清了眼前人的面貌，便不由得自讽一笑：“我是要死了吗？怎会看到你了呢？爹……女儿不孝……”

来人长叹一声，将手放在冷凝胸口，透着胸口而出的藤蔓便瞬间枯死。

“冷回春？”饕餮冷冷地唤出这个名字，随后眉梢一挑，“还是应该称呼你的仙号啊？”

“饕餮，你之罪，虽万死不能恕也！”来人缓缓站起，手上凝聚出白色光芒。

“哦？我倒是想看看，能不能借你仙身一用。”饕餮刚一运气，胸口忽觉凝滞，这才想起自己身中冷凝之毒，此时若是勉强一战，怕是讨不了好去。

而藤妖此时更在身后提醒：“主人，我感觉到了许宣他们的气息。”

“撤！”饕餮看一眼藤妖，藤妖再度伸出长长枝蔓，将饕餮与蝶蔓包裹而去。

三人刚一消失，许宣同齐霄便已赶到，许宣看见眼前之人，顿时愣住。齐霄看看此人，再看看祠堂中的画像，也是丈二和尚摸不着头脑。但二人都感受到了强烈的仙气。

许宣率先一揖：“师父……”

齐霄碰了碰他：“你的冷师父死而复生了啊。”

许宣唇边微微一笑，眸间带着一丝了然：“怕应该称呼你为百草仙君。”

齐霄下巴都快砸在了地上。

百草仙君点了点头："我的徒弟，果然是悟性极佳，"又将冷凝抱起，"眼下还是先替冷凝疗伤吧。"

冷凝仍在昏睡之中，百草仙君同许宣守在一边，仙君望着冷凝苍白的面孔轻叹道："当初我下凡历劫，青帝可是煞费苦心，将你安排入药师宫中，才有你我的师徒之缘。你本居于九重天，我以此面目与你见面，也算不上有违天命。可冷凝是凡人，我在她面前显露真身，实在不该啊。"

许宣摇了摇头，亦是愧疚又叹惋："是徒儿有负师父所托，不曾照顾好冷凝，让她误入歧途。"

"唉，你休要替她解释。这凡间的种种我看在眼里，比任何人都清楚发生了什么，错不在你，"百草仙君缓缓摇头，哀叹道，"她心生邪念，自困于心牢，久不得解，所以才会成妖。此事自该由她承担，怪不得旁人。"

许宣看向冷凝沉睡的模样，宽解道："但师妹她迷途知返，甚至不惜牺牲自己与饕餮一战，足以证明，她心中尚存善念。"

百草仙君也是稍觉宽慰，徐声道："但愿如此吧。"

许宣又退后两步，深深一揖："时至今日，徒儿才明白为何白夭夭能闯入蓬莱仙山，原来全是因为师父法外开恩，对我们网开一面。难怪当初仙鹤同我说，仙君与我，早有因缘。"

百草仙君不甚在意地挥了挥手："难舍凡缘，咱们师徒都犯了大忌啊。"

冷凝此时缓缓睁开眼睛，看向床前的二人，颤抖着轻声道："爹……师兄……我莫不是还在做梦？"

百草仙君扶住她，轻声道："藤妖在你心口植下的妖咒，我已替你除去。你不必再受制于旁人。此后，成人成妖全在你一念之间。"

冷凝眼泪刹那间夺眶而出，将她眼中的迷惘悉数带走，她挣扎着从床上下来，跪拜在地："父亲在上，受女儿一拜。冷凝愧对父亲的教诲，如今犯下滔天罪孽，不敢奢求宽恕，只求洗去这一身罪恶，做回普通人，求父亲成全！"

百草仙君一凛，随后叹了口气，还没来得及回答，许宣已伸手向冷凝挥出一道轻烟，冷凝身子一软，便又晕了过去。

"许宣！"百草仙君急忙察看冷凝情况，将其抱起，复又放在床上。

许宣解释道："冷凝毕竟不是九重天之人，今日之事事关重大，万不可留存于她的记忆之中。"

百草仙君替冷凝掖好被角，轻叹道："仙凡本就有别，此举，也是应当。

只是，如今想要抹去她的记忆，略施法术恐怕难以为之。”

许宣有些惊讶：“这是为何？”

百草仙君慈爱地为冷凝整理了一下头发，也是愁绪满面：“她体内已有妖性，一旦存了，就与凡人不同，她的记忆也不可任意处置。不过十二日后，恰逢血月悬空，血月本是大凶，但其煞气也可以涤荡世间一切污秽气息。若冷凝能正其心，则能于当晚祛除妖性。但若她仍心气不正，怕会于血月之下入魔啊。”

许宣神色一震，又是血月之夜。

他低眸，掩饰住自己内心的情绪，片刻后才徐声道：“如今我们毁了饕餮修炼肉身的计划，我怕他也会趁血月之夜广吸天下邪气，趁机炼成肉身。因此……”

见他支吾难言，百草仙君郑重望向他：“可是有什么需要我帮忙的？”

许宣颔首，躬身一拜：“我想请仙君为我向白帝借昆仑镜一用。”

“昆仑镜？”百草仙君有些惊讶，“那可是昆仑山镇山之宝，白帝绝不会轻易外借。”

许宣言辞恳切地解释道：“我要用阵法困住饕餮，彻底将其肉身摧毁，若无昆仑镜，以我如今之力，怕是难以完成。”

百草仙君思忖片刻后，望向冷凝，缓缓点头：“饕餮不除，天下难安。何况冷凝走入邪道，毕竟是受了饕餮蛊惑，若是饕餮当晚再炼成肉身，怕冷凝亦是再难回头。我总不能每次都下凡来救她。好，我去找白帝借昆仑镜，凡间的一切，就拜托你了。”

许宣拱手一揖：“许宣定竭尽全力，不负仙君所托。”

第三十章
各自为安

1

白夭夭站在骊山之巅，俯望着崖下云海翻涌，山风吹得她衣袂翩跹，美不胜收。小青望着她飘然欲仙的身影，讪讪抓头道：“小白，对不起，幸好你愿意回来，都怪那许宣，竟然在我身上下了咒，要不然我也不会求你。小白，我知道你不愿回来，全是为了我，才委屈自己。”

小青越说头越低，几乎快要垂到自己脚尖一般。

白夭夭仿若未闻般看着脚下云海，面上看不出悲喜，却突然凉声说：“他没有对你下咒，是我自愿离开的。”

小青猛然抬头，随后慢慢回过神来，便是气得直跳：“好一个许宣！竟然骗我！小白你为什么要迁就他，乖乖回来？”

白夭夭眼中忽然闪过一丝哀伤，唇角却微微上扬：“他一向拿定主意就不会更改，既然清楚他的用意，我又何苦留在人间给他添乱？”

小青动容，却不认可地摇了摇头：“你为他吃了那般的苦，纵使他有什么样的理由，也不能就这样将你赶走呀。”

白夭夭转过身来，淡笑着看向小青：“他一贯高傲，不愿低头相劝，只能用这种方法让我回骊山。”说着，她便从怀里掏出那枚小小的心镜，双眼直直地望着，自讽道：“一千年不过弹指一挥间，白云苍狗，有些事却始终无法改变，我终究是妖，为仙界看低。我与他生离之苦，过了千年仍是一样。我不知道他在何处，又在做什么，只能苦苦守着等着。我以为他是知道这相思之苦，才赠我心镜，可他亲手将镜子毁了，就是不愿容我有半点儿念想。”

“小白……”观她这般模样，小青亦觉得心痛，看她手上那残破的心镜，便欲伸手去夺，“破镜难重圆，你还留着干吗！”

白夭夭缓缓摇头：“我要用它来提醒我，该是好好用心修炼的时候了。”

小青露出不解的神色：“这和修炼有什么关系？”

白夭夭收起心镜，倔强一笑：“相公之所以决心与我分离，是因为我想以妖身去接他的七杀格，若我能修炼成仙，相公他就再没有理由同机会拒绝我了。”

“嗯嗯，有道理！”小青双眸一亮，又坏笑着去戳了下白夭夭肩头，“到时候你们小两口就能在九重天上和和美美，逍遥自在了。”

“所以这段时日之内，我定要修炼成仙。”

“小青陪你！”

两人正是相视而笑，却忽然传来一道高冷的声音：“既有今日，何必当初？这千年时光都荒废了，你待如何成仙？”

小青戒备地回首，只见一道仙气柔柔射来，却是让人不自觉想要俯首拜倒。白夭夭则身子一颤，颤声唤道：“师父。”

骊山老母淡淡颔首，对白夭夭道：“你随我来。”

一路上骊山老母都不发一言，白夭夭跟在后面，连头都不敢抬。

回到大殿之中，骊山老母坐上主位，低头看着垂头不语的白夭夭，长叹一声道：“你的事，我已找青帝理论过了。如今既平安回来了，就是好的。”

白夭夭动容不已，却不忘许宣，追问道：“师父，那青帝可有告诉你该如何破除相公的反噬之伤？”

骊山老母不忍地摇了摇头，最终却狠心道：“你还念着他，他却已决心将你忘了。一个月后，西王母会亲自出手，为许宣拔除情根。介时他便可专注于大道，或许尚有一线生机。”

白夭夭愣住，呆愣地问：“他当真同意了？”

“消息已传遍三界，不会有假。”

“那他将我送回来，原来当真是……此生不见了。”

骊山老母见她低眸之间仿佛被抽去了全身的力气，更是疼惜不已，于是忍不住低声劝道：“你若想阻止他，就应当尽快修炼，如不能修成大道，万般情缘也是枉然。”

是啊，若她能修成仙身，至少是足够强大，就可以安然承受七杀，他就不用为保性命而去尝试拔除情根。何况，那不过只是一线生机，她要的必须是十足把握。

一念及这些，白夭夭便咬牙道："死别我都不怕，生离我又有何惧……只要相公平安无事，我……我总不会叫他失望的。"

白夭夭立即去了骊山仙境中的冰泉，盘坐一旁，双目紧闭，开始打坐修炼。

冰泉寒气刺骨，白夭夭强行运行大小周天，没一会儿便是满头大汗。

小青跟随而来，眼见她如此，想要随她一起入定，却受不住冰泉的威力，不自觉后撤几步，更加担忧地看向白夭夭。

白夭夭面上也渐渐透出森然寒气，眉毛睫毛上俱是晶莹冰珠，连额头上才滑下的汗也转眼凝结成冰。白夭夭身子一晃，似是已经有些抵抗不住。小青见状，赶紧上去扶，空中却忽然传来骊山老母的声音："别碰她，让她专心修炼。"

小青急道："冰泉威力太盛，我怕小白受不住啊。"

"修仙本就是与天相争，既然下定决心要修炼，便片刻也不能怠惰！"骊山老母的声音空洞高远，丝毫不容人拒绝。

寒潭于此瞬忽然涌出几道冰凌，一路朝白夭夭所在之处飞去。

白夭夭猛然睁开双眼，眸中俱是坚定之意，她唤出挽留，向冰凌劈去，可被斩断的冰凌亦未粉碎，反倒是一分为二向她攻来。

小青也加入了战局，可冰凌越战越多，二人渐渐不支。

骊山老母的提示声音又启："顺应自然方可因势利导，以柔克刚。你何必舍本逐末？"

白夭夭听到骊山老母的话，有些走神。冰凌便于此瞬划破了她的手臂，在白色长袖上留下一道血痕，伴着寒气飘散。

而白夭夭来不及呼痛，就又有冰凌急速而至。白夭夭一挥袖，冰凌便碎裂成齑粉，白夭夭忽有所悟，如玉的手指缓缓抚过挽留剑身，再顺着新至的冰凌的来势，以剑气引导它的走向，将它拨开之后，再反手出掌将其震得粉碎。

起初白夭夭有些手忙脚乱，时不时便为冰凌所伤，可渐渐地，她便已经找到了节奏，渐入佳境。

小青在旁看得十分惊诧，但也似有所悟，模仿着白夭夭所为，与冰凌厮杀起来，青影双剑，煞是好看。

2

白夭夭同小青日日修炼，许宣和齐霄也没闲着，二人不分昼夜地钻研改进阵法，终于制出一阵能困住饕餮，只待百草仙君借来昆仑镜作为阵眼。

许宣立在明心湖旁，紧盯湖水，轻念咒语，湖面上金色的六角法阵隐隐浮现……百草仙君则坐在昆仑山上的殿内一边喝茶一边偷眼瞟着白帝。

白帝蹙眉摇头："此事绝无可能。"

百草仙君讨好地一笑："就借几天。"

白帝虎着张脸，断然拒绝："一刻也不行！"

"你是一方之帝，怎的如此小气？"百草仙君轻轻一叹，他刻意拖到事前几天来借，就是知道白帝性格。

"昆仑山镇守之责全然在于此镜，一方安危怎可就这样交在你手里？你也在九重天上数万年了，此言岂不儿戏？"

"当真不借？"

白帝拂袖道："休要再提！"

百草仙君叹息摇头，放下茶杯便是作势欲走："好吧，我借昆仑镜本就为一桩可大可小之事，只是饕餮牵连甚大，仔细想来，还是先找天帝禀报为妙。万一此妖再度为害人间，我们可就担了知情不报之责。"

白帝一把按住了百草仙君的手："仙君留步！"

百草仙君悠悠然回头："哦？"

白帝清了清嗓子，勉强做出一派正经的模样："此事还是不要让天帝知道了。若是再牵扯出千年前的旧事，你我岂不是都会面上无光？"

百草仙君不答反问："当年我是所为何事下凡历练，白帝不会忘记了吧。"

白帝面色一寒，有了不妙的预感："你这是何意？"

百草仙君叹惋着摇头："为了助你修炼，我将千年仙草私下给了你。"

白帝急匆匆断掉他的话："上回不是说好，此事不会再论了吗？"

"若不是你保证绝不会牵连于我，我怎会轻易就做了这等糊涂之事。被天帝所知，自此千年都抬不起头来。唉……行错一步……"百草仙君说得是一脸哀伤，让人目不忍视，耳不忍闻。

白帝一咬牙："罢了！昆仑镜你拿去吧！"

百草仙君顿时眉开眼笑地凑近白帝："此话当真？"

白帝冷哼一声，长袖一拢，昆仑山满山霞光竟被他拢入袖中，化作一面古朴的小镜躺在手上。

百草仙君立马伸手欲取，白帝微微闪开，冷声警告道："此宝必须完璧归赵，若有损害，唯你是问！"

百草仙君将镜子取走，慎重装好，淡笑着道："你这言语间，颇有威仪，险些连我也唬了去。"

白帝却是神情严肃，全无玩笑之态："事关昆仑山，本帝不会玩笑。"

百草仙君干笑两声，满目夸赞之色望向他："五帝之中，唯有老兄你威武轩昂，无人堪比。看来千年灵草果然不同凡响，你这些年的气色可是五帝之首啊！"

白帝立马便要发怒，百草仙君却已经得意地摇摇晃晃而去。

白帝端起茶，正要喝上两口，来压制心头怒火，却忽然感受到一股妖气。

果然是昆仑镜被拿走了，什么样的小妖都敢随意来他的昆仑山了！

白帝重重将茶杯一放，便冲了出去，想要找来妖算账。

来昆仑拜访的正是白夭夭同小青。白夭夭从骊山其余弟子那儿听说昆仑镜能令功力一日千里，便带着小青前来，想要借昆仑镜一用。

小青一进山门，便有些心虚，一路提心吊胆地四处打量，又问白夭夭："小白……你说白帝会将昆仑镜借给我们吗？"

白夭夭微微一笑："肯定不会。"

小青大惊，十分不解地问道："那我们干吗还要千辛万苦来这昆仑山啊？有这闲工夫，还不如待在骊山继续修炼，骊山老母虽然对你不常指点，但也是关爱有加。昆仑山有什么好？"

"只要白帝偶尔借我们昆仑镜瞧瞧，也是难求的机缘造化。"白夭夭停下脚步，笑看小青。

小青不自觉打了个寒战，紧张兮兮地说："那白帝冷冰冰，凶巴巴的，我瞧见他就害怕。"

"哦。本帝不及骊山老母，昆仑山也不好，你们两只小妖又何必前来？"

小青抬眼一看面前赫然立着的白帝，险些把自己舌头咬断。

白夭夭忙打圆场："小青年少无知，只是因着白帝声名在外，才心生畏惧。"

小青也回过神来，慌忙说道："没错没错，上回所言全是真心话，白帝仙法高强，乃是九重天上最厉害的神仙！"

白帝斜眼看着二人，不耐道："溜须之言还是少说，本帝最不喜这一套，你们以为这样就能借到昆仑镜吗？"又看向白夭夭，冷冰冰道："修仙之路，重在稳扎稳打，若是人人都妄图依靠法宝成仙，昆仑山上岂不是真仙遍地？白夭夭，你却想着用这样的方式修行，许宣他可知道？"

白夭夭不由羞惭地低头："相公他……"

白帝冷哼一声："他借昆仑镜是为了摆阵法，你却想要借来修仙，真不知许宣怎会看上你这等小妖。"

小青闻言却向白夭夭挤眉弄眼，小声道："小白，既然宝贝在许宣那儿，咱们找他拿不是更快点儿？"

白帝大怒，挥袖震翻二人："你们到底视昆仑镜为何物？若不是为了收服饕餮，我断不会将它借出！"

白夭夭强撑着起身，急声道："白帝息怒！相公是要与饕餮一战吗？"

白帝背过手去一派威严地点头："自然。"

白夭夭神色越发慌乱："可是饕餮修习邪术，且相公他上次承受天雷之伤未愈，岂不是危险？"

白帝挥了挥手："斩妖除魔才是我辈责任，你既要成仙，就安心修炼，别再添乱。"

"千年前就因饕餮受了重伤，如今他还是肉身凡胎，怎么能战胜他……"白夭夭越想越觉得恐怖，摇头想要甩开脑中那些想法，却是不能，"这次，这次会不会……"

白帝再度现出不耐神色："还有齐霄在的。"

小青面上立时蒙上了一层阴影，轻声嘀咕道："齐霄也在啊。他能派上什么用场？"

白帝立马横眉冷眼地看过去："你一介小妖，竟敢质疑我昆仑弟子？"

小青弱弱地辩解："我……我怕他……"却是不敢说出自己心中所想。

白帝哪有耐心陪她们一直在这里寒暄，袍袖一挥便将二人震出山门："哼！你们两个，还不给我下山去！"

白夭夭同小青重重跌落在地，望着高大庄严的昆仑山门，互相搀扶着站起身来。小青问白夭夭："我们现在怎么办啊？我有点儿……担心……"

白夭夭的牵挂自然不会比小青少，当机立断道："走，去凡间！"

3

这些日子以来，冷凝一直宁心静气地在房内研读着医书。许宣最初会担心她，每日前来探望，但后来距血月之夜越近，他渐渐没了空闲，也安排清风每日相陪，再将她的情况报送给他。

这样被他日夜牵挂的感觉，想来真的是再好不过了。

冷凝翻过一页医书，看到书侧密密麻麻的小字，眼神便是一暖，伸手细细抚摸过去，喃喃道："这是师兄的手札。"

清风也赶紧凑过去看，却忽然，一只斑斓蝴蝶飞过，清风立马晕倒在地。

冷凝眼神顿时戒备，放下医书站起身来，却见那蝴蝶忽然散成飞末，在地上化为三个大字——明心湖。

冷凝胸口忽然一阵生疼，有力道隐隐牵引着她往外走去。

许宣说了，种子虽除，但毕竟在胸口停留一月有余，她或许还会受到一些影响。

冷凝捂住胸口，咬牙硬撑。还有三天，她一定可以坚持过去的。

可眸中绿光隐现，她忽然便想去找饕餮，看他能玩出什么花样来。

何况清风说漏了嘴，道许宣也是日夜在明心湖排阵。那她还担心什么？饕餮怕是来送死的。

细细想过，冷凝再不抗拒自己的心意，信步走出了房间，直奔明心湖而去。

湖畔的树林里，冷凝远远看见了正在明心台上打坐的许宣，正待小跑过去，树影之后忽然逼来一股寒意，冷凝迅速回头，只见蝶蔓万千风姿地与饕餮一同向她走来。蝶蔓微微一笑："你还是来了？主人果然神机妙算。"

冷凝回首瞥一眼许宣："你们胆子真大。"

蝶蔓摊了摊手："冷凝姑娘放心，我们今天是诚心同你谈合作的，为了不让你那师兄发现，我们都卸下了法术，如同凡人。"

冷凝双拳紧握："那就不怕我杀了你们吗？"

“怕？”蝶蔓细眉一挑，俯身凑近冷凝耳边，“且不说你的本事有几斤几两重，若除掉我们，可就再没谁能帮你夺得许宣了。”

饕餮在旁边慢条斯理地补充道：“你不想想，你师兄这么废寝忘食地日夜钻研阵法，是为了帮你洗涤邪气，还是为了除我？若不是想要同白夭夭长相厮守，我怕他不会这么重视吧。”

“饕餮！”冷凝愤然瞪向他，“你不必出言挑拨，师兄的目的就是斩妖除魔！他就是为了杀掉你这罪恶滔天的妖孽！”

饕餮闻言，仰天大笑：“好好好，到时候你枯守药师宫一辈子，眼看他同白夭夭夫妻恩爱、琴瑟和鸣，不知道会不会后悔此时未曾作为？”

冷凝指甲狠狠掐入掌心，她扭过面孔，不再看饕餮，用力说道：“继承药师宫，就是我的初心！”

饕餮冷笑一声：“一个落入妖道的半吊子，当真能服众？”

冷凝恨得双眼通红，咬牙切齿道：“不过三日，我定能退去妖气！”

饕餮又张狂大笑：“你的双手沾染过血腥之气，现如今想要回头？冷凝，你真是可笑！”

冷凝面色渐渐黯淡，但她依旧冷声道：“我会弥补的，用余生，行医救人。”

“啧啧啧，冷凝，妖又如何？”饕餮摇头，嘲弄道，“白夭夭一样是妖，她就能与许宣双宿双栖。冷凝，你愿意当个人，自此孤独寂寞，还是想做只妖，纵情在这世间？”

“妖就是妖！我不会再同你这妖孽多废话了！”冷凝似是害怕自己的决心动摇一般，转身便欲继续朝许宣行去。

“你去找许宣？你认为他现在有空搭理你？若他真的在乎你，你现在便不该出现在这里才对。”饕餮眼见着冷凝停住脚步，唇角邪佞地弯起，“不妨同你明说，许宣三日后不仅要的是我的性命，还要借助我的肉身，蜕去凡胎，修成仙骨，成就他与白夭夭万年相守。”

冷凝背影一震，浑身颤抖着，半晌无法开口言语。

饕餮继续残忍说道：“三界之中，无人不知许宣就要斩断情根，自此一心向道。可他暗中安排却是为了白夭夭，甘心与天为敌。”

蝶蔓上前两步，走到冷凝身边，直直看向远处明心台上安心入定的许宣，“啧啧”两声：“我引你来明心湖，好让你亲眼看看许宣对白夭夭的痴情。你的情深一片，我看在眼里都尚觉得心疼，他还真是铁石无情啊。”

冷凝浑身都在颤抖，她望向蝶蔓，冷声道：“你们若真的稳操胜券，又怎会引我前来？不过是怕师兄他们一举将你们击溃罢了。”

蝶蔓往她颊边吹了一口热气：“怕的人应该是你。我们有心成全你的痴情，若你能助我们一臂之力，我答应你，许宣和白夭夭之间，从此只余仇恨，再无情爱。”

冷凝大惊，转过身看向她，更看向身后的饕餮：“你们要做什么？”

蝶蔓拿出一个紫檀木盒，打开，里面是几支散香，她红艳唇角一勾，吐气如兰：“要你心心念念的，全部都能成真。”